民國文化與文學^{研究文叢}研究文叢

七　編

第 22 冊

中心與邊緣：
民國時期的知識份子與社會思潮（上）

胡偉希　著

國家圖書館出版品預行編目資料

中心與邊緣：民國時期的知識份子與社會思潮（上）／胡偉希
著 — 初版 —— 新北市：花木蘭文化事業有限公司，2017〔民
106〕
目 2+136 面；19×26 公分
（民國文化與文學研究文叢 七編：第 22 冊）
ISBN 978-986-485-063-1（精裝）
1. 社會史 2. 知識分子 3. 中國
820.9   106013225

ISBN-978-986-485-063-1

9 789864 850631

民國文化與文學研究文叢
七 編 第二二冊   ISBN：978-986-485-063-1

中心與邊緣：
民國時期的知識份子‧與社會思潮（上）

作 者 胡偉希
總 編 輯 杜潔祥
副總編輯 楊嘉樂
編 輯 許郁翎、王 筑 美術編輯 陳逸婷
出 版 花木蘭文化事業有限公司
社 長 高小娟
聯絡地址 235 新北市中和區中安街七二號十三樓
電話：02-2923-1455 ／傳真：02-2923-1452
網 址 http://www.huamulan.tw 信箱 hml810518@gmail.com
印 刷 普羅文化出版廣告事業
初 版 2017 年 9 月
全書字數 290415 字
定 價 七編 31 冊（精裝）新台幣 58,000 元

中心與邊緣：
民國時期的知識份子與社會思潮（上）

胡偉希　著

作者簡介

胡偉希，清華大學哲學系教授，博士生導師。1981 年畢業於南京大學歷史系，獲歷史學碩士學位，1986 年畢業於南京大學哲學系，獲哲學博士學位。1995 年任日本愛知大學訪問教授，2004~2005 年任韓國中央研究院訪問教授。主要從事中國近現代思想史、中國哲學史、中西哲學比較研究。主持國家社科基金項目、教育部社科基金項目與重大橫向合作項目多項，多次獲國家級、省部級優秀科研成果獎與圖書出版獎。在國內外出版學術著作 20 多部，發表論文 200 多篇。

提　　要

　　本書是從思想史的角度論述民國時期的知識份子與社會思潮的專題性著作，主要內容是對 20 世紀上半葉中國知識份子生存狀況及作為其社會思想觀念的「烏托邦」與「意識形態」的分析與歷史敘事。書之取名為「中心與邊緣」有如下含義：社會思想作為烏托邦與意識形態分別具有「革命性」與「保守性」；當一種思想觀念具有烏托邦性質時，它只能處於社會的「邊緣」，而它成為意識形態時則佔據著社會政治的中心。而就 20 世紀上半葉的中國而言，知識份子之生存狀況經歷了從中心到邊緣，復從邊緣到中心，以及其思想觀念從烏托邦到意識形態之彼此轉化與「主客易位」的過程。本書分上下兩篇。上篇對近代以來中國知識份子的存在境遇及其精神人格之變化作了精神譜系學的跟蹤與闡明，重點是對 20 世紀中國社會思想的主流話語及其觀念的分析，下篇是對 20 世紀上半葉中國最重要的兩種知識份子運動及其社會思想──自由主義與激進主義的個案考察，展示中國近現代社會思潮如何從漸進到激進的思想歷程。本書研究視角獨特，具有系統的理論架構，將宏觀視野的理論分析與具體個案的解剖相結合，對 20 世紀上半葉的中國知識份子之悖論式生存境遇及其社會思想經歷的「否定辯證法」運動作了深入的分析與闡明。

中國現代文學史研究中的「民國文學」概念——《民國文化與文學研究文叢》第七編引言

李　怡

與政治意識形態淵源深厚的文學學科

　　大陸中國現代文學研究，最近 10 來年逐漸失去了 1980 年代的那種「眾聲喧嘩」、「萬眾矚目」的熱烈景象，進入到某種的沉靜發展的狀態，如果說，在這種沉靜之中，有什麼值得注意的現象的話，那就是「民國文學」概念的提出以及引發的某些討論。

　　對於海外中國文學研究者而言，現代中國很自然地分作「民國時期」與「人民共和國時期」，這是一種相當自然的歷史描述，作爲文學史的概念，也完全有理由各取所需地採用不同的概念：現代中國文學、中國現代文學、中國文學（民國時期）、中國文學（中華人民共和國時期）等等，這裡有思想的差異或者說審美意識形態的分歧，但是卻基本不存在嚴重的政治較量和衝突。站在海外漢學的立場上，人們難免困惑：現代文學也好，民國文學也罷，不過就是一種文學史的稱謂而已，是不是有如此鄭重其事地加以闡發、討論的必要呢？

　　這裡就涉及到對大陸中國現當代文學學科存在格局的認識。其實，嚴格的學科意義上的「中國現當代文學」並不是在 1949 年以前的民國時期建立的，儘管那時已經出現了「中國現代文學」的大學教育，也誕生了爲數可觀的「中國現代文學史」著作，但是主要還是講授者（如朱自清）、著作者的個人選擇，體系化的完整的知識格局和教育格局尚不完整。眞正出現自覺的「學科建設」的意識是在 1949 年中華人民共和國成立以後，各學科教育大綱的編訂、樣板

式教材的編寫出版乃至「群策群力」的從思想到文字的檢討、審查，都意味著「中國現代文學」學科由此納入到了政治意識形態的一體化架構之中，因此，討論「中國現代文學」學科的任何問題——從內容、結構到語言、概念都是非同小可的「國家大事」，在此基礎上的任何一次新的概念的設計和調整，都不得不包含著如何面對政治意識形態以及如何回答一系列「思想統一」的結論的問題，這裡不僅需要學術思想創新的智慧，更需要政治突圍的勇氣和決心。

回頭看大陸新時期以來的每一次文學史概念的提出，都兼有如此的「智慧」和「勇氣」：例如最有影響的概念——二十世紀中國文學。提出這一概念，其意義主要不是重新劃分晚清——近代——現代——當代的文學史時間，不在於從過去的歷史分段中尋找歷史的共同性；而是爲了從根本上跳脫政治化的「現代」概念對於文學的捆綁。

作爲學科史意義的「中國現代文學」的「現代」概念，其實已經與它在五四文壇出現之初就有了巨大的差異，完全屬於一種政治意識形態的產物。眾所周知，最早的「現代」概念與「近代」概念一樣都來自日本，最早用「近代」更多，到1930年代以後「現代」的使用頻率則超過了「近代」——在那時，中國的「現代」基本上匯通著世界史學界的理解框架，將資本主義發展、傳統世界自我封閉格局得以打破的「現時代」當作「現代」；但是，1949年以後作爲學科史意義的「中國現代文學」的「現代」概念卻又不同，它更多地師法了前蘇聯的歷史觀念：由斯大林親自審查、聯共（布）中央審定、聯共（布）中央特設委員會編的《聯共（布）黨史簡明教程》和由蘇聯史學家集體編著的多卷本的《世界通史》重新認定了歷史的意義和分段方式，〔註1〕馬列主義的五種社會形態進化論成爲劃分歷史的理論基礎，1640年英國資產階級革命由於「階級局限性」屬於不徹底的「現代」，只能稱作是「近代」的開始，而「現代」演進關鍵點是十月社會主義革命的重大勝利，中國的歷史劃分是對蘇聯思維的仿傚：1840年的鴉片戰爭被當作「近代」的開端，而標誌著「工人階級登上歷史舞臺」、「馬克思主義開始傳播」的「五四」運動則被當作了「現代」，後來考慮到「五四」之時，中國共產黨尚未成立，無法認定

〔註1〕 《聯共（布）黨史簡明教程》於1938年在蘇聯出版，人民出版社1975年正式出版中譯本。《世界通史》於1955～1979年出版，全書共13卷。中譯本《世界通史》（1-13卷）於1978～1987年分別由三聯書店、吉林人民出版社和東方出版社出版。

其十月革命式的政治勝利，所以又在「現代」之外另闢 1949 年以後爲「當代」，以彰顯社會主義與共產主義社會的到來，由此確定了中國文學近代／現代／當代的明確格局——這樣的劃分不僅時間分段上不再模糊，而且更具有明確的思想的內涵與歷史文化質地：資產階級文學（舊民主主義革命文學）、新民主主義革命文學與社會主義文學就是近代——現代——當代文學的歷史轉換。

「二十世紀中國文學」是中國文學研究界學術自覺，努力排除前蘇聯「革命」史觀影響、尋求文學自身規律的產物。正如論者當年意識到的那樣：「以前的文學史分期是從社會政治史直接類比過來的。拿『近代文學史』來說，從一八四〇年鴉片戰爭到一八九八年戊戌變法，半個多世紀裏頭，幾乎沒有什麼文學，或者說文學沒有什麼根本的變化。」「政治和文學的發展很不平衡。還是要從東西方文化的撞擊，從文學的現代化，從中國人『出而參與世界的文藝之業』，從文學本身的發展規律，從這樣的一些角度來看文學史，才比較準確。」「『二十世紀中國文學』這一概念首先意味著文學史從社會政治史的簡單比附中獨立出來，意味著把文學自身發生發展的階段完整性作爲研究的主要對象。」〔註2〕

自「二十世紀中國文學」開啓歷史性的「重寫文學史」以來，中國現代文學的研究一直是富有勇氣地走在這一條「學術創新——政治突圍」的道路上，力圖讓文學回歸文學，歷史還原給歷史。可以說，「民國文學」也屬於這樣的努力，是「重寫文學史」的一種方式。

可疑的「現代性」

當然，這種方式也體現出了對既往文學研究的一種反思。

「二十世紀中國文學」這一歷史架構顯然具有重大的學術價值，直到今天依然是影響最大的文學史理念。然而，在「民國文學」的視野之中，它也存在著需要克服的問題：「二十世紀中國文學」這一概念是否已經具備了學科的穩定性？例如，在「二十世紀」業已結束的今天，它是否能有效地參照當下文學的異質性？如果說，「二十世紀中國文學」曾經闡發過的諸多概念都依然適用於今天，如果「新世紀文學」的基本性質、使命、遭遇的問題等等幾

〔註2〕黃子平、陳平原、錢理群：《二十世紀中國文學三人談》36頁、25頁，北京：人民文學出版社 1988 年。

乎都與「舊世紀」無甚區別，那麼這一概念本身的內涵和外延至少也是不夠確定，需要我們重新推敲的了。對於「二十世紀中國文學」而言，其擺脫政治意識形態束縛的核心理念是文學的現代性（當時提出者稱之爲「現代化」）追求。但是，隨著 1990 年代中期以來，「現代性」話語逐漸演變成了我們文學研究的基本語彙，它內在的一系列矛盾困擾也日顯突出了。

在新時期，「現代化」與「現代性」主要指代我們打破封閉、「走向世界」的強烈渴望，在那時，「現代」的道義光芒與情感力量要遠遠重於其知識性的合理與完整，或者說，呼喚文學的現代性就如同建設「四個現代化」一樣天經地義，我們根本無暇追問這一概念的來源及知識學上的意義和限度，所以才會出現如汪暉所述的「現代」之問。在 1980 年代，汪暉曾就何謂「現代」向唐弢先生質詢，而作爲學科泰斗的唐先生也只是回答說，這是一個「很複雜」的問題。〔註3〕到了 1990 年代，中國學術界開始惡補「現代」課，從西方思想界直接輸入了系統而豐富的「現代性知識」，先是經過了短時間的「現代性終結」之論，接著便是在西方學術的鼓勵之下，迅速舉起「未完成的現代性」旗幟，對各種文化現象展開檢視分析，我曾經借用目前收錄最豐富、檢索也最方便的中國期刊網 CNKI 對 1979 年以後中國學術論文上的一些關鍵詞作數理統計，下面就是「現代性」一詞在各年的出現情況：

	79	80	81	82	83	84	85	86	87	88	89	90	91	92
按篇名統計	0	0	0	0	0	0	0	0	0	2	0	0	0	0
按關鍵詞統計	0	0	0	0	0	0	0	0	0	0	0	0	0	0

	93	94	95	96	97	98	99	00	01	02	03	04
按篇名統計	4	16	26	28	48	60	108	128	166	213	268	381
按關鍵詞統計	0	0	5	11	11	20	69	109	165	225	287	443

表格說明：

1. 統計單位爲「篇」。

2. 檢索的學科涵蓋「文史哲」、「經濟政治與法律」、「教育與社會科學」。

3. 自動檢索中有極少數詞語誤植的情形，如「現代性愛小說」「現代性」統計，另外個別長文（如高遠東《未完成的現代性》分上中下發表，被統計爲三篇，爲了保證檢索統計的統一性，以上數據有意識忽略了

〔註 3〕汪暉：《我們如何成爲「現代」的？》，《中國現代文學研究叢刊》1996 年 1 期。

這些情形。

研究一下以上的表格我們就可以知道，從 1979 年到 1987 年整整九年中，中國人文社科的學術論文中沒有出現過一篇以「現代性」為題目的文章，1988 年出現了兩篇，但很快又消失了，直到 1993 年以後才連續出現了「現代性」論題。這些論文的代表作包括張頤武的《對「現代性」的追問——90 年代文學的一個趨向》（《天津社會科學》1993 年 4 期）、《「現代性」終結——一個無法迴避的課題》（《戰略與管理》1994 年 3 期）、《重估「現代性」與漢語書面語論爭——一個 90 年代文學的新命題》（《文學評論》1994 年 4 期），韓毓海的《「現代性」與「現代化」》（《學術月刊》1994 年 6 期），韓毓海與李旭淵《第三世界的現代性痛苦與毛澤東思想的雙重含義——兼說中國當代文學》（《戰略與管理》1994 年 5 期），汪暉的《傳統與現代性》（《學術月刊》1994 年 6 期），彭定安《20 世紀中國文學：尋找和創造現代性》（《社會科學輯刊》1994 年 5 期），文徵《後現代性與當代社會思潮》（《國外社會科學》1994 年 2 期），趙敦華《前現代性、現代性與後現代性的循環關係》（《馬克思主義與現實》1 年 4 期）等。

對概念的提煉和重視反映的是一種學術目標的自覺。當然，按照中國學術期刊的學術規範，由作者列舉「關鍵詞」的慣例是 1992 年以後才逐漸推行開來的，整個 20 世紀 80 年代的中國學術論文之前都不存在這樣的標誌性的「關鍵詞」，這也給我們通過統計來顯示中國學者概念的提煉製造了難度，不過即便如此，分析表格中作為「篇名」的「現代性」話題的增長與作為關鍵詞的現代性概念的增長，我們也依然可以十分清晰地看出：隨著 1993 年以後中國學者對「現代性」話題的越來越多的關注，「現代性」理念作為重點闡述的對象或立論的主要依託才逐漸堂皇地進入學術文本，構成其中的關鍵詞語，大約在 1995 年以後開始「傲然挺立」起來。到新世紀第一個十年的中期，無論是作為論題還是語彙的「現代性」都達到了空前的規模，對西方文化意義的「現代性」含義的追溯和「考古」業已成為了我們的學術「習慣」。同時，在中國文化範圍之內（包括古代與現代）所進行的「現代性闡釋」更層出不窮，幾近成為了現代中國文學與文化研究的基本語彙。到 2004 年，我們的統計已經可以見出歷史的重要轉變。可以說至此，「現代性批評話語」真的正在實現著對於 20 世紀 80 年代一系列基本概念的置換。

這樣的置換當然首先還是得力於同一時期西方文學理論與文化理論的引

入，1990 年代中期以後，活躍在中國理論界的主流是後現代主義、解構主義、後殖民批判理論與西方馬克思主義，而「現代性」則是這些理論的核心概念之一，正是借助於這些西方理論的輸入，中國現代文學界可以說是獲得了完整的「現代性知識」。在這個知識體系中，人們對現代、現代性、現代化、現代主義的辨析達到了前所未有的深入和細緻，對文學的觀照似乎也獲得了令人激動不已的效果和不可估量的廣闊前程，中國現代文學史至此有望成為名副其實的「現代性」或「現代學」意義的文學敘述。

應當承認，1990 年代對「現代」知識的重新認定的確是為我們的文學史研究找到了一個更具有整合能力的闡釋平臺，借助福柯式的知識考古，我們固有的種種「現代」概念和思想得到了清理，現代、現代性、現代化，這些或零散或隨意或飄忽的認識都第一次被納入到了一個完整清晰的系統當中，並且尋找到了在人類精神發展流程裏的準確的位置。最近 10 年，「現代性」既是中國理論界所有譯文的中心語彙，也幾乎就是所有現當代文學史研究的話語支撐點。

但是，從另一方面來看，我們的「現代」史學之路卻難以掩飾其中的尷尬。追溯「現代性」理論進入中國的歷史，我們都會發現一個有趣的轉折：在 1990 年代初期，恰恰也是其中的一些論斷（後現代主義對社會現代性的批判）導致了我們對現代文學存在價值的懷疑和否定，而到了 1990 年代中後期，當外來的理論本身也發生分歧與衝突的時候（例如哈貝馬斯對現代性的肯定），我們竟又神奇地獲得了鼓勵，重新「追隨」西方理論挖掘中國文學的「現代性價值」——中國文學的意義竟然就是這樣的脆弱和動搖，只能依靠西方的「現代」理論加以確定？！這足以提醒我們，中國學者對「現代性」理論的理解和運用在多大的程度上是以自身的文學體驗為依據的？同樣，在「現代性」視野下的中國現代文學研究當中，中國現代文學的種種現象也一再被納入到全球資本主義時代的共同命題中，例如「兩種現代性」、「民族國家理論」、「公共空間理論」、「第三世界文化理論」等等……跨越了歷史境遇的巨大差異，東西方文學的需要是否就這麼殊途同歸了？他者的理論是否真讓我們的文學闡釋一勞永逸？中國文學的現代之路難道就沒有自成一格的更豐富的細節？

較之於直接連通西方「現代性」闡釋之路的言說，「民國文學」這一概念首先試圖表達的就是擺脫先驗的理論、返回歷史樸素現場的努力。

1997 年，陳福康借助史學界的概念，建議中國文學的現代／當代之名不妨「退休」，代之以中華民國文學／中華人民共和國文學之謂。後來，張福貴、湯溢澤、張中良、李怡等人都先後提出這一新的命名問題，〔註4〕我將這樣的命名方式稱之爲「還原」式，就是因爲它所指示的國家社會的概念不是外來思想的借用——包括時間的借用與意義的借用——而是中國自己的特定生存階段的眞實的稱謂，借助這樣具體的國家社會形態框架，我們的文學史敘述有可能展開爲過去所忽略的歷史細節，從而推動文學史研究的深入。

在多少年紛繁複雜的理論演繹之後，中國文學研究需要在一種相對樸素的歷史描述中豐富起來，自我呈現起來。

「民國文學」研究的幾種可能

當然，「民國文學」概念提出來以後，各方面也不無爭論和質疑，這些爭論和質疑的根本原因有二：長期以來「民國」概念的陰影不去，至今仍然以各種「成見」干擾著我們的思想，或者對我們的自由探索構成某種有形無形的壓力；新概念的倡導者較長時間徘徊在概念本身的辨析之中，文學史的細節研究相對不足，暫時未能更充分地展示新研究的獨特魅力，或者其他的同行業也未能從林林總總的研究中發現新思路的廣闊空間。

關於「民國文學」研究，有這樣幾個方面的問題可以澄清和深發。

一、「民國文學」是民國時期的現代文學，可以涵蓋絕大多數的現代文學現象。不僅可以對傳統的新文學傳統深入解釋，而且可以將舊體文學、通俗文學等等「新文學」之外的文學現象有效納入，在一個更高的精神性框架中理解古今中西的複雜對話關係；不僅可以包括從北洋政府到國民黨政府控制區域的文學現象，而且也能有效解釋紅色蘇區文學、抗戰解放區文學，因爲後兩者也發生在民國歷史的總體進程當中，民國文學的概念不僅可以解釋後

〔註4〕 參看張福貴《從意義概念返回到時間概念——關於中國現代文學的命名問題》（香港《文學世紀》2003 年 4 期）；湯溢澤、郭彥妮《論開展「民國文學史」研究的必要性與可行性》（《當代教育理論與實踐》2010 年 2 卷 3 期）；湯溢澤、廖廣莉：《論開展「民國文學史」研究的迫切性》（《衡陽師範學院學報》2010 年 2 期）；趙步陽、曹千里等：《「現代文學」，還是「民國文學」？》（《金陵科技學院學報》2008 年 1 期）；張維亞、趙步陽等：《民國文學遺產旅遊開發研究》（《商業經濟》2008 年 9 期）；楊丹丹《「現代文學史」命名的追問與反思》（《長春師範學院學報》2008 年 5 期）。

者，甚至是擴大了後者研究的新思路，解放區文化不是靠拒絕「人民之國」（民國）的理想而生存，它恰恰是以民國理想真正的捍衛者自居，最終通過批判了國民黨政權贏得了在「全民國」範圍內的聲譽；對於投降賣國的汪偽政權，它也不敢輕易放棄「民國」之號，在這裡，民國的「名與實」之間存在一個值得認真分析的張力，並影響到南京偽政府統治下的寫作方式；到華北、蒙疆特別是東北淪陷區，日本文化與偽滿洲國文化大行其道，但是，我們能不能斷定淪陷區文學就理所當然屬於滿洲國文學、蒙古文學或者日本文學呢？當然也不能，近幾年的淪陷區文學研究，相當敏銳地發掘出了存在於這些殖民地的「中華情結」，而民國文化作為現代中華文化的一種形態，依然對人們的精神發揮著根深蒂固的作用──雖然不是名正言順的「民國文學」，但是「民國文學」研究的諸多視角卻依然有效。

　　二、「民國文學」本身不是一個政治性的概念，就如同「民國」本身既有政權性含義，但同時也有政權政治所不能涵蓋的民族、社群等豐富的內涵一樣，而作為精神文化組成部分的「民國文學」更具有超越政治的豐富的意義空間。我同意張中良先生的分析：「民國作為一個國家，在政黨、政府之外，還有軍隊、司法機關、民間社團等社會組織，除了政治之外，還有新聞出版、學校教育、宗教信仰、民族傳統、地域文化、文學思潮、百姓生活等等，民國文學是在多種因素交織的社會文化背景下發生、發展起來的，因而其歷史化研究的空間無比廣闊。」〔註5〕事實在於，越是在一個現代的形態中，國家政權的強制力越有限，而作為社會文化本身的力量卻越大，包含文學藝術在內的社會精神文化，恰恰努力在民國時期呈現出了自己的獨立性和自主性。所以，「民國文學」並不等於就是國民黨的文學，自由主義文學與左翼文學都是民國文學的主體，而且由左翼文學所體現的反抗、批判精神也可以說是民國文學主要的價值取向，「民國批判」恰恰是「民國文學」的基本主題。曾經有大陸學者擔心「民國文學」研究會重新推動中國現代文學研究走入政治的死胡同，相反，也有臺灣學者對大陸「民國文學」研究刻意切割文學與政權制度的關係有所不滿，〔註6〕我覺得這兩方面的意見雖然有異，但都是出於對民國時期文學獨立性、自主性的認知不足。民國文學本身就是知識分子追求

〔註5〕張中良：《民國文學歷史化的必要與空間》，《文藝爭鳴》2016年6期。

〔註6〕王力堅：《「民國文學」抑或「現代文學」？──評析當前兩岸學界的觀點交鋒》，《二十一世紀》2015年第8期。

政治自由的體現，對政治自由的嚮往當然是將我們的精神帶離了專制政治的陷阱；而民國政權在文學政策上的某些讓步和妥協從根本上講並不來自統治者的恩賜，恰恰也是民國的社會力量、民間力量蓬勃發展、持續抗爭的結果，現代國家出現之後，其文化發展最可寶貴之處就是「明君」與「賢臣」文化的逐步消失（雖然政治家的開明和理性依然重要），同時社會性力量不斷加強、民間力量日益發展，後者才是最值得我們注意和總結的文化傳統，只有在後者被充分發掘的基礎上，政治制度的種種歷史特徵才有可能獲得真實的把握。

三、「民國文學」研究其實有別於隸屬於大眾文化、流行文化的「民國熱」。作為對長期以來「民國史」的粗暴化處理的背棄，「民國熱」已經在大陸中國流行有年，民國掌故、民國服飾、民國教育，還有所謂的「民國範兒」等等，這本身不難理解，而且我以為在「各領風騷三五年」的各種「熱」當中，「民國熱」依然保留了更多的自我反省的因素，因而相對的「健康性」是明顯的。儘管如此，我認為，當代中國社會出現的「民國熱」歸根結底屬於大眾文化潮流，而「民國文學研究」則是中國學術多年探索發展的結果，是文學研究「歷史化」趨向的表現，兩者具有根本的不同。其實，「民國文學」研究雖然與當今的「民國熱」差不多同時出現，但中國學界本著實事求是的精神，努力救正「以論代史」的惡劣現象、盡可能尊重民國史實的努力卻是由來已久了。在大陸中國，雖然因為政治原因，「民國」一詞一度包含了某種政治禁忌，需要謹慎使用，但總體來看，除了「文化大革命」這樣的極端的文化專制時期之外，對「民國史」的關注和研究一直有學人勉力進行。從新中國成立到1980 年代初，「民國史」的考察、研究一直都得到來自國家層面的高度重視，並不斷被納入各種國家級的科研計劃與出版計劃。《中華民國史》的編修工作早於《劍橋中國史》的編寫計劃，「民國史」的研究也早在 1956 年就已經列為了國家科學發展十二年規劃，民國史的出版也在1971 年就進入了國家出版規劃。呼籲「民國史」研究的既包括董必武、吳玉章這樣的「民國老人」，又包括周恩來總理這樣的黨和國家領導人。「民國文學」的研究借概念之便，當更能夠順理成章地汲取「民國史」的研究成果，以大量豐富的歷史材料為基礎，對中國現代文學研究的「歷史化」進程作出堅實的貢獻。

當然，民國文學研究，一方面固然應當強調加強學術研究的自覺性，與大眾文化的趣味相區分，但是，也不是要刻意區隔和拒絕那些來自社會民間

的寶貴情懷，相反，有價值的研究總能從現實關懷中汲取力量，讓學術事業擁有的豐沛的社會情懷，本身也是在健康和積極的方向上爲中國的當代文化貢獻自己的智慧和力量。

四、「民國文學」研究可以形成與華文文學研究諸多問題的有益對話。當「民國文學」這一概念的使用跨出中國大陸，尤其是與海峽對岸學界形成對話之時，可能就會遇到嚴重的困擾：在我們大陸學界的立場來看，它理所當然就是一個歷史性的概念，「民國」在 1949 年已經結束，我們的「民國文學」研究如果不加特別說明，肯定是指 1912 民國建立到 1949 年中華人民共和國成立這一段歷史時期的文學，使用「民國文學」概念，存在著一個嚴肅的政治的界限；但是，繼續沿用著「民國」稱號的對岸，是否就是大張旗鼓地書寫著「民國文學史」呢？弔詭的現實恰恰是，當代臺灣學界似乎比我們離「民國」更遠！在經過了日本殖民文化——國民黨統治——解嚴後思想自由——政黨輪替、「去中國化」思潮這樣一系列複雜過程之後，在一個被稱作「後民國」的時代氛圍中，「民國」論述照樣承受了「政治不正確」的壓力，其矛盾曖昧之處，甚至也不是「一個民國，各自表述」就能夠概括得了的。也就是說，在海峽兩岸這最大的華人世界裏，「民國文學」都存在相當的糾纏矛盾之處。如何解決這樣的尷尬呢？如何在兩岸學術界，建立起彼此都能夠接受的論述呢？我覺得這裡有兩個可以展開的思路。

首先是集中研討那些沒有爭議的時段。例如民國成立到 1949 年中華人民共和國成立這一歷史時期，我稱之爲民國文學的典型時期，對臺灣而言，1945 年光復之後，特別是國民政府遷臺之後，民國文化與文學當然也完成了移植與建構，不過解嚴以來，本土化傾向日益強化，與「典型時期」比較，情況已經大爲不同，固有的「民國文化」發生了變異、轉換與遮蔽，只有首先清理那些「典型」的民國文化，才最終有助於發掘現存的「民國性」。目前，對於研討「民國文學典型時期」的設想，在兩岸學界已經有了基本的共識。

其次是通過凸顯「民國文學」研究方法的獨特性與華文文學的其他學術動向形成有益的對話。所謂「民國文學」研究不過是一個籠統的稱謂，指一切運用「民國文學」概念創新解釋現代文學現象的嘗試，它至少包括兩個大的方向，一是對民國時期文學發展的種種問題進行新的梳理和闡述；二是通過對於「民國是中國的現代形態」這一思路的認定，生發出關於如何挖掘、描述中國知識分子「現代追求」的種種學術思路，進而對現代中國文化獨創

性問題作出令人信服的闡發，借助這一的闡發，「現代性」視野才不至於單純流於西方的邏輯，而成爲中國現代精神生產的一種獨特形式，這些努力的背後，樹立著發現現代中國精神主體性與學術主體性的深遠目標，這可謂是「民國作爲方法」的特殊價值。對於這種「文化主體性」的重視，我們同樣可以從作爲臺灣學術主流的「臺灣文學」以及史書美、王德威等人倡導的「華語語系文學」那裡看到，彼此對話的空間值得開拓。

「臺灣文學」一度有意識與中華文學相區隔，尋求自己的獨立空間，然而身居「民國」卻是寫作者不能不面對的事實，「民國」與「臺灣」在現實中相互糾纏，在歷史中前後延續、滲透、轉化、變異，無論從哪一個方向來看，離開「民國文學」的歷史與現實，都無法清晰道出現代「臺灣文學」的脈絡與底蘊，這一理念，似乎已經爲越來越多的臺灣學者所認可，臺灣文學研究者如陳芳明、黃美娥都多次出席兩岸舉辦的「民國文學研討會」，發表了梳理民國文學與臺灣文學關係的重要論文。

「華語語系文學」（Sinophone literature）是當今華文文學界的最有代表性的命題。儘管其倡導者史書美、王德威、石靜遠等人的具體觀念尚有不少的差異，但是突破華文文學的「中國中心」立場，在類似於英語語系、法語語系、西班牙語系的多樣化格局中建立各華人世界的文化獨立性和主體性，確實是他們的共同追求：「中國內地各種討論海外華文文學的組織、會議、出版，其實存在著一個不可擺除的最後界限，即要歸納在一個大中國的傳承之下，成爲四海歸心的一個象徵。很多海外學者會覺得這種做法是過去的、老派的、傳統的帝國主義的延伸，於是提出華語語系文學，使之成爲對立面的說法。」〔註7〕擺脫「西方中心主義」來談論「全球文學」，去「中心」、解「權力話語」，不再將華語文學當作某種「中國」本質的「離散」，而是始終在流動性、在地化、變異與重構中生成，這是「華語語系文學」的基本追求。應當說，「民國文學」的研究理念剛好可以與之構成有趣的對話：作爲文化主體性與學術主體性的建構，兩者顯然有著共同的意願，

不過，在不斷表述擺脫西方理論模式束縛的同時，「華語語系文學」卻將主要的批判矛頭對準了「中國性」與「中國文化」，史書美甚至爲了執著地對抗「中國」，將中國文學排除在「華語語系文學」之外。這裡就產生了一個需

〔註 7〕李鳳亮：《「華語語系文學」的概念及其操作──王德威教授訪談錄》，載《花城》2008 年第 5 期。

要認真探討的問題：阻擾現代華語世界精神主體性建構的力量是否就主要來自「中國」，而非實力更為強大的歐美？或者說，在普遍由歐美文化主導的「現代性」格局中，各種現代中華文化形態的經驗更缺少相互啓迪、相互借鑒與相互支撐的可能？如果考慮到「現代性」的言說模式迄今基本還是為歐美強勢文化所壟斷，「大華文區域」依然共同承受著這些文化壓力之時。以「在地」華文世界各自的經驗獨特性構製各自的「主體性」固然重要，在華文世界與其他世界的比照中尋找我們共同的經驗、重建華文文學本身的認同和主體價值，同樣不可或缺。而「民國文學」的經驗梳理，也就是華文世界的「現代認同」的基礎，也是華文文學主體性的主要根據，「作為方法的民國」需要在這樣共同的文化經驗的基礎上加以提煉。

這裡具有中華文化的共同傳統與民族記憶，又都在不同的條件下融入了全球現代化的過程。文學發展的背景同樣經歷了農業文明到工業文明、後工業文明的歷史過程，同樣遭遇了從威權專制到現代民主的轉變。

就文學本身而言，同樣具備了中國古典文學的修養和基礎的積澱，同樣進入到現代白話文學的時代，雖然因為政治意識形態的介入，中國新文學傳統的理解和繼承方式有別，彼此有過對新文學傳統的不同的認識——大陸以左翼文學為正統，臺灣等區域可能更認同以胡適為代表的自由主義，但是作為大的現代文學經驗依然具有相當的同一性。〔註8〕

對主體性的任何形式的尋找最終都不是為了將自身的族群從周遭的世界中分裂出來，而是為了更深刻地認識自我，發現自我的價值，最終也可以與「他者」更好地溝通與共存。大陸「中國中心」意識值得警惕和批判，但是與其徑直將大陸中國的華文文化視作對立的「他者」，毋寧將其當作既挑戰自我又激發自我的「他者」，而且這樣的「他者」也不能取代我們從歐美強勢文化的「他者」中承受的壓力，換句話說，大陸中國的華文世界並不是包括臺灣在內的華文世界的唯一的壓力，各區域華文文學的成長同時也不斷感受著來自其他文化力量的持續不斷的擠壓和挑戰。如果我們能夠面對這樣的事實，那麼，就會發現，華文文學世界的「共同經驗」的分享依然有效，依然重要，依然值得進一步挖掘和發揚，而在民國——這樣一個由華人所建立的現代意義的文化形態中，存在著值得我們共同珍惜的精神遺產。正如王德威

〔註8〕 參見李怡：《命運共同體的文學表述——兩岸華文文學視野中的「民國文學」》，《社會科學研究》2013 年 6 期。

所意識到的那樣：「在我看來，將海外與中國內地相對立，是另一種劃地自限的做法……如果只強調海外的聲音這一面，就跟大陸海外華文文學各種各樣的做法沒有什麼兩樣，只不過站在反面而已。」「對於分離主義者來說，我覺得華語語系文學這個概念也適用……如果你不知道中國是什麼樣子的話，你有什麼樣的能量和自信來聲明你自己的一個獨立自主的自為的狀態（不論是政治或是文學的狀態呢）？〔註9〕

〔註9〕 李鳳亮：《「華語語系文學」的概念及其操作——王德威教授訪談錄》，載《花城》2008 年第 5 期。

目
次

寫作說明

　　本人寫作的這部書，當初冠名爲「中心與邊緣：20 世紀中國知識份子與社會思潮」，原書稿 40 多萬字，是對整個 20 世紀中國知識份子與社會思想的總體觀照與歷史敘事。現按照花木蘭文化事業有限公司的出版要求，將原書稿拆分爲兩個部份分開出版。目前此書即原書稿中關於 20 世紀上半葉的中國知識份子與社會思潮的研究內容（即原書的上篇與中篇），冠名爲「中心與邊緣：民國時期的中國知識份子與社會思潮」，收入於本叢書（即「民國文化與文學研究文叢」）；而關於 20 世紀下半葉的中國知識份子與社會思潮的研究內容（原書稿的下篇），冠名爲「烏托邦與意識形態：共和國時期的知識份子與社會思潮」，收入花木蘭出版社的「人民共和國文化與文學叢書」出版。雖然分開作兩部書出版，原書稿的思想脈絡與整個內容未作改變。假如讀者想了解本書內容的「來龍去脈」以及作者對整個 20 世紀中國知識份子運動及社會思潮的歷史敘事，並進而對本書的思想母題，即將 20 世紀中國知識份子運動及其思想觀念理解爲烏托邦與意識形態之彼此轉化與相互作用的歷史有更全面的了解的話，可參閱《烏托邦與意識形態：共和國時期的知識份子與社會思潮》一書。

　　另外，附錄中收入了作者撰寫的關於同一主題的三篇文章，它們可視爲是對本書的寫作思路、觀點提煉以及問題展開方式的進一步闡明。

前　言

　　有關「知識份子」的文獻汗牛充棟，關於「知識份子」的各種定義也層出不窮。本書是對 20 世紀中國知識份子與社會思潮的研究，很自然，首先就遇到一個如何界說知識份子的問題。由於關於什麼是知識份子的討論實在太多，本人無意於再增加一種關於知識份子的定義，以免加重讀者們的負擔使不堪其苦，這裡只是將目前較有代表性的幾種看法加以介紹和討論，然後根據本書的需要再擇善而從。

　　在討論什麼是「知識份子」的時候，人們首先會想到勞動分工，將「知識份子」與「腦力勞動」聯繫起來，認為知識份子就是所謂的「腦力勞動者」。其實，這一看法雖然廣泛流行，卻是一個不確切的定義。原因很簡單，隨著社會生產力的發展和文明的進步，社會上從事腦力勞動的人會越來越多，甚至體腦分工的界線也漸趨模糊，在這種情況下，單純以是否從事腦力勞動來界定知識份子已失去意義。更重要的是，「腦力勞動者」的說法過於籠統，因為「腦力勞動」有多種多樣，它模糊了「腦力勞動者」與起源意義上的「知識份子」一詞的區別。

　　還有一種說法是將「知識份子」界定為製造「文化符號」或從事精神產品的人。與上一種定義相比，這種說法突出了腦力勞動的產品——文化符號或精神產品，這使它能將從事腦力勞動的人群加以分層，從而將「知識份子」劃定為腦力勞動者當中的一部份。換言之，並非所有從事腦力勞動的人都有資格稱為「知識份子」。但我們再追問下去，發現「文化符號」與「精神產品」的說法仍然過於空泛。儘管它突出了知識份子的創造性品格，將許多雖從事「腦力勞動」，卻無助於人類文化積纍的人同真正意義上的「知識份子」區分開來，可是，

「文化符號」和「精神產品」指哪些？科學知識是否也應當歸入其內？顯然，按照這一定義，知識份子應當包括科技知識份子與人文知識份子在內。

為了將所謂「文化符號」或「精神產品」的說法再加以明確，有人提出這樣一種說法：「知識份子」是指製造思想觀念的人；這裡的思想觀念，應該是包含著人文與價值理想的思想觀念。顯然，根據這一說法，就能將人文知識份子與科技知識份子區分開來。持這一看法的代表人物是科塞。在《理念人──一項社會學的考察》一書中，他指出：「不是所有學術界的人或所有專業人員都是知識份子，對這個事實有人遺憾，也有人贊許。理智（intellect，是『the intellectual』──『知識份子』一詞的詞根──引者按）有別於藝術和科學所需要的智力（intelligence），其前提是一種擺脫眼前經驗的能力，一種走出當前實際事務的欲望，一種獻身於超越專業或本職工作的整個價值的精神。」〔註 1〕他還比較知識份子與其它專業人士的區別說：「大多數人在從事專業時，就像在其它地方一樣，一般只為具體的問題尋求具體的答案，知識份子則感到有必要超越眼前的具體工作，深入到意義和價值這類更具普遍性的領域之中。正如愛德華‧希爾斯所說，他們表現得『對神聖事物非常敏感，對他們宇宙的本質和控制他們社會的法則進行不同尋常的深思。」〔註 2〕這個對於知識份子的定義，比較接近本書要論述的主題中關於知識份子的看法。但是，畢竟這個定義又過於狹窄和嚴格。因為在任何社會，包括傳統社會與現代社會，能符合這種定義的知識份子是少之又少的；而且，由於這個定義對知識份子的看法僅著眼於其對思想觀念的製造，有使其脫離社會實踐而走向書齋或象牙塔之嫌，因此，這只是一個關於人文學者型或思考型知識份子的定義，而未能涵蓋既懷抱人文價值理想，又積極承擔社會責任，甚至積極介入社會行動的這類知識份子。而後者，其實才更接近「知識份子」（the intellectual）之得名的原初含義。

且讓我們來回顧一下「知識份子」這一名詞的來歷。學術界公認，「知識份子」一詞的使用和流行，始於十九世紀末的法國，同著名的「德雷福斯案」有關。當時，由於法國政府對猶太籍軍官德雷福斯的案件誤判，引起了以左拉為首的一批作家和文人的強烈抗議，並掀起了聲勢浩大的援救德雷福斯的

〔註 1〕科塞：《理念人：一項社會學的考察》，北京，中央編譯出版社，2001 年版，第 2 頁。

〔註 2〕同上書，第 2～3 頁。

運動。一般認爲，這標誌著法國知識份子社會責任的覺醒。此外，在十九世紀下半葉，隨著俄國農奴改革運動的開展，從俄國貴族當中分化出一批關心社會底層民眾命運、要求社會改革的人士；後來，有更多的平民出身的知識份子也加入這個行列。俄國歷史上這批接受過良好教育，同時又強烈關心社會進步與民生疾苦的人士，也被冠以「知識份子」的名稱。看來，無論是十九世紀的法國和俄國，當「知識份子」一詞開始使用時，除了指接受過良好的教育（主要是人文教育）之外，更要求這受過良好教育的人士具有一種強烈的社會責任感。從這種意義上說，人們稱知識份子代表社會的「良知」，是深有道理的。

　　然而，「知識份子」一詞雖出現於十九世紀後半葉的法國和俄國，當時這個詞還只是一種指稱意義上的稱呼，而不是一個完整的科學定義。眞正從學科的意義入手，並且將它作爲一種專門性學問加以研究的，是知識社會學的創立人曼海姆。在《意識形態與烏托邦》中，曼海姆從知識份子與社會思想的關係出發，提出了一個關於知識份子的經典性定義。他說：「迄今爲止，除了那些實際上代表各個階級的直接利益的人以外，所有各個階級都一直包含著一個更多地取向我們也許可以稱之爲精神領域的那個領域的階層。從社會學的角度出發來看，我們可以稱他們是『知識份子』。」〔註3〕但除此之外，曼海姆的興奮點是著眼於知識份子與「意識形態」和「烏托邦」的關係。在他看來，意識形態與烏托邦共同的特點都是「超越現存秩序的觀念」。〔註4〕不同點在於：「那些被後來的事實證明只不過是對某種已經成爲過去的，或者對潛在的社會秩序的歪曲反映的觀念，都是一些意識形態觀念；而那些在後來的社會秩序中得到適當實現的觀念則是相對的烏托邦觀念。」〔註5〕按照曼海姆的看法，同爲超越現存秩序的觀念，意識形態往往傾向於保守，而烏托邦則帶有革命的性質。當然，這種革命與保守本又是相對的：當意識形態作爲超越的觀念與現存的社會秩序不一致，並且起著動員社會力量改革現存社會秩序的作用的時候，它就是烏托邦；而本來以烏托邦形式存在的觀念，當它一旦經過社會變革成爲現實，其內容也就成爲一種意識形態。但無論如何，意識形態與烏托邦作爲思想觀念，並不是現存社會秩序的眞實的反映；它們

〔註3〕曼海姆：《意識形態與烏托邦》，北京，華夏出版社，2001年版，第298頁。
〔註4〕同上書，第229頁。
〔註5〕同上書，第242頁。

只是以歪曲或幻想的形式，起著維護或改革現存社會秩序的作用。而知識份子作為意識形態與烏托邦的承擔者，自然就成為以思想觀念為武器，來為現存社會秩序辯護或力圖改變現存社會秩序的鬥士。看來，曼海姆關於知識份子的定義，較之起源於法國與俄國的關於知識份子的說法更具有科學性與普遍性。在曼海姆看來，知識份子固然關心現實社會與政治，但它介入社會行動的方式更多地是製造與傳播意識形態與烏托邦，這就使它與同樣關心社會政治的其它社會階層，如社會政治活動家區分開來。

曼海姆從意識形態與烏托邦著眼對知識份子社會功能的看法，頗符合我們本書中關於知識份子與社會思潮關係的分析。我們看到，20 世紀中國流行的社會思想紛然雜陳，要之，無非可以分為兩大類：意識形態與烏托邦而已。因此，在本書中，我們基本上採取曼海姆的看法，將知識份子視為意識形態與烏托邦的製造者和傳播者。也許，這只是一個關於知識份子的操作性定義，而不是關於知識份子的完全的定義。事實上，對於究竟什麼是知識份子？是很難下一個完整的定義的。人們常常只能根據研究問題的需要，以及問題論域之所在，強調知識份子功能或品格的某一方面，然後將它作為知識份子的定義。本書之所以同意曼海姆關於知識份子的看法，主要是由於這一說法有助於本書對於 20 世紀中國知識份子與社會思潮關係的分析。即便如此，我們認為，曼海姆關於知識份子的說法是可普遍化和有根據的。因為它一方面承接法國與俄國歷史上關於「知識份子」的用法而來，保留了「知識份子」這一用語的原初意義；另一方面，它又突破了「知識份子」這一名詞起源意義上的不確定性，賦予「知識份子」一詞以明確的內涵，並且可以很好地與其它關於人文知識份子的定義相對接。例如，當代法國思想家福柯在談到知識份子的時候，區分了兩種知識份子：一種是所謂「普遍的知識份子」（universal intellectual），另一種則是「專門的知識份子」（specific intellectual）。他認為，普遍的知識份子自認為是真理、正義等社會普遍價值的擔當者與代言人，是全人類的意識與良心；而專門的知識份子則只是在某個特定的專業領域工作，並不從普遍的社會價值與意義的角度來思考問題，他們所碰到的問題是特殊的而普遍的。〔註6〕結合以上曼海姆、福柯的說法以及「知識份子」這一名詞的起源意義，本書將主要在如下意義上界定「知識份子」：「知識份子」

〔註 6〕福柯對這兩類知識份子的劃分著眼於其具有的政治意義。參見陶東風：《社會轉型與當代知識份子》，上海，上海三聯書店，1999 年版，第 276 頁。

是具有強烈社會關懷，並且以思想觀念作爲武器投身於社會及政治活動領域的人文型知識份子。當然，由於 20 世紀中國的特殊歷史條件，現代中國知識份子大多數是這種具有社會關懷的人文知識份子的變形。或者說，20 世紀中國知識份子其實是具有社會關懷的人文知識份子的衍生態或變異類型。

從這種意義上說，本書描述與分析的，與其說是關於 20 世紀中國一般的知識份子與社會思潮關係的歷史，不如說是 20 世紀中國不同類型的人文知識份子如何介入中國社會政治活動的歷史。本書之所以取名爲「中心與邊緣」，有兩種含義：一是如上所言，意識形態與烏托邦作爲保守與革命的思想觀念，具有相對性。當一種思想觀念具有烏托邦性質時，它只能處於社會的「邊緣」，而保守的意識形態則佔據著社會政治的中心。就社會思潮而言，20 世紀中國的意識形態與烏托邦常常主客易位，中心與邊緣的關係錯綜複雜；另一種含義是，「中心與邊緣」的說法可以說是形象切貼地揭示了 20 世紀中國知識份子的生存境遇。就 20 世紀中國知識份子的生存處境地而言，這裡所謂「中心與邊緣」的說法又是悖論式的。一方面，與中國傳統的知識份子或者說「士」相比較，隨著晚清以來國家富國強兵政策的推行，尤其是清室瓦解以後，社會「邊緣人」的逐漸佔據社會政治的舞臺中心，傳統的人文型知識份子的社會地位陡然地下降，的確已處於有史以來的「邊緣」狀況；但另一方面，20世紀初以後中國社會巨大的社會動盪與一系列社會變革，恰恰又給置身於 20 世紀的中國人文知識份子提供了歷史的機遇與舞臺，使其作爲意識形態與烏托邦的製造者與傳播者的角色，在社會以及政治上的作用得以空前的發揮。本書就是對於 20 世紀中國知識份子的生存處境以及其話語如何從中心到邊緣，以及從邊緣到中心的考察。自然，就「道」的眼光看來，這種從中心到邊緣、從邊緣到中心的歷史變局，只是「喜劇性」的；然而，作爲處於這種中心與邊緣經常易位中的中國知識份子，其個體命運卻絕大多數淪爲一場「悲劇」。對於 20 世紀中國知識份子個體命運承載的苦難，它們夢魘般地縈繞於我的腦海，但本書卻未能一一地展開，因爲本書主要是思想史，而非具象化的歷史敘事。

從以上曼海姆關於知識份子的定義可以得出這樣的結論：20 世紀中國知識份子介入社會政治的方式，主要是締造與傳播意識形態與烏托邦。但是，本書爲什麼又不徑直取名爲「20 世紀中國知識份子與意識形態和烏托邦」呢？這是因爲意識形態與社會思潮雖然有聯繫，卻不是一回事。按照本書的觀點，

意識形態與烏托邦雖然同屬於「超越現存秩序的觀念」，但就其與現實社會政治的關係而言，意識形態更多地有爲現存社會秩序辯護的性質，而烏托邦則往往具有理想性與「空想性」，關注的是對現存社會秩序的批判與超越。從這種意義上說，意識形態與烏托邦在價值取向上其實又有本質的差別：烏托邦屬於超越現實的「意義世界」，而意識形態屬於指向此岸生活中的「涵義世界」。〔註7〕而本書所謂的「社會思潮」，其實主要不是指作爲意識形態存在的社會思想觀念，而是以烏托邦形式存在的社會思想觀念。這才是本書討論的重點。這裡爲什麼不將重點放在對意識形態話語的討論，而以烏托邦的話語作爲討論和研究的重點呢？這並非說意識形態的言說不重要，而是說意識形態往往代表的是社會政治的主流話語，而烏托邦雖然具有革命性，卻總是處於社會政治的邊緣。故本書這裡之所以將烏托邦話語與社會思潮等義，其實正代表本書作者的一種價值取向：任何時代眞正的人文知識份子，其本質總是批判性與革命性的。

以 1949 年爲界，20 世紀中國的知識份子運動與社會思潮可劃分爲兩大階段。本書是對 20 世紀上半葉（1895～1949）中國知識份子運動與社會思潮的敘事與研究。全書分作上下兩篇共十五章。上篇爲全書總論，具有提綱挈領的性質，是對近代以來中國知識份子運動及其話語的宏觀考察和理論分析。下篇以 1949 年以前中國最重要的兩種知識份子運動及其社會思想作爲個案考察，以說明烏托邦與意識形態之間的緊張關係。

各章內容安排如下：第一章，「從中心到邊緣：20 世紀中國知識份子的變奏」。本章從考察中國近現代知識份子的「家譜」說起，說明中國知識份子在傳統社會裏一直處於社會的「中心」，而到了 19 世紀末 20 世紀初，由於世局的變動，日益地被「邊緣化」，但時勢又迫切要求中國知識份子承擔歷史的重擔與責任，此種「中心」與「邊緣」的關係，給中國近現代知識份子帶來空前的焦慮，並導致其行爲方式與精神人格出現了「裂變」。

第二章，「『烏托邦』之建構」。本章重點分析 20 世紀中國知識份子的話語結構，指出 20 世紀中國知識份子區別於西方近現代知識份子的最大特點，是具有一種「圖騰情結」：20 世紀中國社會思潮中流行的種種「卡里斯瑪意

〔註7〕關於「意義世界」與「涵義世界」的區分，本人從尤西林的著作中得到啓發，並對他的說法作了引申。詳見尤西林：《闡釋並守護世界意義的人──人文知識份子的起源與使命》，鄭州，河南人民出版社，1996 年版，第 64 頁，第 66～69 頁，第 71～77 頁。

象」（Charismatic image），就是這種圖騰情結與烏托邦心態結合的產兒。

　　第三章，「烏托邦的否定辯證法」。本章指出任何社會政治烏托邦都是「涵義」與「意義」的對立統一，而重點在對 20 世紀中國知識份子運動的種種「烏托邦」思想觀念進行剖析，說明由於涵義與意義的辯證張力，中國近現代的烏托邦運動經歷了由烏托邦到意識形態轉化的過程，並最終否定了自身。

　　第四章，「烏托邦、意識形態與中國現代知識份子」。面對烏托邦與意識形態的緊張，20 世紀中國知識份子曾經有過種種化解矛盾與心理焦慮的行為策略。本章重點討論中國近現代知識份子化解矛盾衝突的三種類型及其結果，即知識份子群體的分化，出現了學術型知識份子、組織型知識份子與批判型知識份子。

　　第五章，「20 世紀上半葉中國的保守主義政治與知識份子運動」。本章分析 20 世紀上半葉中國保守政治的基本特徵，說明這種保守政治既成為人文知識份子攻擊的目標，同時亦為自由主義、文化激進主義的產生提供了條件與溫床。其中，對 20 世紀上半葉中國知識份子的活動場所、介入政治的方式以及中國現代知識份子心態的分析，構成本章的重點。

　　第六章，「自由主義思潮的興起」。自由主義是 20 世紀上半葉中國蔚為大觀的社會政治思潮。本章是對 20 世紀上半葉中國自由主義運動發展歷史的回顧與檢討。但在對中國自由主義思想與運動作清理以前，本章首先對自由主義的定義、思想觀念作了分析，以澄清流行的對於自由主義的誤解。

　　第七章，「中國自由主義知識份子類型」。本章從心態史的角度，對中國自由主義的類型及其代表人物的思想作了分析，並且對中國自由主義運動的歷史經驗教訓作了檢討與總結。

　　第八章，「文化激進主義與『反智論』」。本章主要對作為一種政治文化的中國文化激進主義的精神氣質與社會人格加以分析，並對中國文化激進主義的歷史發展脈絡進行勾勒。

　　第九章，「中國文化激進主義的演進」。本章重點對五四運動時期以及「後五四時期」中國文化激進主義思潮及其代表人物的思想進行分析；在回顧歷史的基礎上，還對中國文化激進主義的功過是非與得失作出評定。

　　應該說明的是：無論是對 20 世紀中國知識份子史還是 20 世紀中國社會思潮的全面研究，都是一項歷史跨度大，且需要投入畢生精力與時間從事的工作。因此，本書從開始計劃寫作時，就意識到要對論題加以限制：僅只圍

繞 20 世紀中國知識份子與社會思潮的關係加以研究；而且，即使是關於這個論題，作者對許多問題，甚至許多重要內容仍然是省略掉的。例如，對於 20世紀中國的文化保守主義類型的知識份子未作介紹；對於民族主義、無政府主義、民粹主義思潮也未闢專章進行論列。這倒不是因爲這些知識份子類型與這些社會思潮並不重要。本書對這些內容之所以有所省略，是由作者的思路與寫作旨趣決定的：本書作者關心的，與其說是寫一部全面敘述 20 世紀中國知識份子與社會思潮關係的歷史，毋寧說是試圖從一個特殊的角度——知識份子與烏托邦的關係——來觀照 20 世紀中國的知識份子。對於 20 世紀上半葉來說，由於自由主義知識份子與文化激進主義知識份子較之其它類型的知識份子能更典型地展示這種烏托邦心態，因此，我便將研究對象鎖定在自由主義與文化激進主義這兩種類型的中國知識份子。

　　由於寫作時間的倉促，本書一定存在這樣那樣的缺點；而且由於書中涉及的問題過多過大，不少問題的探討尚可進一步深入。爲此，我眞誠期待讀者提出批評，並希望在日後能加以修訂。

上篇　總論：烏托邦與意識形態——
　　　近現代中國知識份子的話語結構

第一章　導論：從中心到邊緣——
20 世紀中國知識份子的變奏

一、問題的提出

　　20 世紀中國的歷史是一幅難以解索的圖畫，留下了太多的疑團與迷惑。這其中很重要的問題有：1，20 世紀中國爲什麼盛行激進主義？2，自由主義雖然傳入中國很早，爲什麼無法在中國紮根？3，20 世紀 50 年代初，爲什麼有那麼多的中國高級知識份子由衷地選擇和接受了馬克思主義？4，如何解釋 20 世紀 60 年代中國爆發的「文化大革命」？5，如何看待與評價 20 世紀 80 年代中國的「思想解放」運動？6，20 世紀 90 年代以後的中國知識份子爲什麼普遍地會「告別革命」，等等。這種種的問題雖然是學術界與思想文化界所關心的，卻一直沒有得到很好回答，或者會引發起太多的爭論。其實，這些問題都是與 20 世紀中國一個非常重要的問題：近現代中國知識份子的精神氣質與價值取向問題緊緊地聯繫在一起的。只有理解了 20 世紀的中國知識份子，才能對 20 世紀爲什麼流行這樣的思潮，而不是那樣的思潮，作出合理的解釋。也只有從近現代中國知識份子自身的境況與精神氣質的變化出發，才能解釋爲什麼 20 世紀的中國社會思潮會發生轉換與變化。20 世紀中國的社會思潮史，與其說是反映 20 世紀中國社會歷史變遷與社會經濟結構變動的歷史，毋寧說是 20 世紀中國知識份子的精神史與精神自我反思的歷史。

　　不過，要更清楚地說明這點，還得從檢討一些看法說起。這些看法是對以上問題流行的卻未必是很好的解釋。

　　首先，對中國近現代激進主義起源的理解。20 世紀中國激進主義思潮的狂飆突進，是一眾所周知的事實。然而，對這一現象的解釋，向來卻是仁者見仁，智者見智。一種流行廣泛的看法是：這是由於近現代中國「救亡圖存」的歷史情勢所迫。但是，為什麼「救亡圖存」必然導致「激進主義」的產生？應該說，中國近現代各種社會思潮的產生，都有「救亡圖存」作為思想動因，不獨對於激進主義思想為然。因此，「救亡圖存」只能是中國近現代各種社會思潮產生的歷史背景，而無法解釋何以到後來，大多數中國知識份子會選擇與接受激進主義。作為對這一說法的補充，有人提出，這是由於近現代中國經歷了多次「改革」的失敗，後來總結原因，發現「改良」無法解決中國社會的問題，所以才導致社會思想的趨於激進。應該說，這一看法是可以從近現代中國思想家們，尤其是五四時期的激進主義思想家，如陳獨秀等人的看法中得到印證的。但是，這種說法哪怕尋得再多的「證據」，這些證據也只能是作為一種現象的描述，說明近現代中國知識份子當中普遍流行這麼一種看法。但是，中國知識份子當中流行的激進主義思想，卻未必就是中國知識份子必須接受激進主義的原因，否則只能是同義反覆。況且，同樣是總結歷史經驗，胡適與陳獨秀等人在五四時期就發生過「問題與主義之爭」，可見，說由於「改良」屢屢受挫，才導致激進主義思想的抬頭和興盛，這二者之間並沒有邏輯上的必然性。

　　同樣的情況也適用於對自由主義無法在中國紮根的解釋。對於 20 世紀自由主義在中國流產的事實，人們常常歸之於中國社會條件的不成熟。而這種社會條件的不成熟，主要無非指兩點：一是中國的中產階級不夠壯大；二是當時的中國缺乏實現自由主義的社會環境，譬如說社會處於長期的戰亂之中，等等。但是，這種說法頂多只能解釋自由主義無法在中國成為現實，卻不能用以解釋：為什麼絕大多數的中國知識份子在思想上沒有選擇自由主義。尤其是，它難以解釋為什麼在 20 世紀 40 年代以後，當中國的「自由主義份子」第一次可以理直氣壯地表明其政治立場，甚至有機會實現其政治抱負時，大多數中國的自由主義知識份子思想上反而出現了「左傾」，向激進主義或者社會主義思想靠攏。

　　20 世紀 50 年代以後中國知識子的「思想轉向」，也一直是個令人回味的事實。如果說自由主義在中國存在，那麼，它的思想載體往往是 20 世紀中國的高級知識份子，尤其是在文教界、出版界工作的高級知識份子。但是，

50年代以後，恰恰是這些在政治思想上往往比一般人成熟的中國高級知識份子，紛紛放棄其過去的政治主張與社會理念，不僅認同於新政權，並且思想上接受了馬克思主義。在解釋這一歷史現象時，人們常常提出「壓力說」，認為這些知識份子之所以放棄多年的政治理念，是迫於現政權的「壓力」。但從這些當事人的情況看來，我們無法不相信大多數中國高級知識份子在放棄自己過去的思想時的真誠，以及對中國共產黨政權的誠心信服。雖然無可否認，面對當時的思想改造運動，絕大多數中國知識份子的確感到相當的「壓力」，問題在於：這種「壓力」並非對所有中國的高級知識份子都存在。而我們知道，一些基本上不存在著「壓力」，或者說「壓力」甚微的高級知識份子，例如金岳霖，其對過去政治理念的放棄，都遠遠超出了一般的中國高級知識份子。假如從「壓力」著眼，類似金岳霖這樣的情況實在是難以解釋。其實，在50年代以前，不少中國的自由主義知識份子，為了實現其政治理念與社會理想而奔走呼號，其遭受到來自國民黨政權方面的壓力，一點也不比50年代初期少。因此，所謂「壓力說」，似乎與中國知識份子追求社會理想與敢於社會擔當的信念有違。為此，有人提出這麼一種解釋：中國的這些高級知識份子認同於中國共產黨政權和開始信仰馬克思主義，是出於其對中國共產黨人的佩服，因為是中國共產黨領導人民推翻了「三座大山」。應該說，不少中國的高級知識份子之所以對中國共產黨人表示服膺，這是一個相當重要的原因。問題是：要分清「服膺」與「政治理想」。所謂「服膺」，是對中國共產黨推翻「三座大山」的以往功績表示佩服，而政治理想則指涉於未來，即採用何種治國方略建設未來的中國。顯然，所謂「服膺說」在邏輯上存在著跳躍。假如說，中國的這些高級知識份子，僅僅由於對中國共產黨過去的功績表示「服膺」，就放棄了其自己以往的政治理念與政治立場，這未免是把問題看得簡單化了，或者說低估了中國高級知識份子的「智商」。而正是這些50年代初期「服膺」中國共產黨人，甚至接受了馬克思主義的中國知識份子，到了1957年，其中一部份人又提出要「議政」與分享政治，並對當時的「黨天下」表示不滿。這種情況恰恰是對「服膺說」的否定。

20世紀60年代中國「文化大革命」的出現，人們常常將其歸結為「激進主義」惡性膨脹的結果。這是海外學術界對「文化大革命」的通常解釋。但是，應該將「文化大革命」中的「極端主義」的政治手法與激進主義的思想加以區分。如果說「文革」中出現的極端主義政治手法只是政治家對群眾運動加以愚

弄與操縱的結果，那麼，它與作為一種社會思潮的激進主義毫無聯繫，因為凡稱之為社會思潮者，皆由知識份子所推動，或者說知識份子是參與其中的主體。而「文革」中的知識份子普遍被打入「牛欄」與「零冊」，與「社會思潮」根本無緣。如果說文革中有「激進主義思想」的話，它頂多是支配「紅衛兵小將們」的一種思想情緒，還無法上升到「社會思潮」的高度。與之相比，用所謂「黨內路線鬥爭」來解釋文化大革命的發生與由來，雖然似乎是「老生常談」，卻往往更見事情的底裏。至少，它將文化大革命發生的原因鎖定在「黨內」，這既符合 60 年代以後，除「黨內」以外，社會上已不容許有「異端」與「異見」存在的事實，也突出了共產黨「黨內鬥爭」的殘酷性與複雜性。

但是，由於「文革」時期的黨內鬥爭，都有堂而皇之的意識形態的外衣，這就導致「誤讀」的產生：似乎意識形態比「政治」本身更為根本和重要。正因為如此，緊接著「文革」的結束，是一場稱之為「撥亂反正」的「思想解放」運動。從 70 年代末開始，延續至 80 年代末的「思想解放運動」中，中國知識份子在與「五四」精神久違之後，又一次發出「新啟蒙」的呼喊。但是，這一次思想解放運動或「新啟蒙」運動無論在思想深度與波及範圍的廣度上都無法與「五四」相比。原因很簡單：70 年代末開始的「思想解放」運動，與其說是知識份子自發開展「思想解放」的結果，毋寧說有著更多的官方的意識形態背景。因此，在 80 年代末，當知識份子真正「思想解放」起來，發出其對社會與政治的強烈批判聲音，它當即遭受打壓，「思想解放運動」也旋即沉寂。正因為如此，在考察 20 世紀 70～80 年代中國知識份子運動及社會思潮的變動時，實在不必像人們通常所認為的那樣，將當時官方報刊上連篇累牘登載的所謂關於「實踐是檢驗真理的標準」、「社會主義人道主義」以及「社會主義『異化』問題」等討論文章的思想意義看得太重。不過，這些討論或爭論倒道出了一個歷史事實：在思想大一統格局不變的情況下，任何知識份子的話語，只能借助官方欽定的詞彙，否則禁止言說。

20 世紀 80 年代真正值得重視的中國知識份子當中的「思想解放運動」，其實是一直處於「邊緣」狀態的一批知識份子從世界史的範圍內對社會主義命運及其前景所作的深刻反思。這一反思其實從「文革」時期就已開始，只不過在當時形勢下，它是極個別知識份子，如顧準等人，以生命與血淚作為賭注去加以思考，而到了 20 世紀 80 年代，中國知識份子對這個問題的思索已顯得冷靜。

　　但對這一問題的思索，其所得結果卻是驚人的：它不僅引起對社會主義前途與命運的懷疑，還引發起對知識份子自身命運的疑問，即：社會主義運動的興起，與知識份子有何干係？擔負有社會責任的知識份子，到底應採取何種途徑作爲介入與影響社會政治的方式？顯然，這是一個較之以往任何其它問題，對於中國知識份子來說，都更切己、更關乎其生命存在之意義的事情。20世紀90年代所謂「從『思想』到『學術』」的轉向，尤其是「告別革命」的提法，恐怕只能從這種意義上才能得到理解。因此，根本不是什麼對社會責任的逃避與放棄，也不是什麼所謂「商品大潮」「衝擊」的結果，在經過長達一個世紀的「外向」追逐之後，90年代的中國知識份子終於返回對自身的「反思」。然而，這種「反思」就是邏輯的「終點」麼？或者說，難道「告別革命」就是以「鼓吹革命」起家的20世紀中國知識份子的最後歸宿？在以「革命」爲主旋律的20世紀終於結束的時候，這個問題的確值得深思，但是，得出最終答案卻依然過早。也許，知識份子是否放棄革命，取決於對「革命」一詞的定義。

　　但無論如何，以上我們對20世紀中國社會歷史進程的重大事件，尤其是知識份子思想歷程的初步檢討，已可以導致這麼一個初步結論：在整個20世紀，中國知識份子有一種深刻的「烏托邦」或「意識形態」情結。是這種情結爲他們之投身社會運動與積極介入政治提供了基本驅力。這裡與其說是「烏托邦」或「意識形態」的具體內容，不如說是「烏托邦」與「意識形態」本身，對於瞭解20世紀的中國知識份子來說，是更爲重要的。至於各種各樣的社會思潮，它們無不是這「烏托邦」與「意識形態」原型的「外顯」與「化身」。從這種意義上說，不瞭解20世紀中國知識份子的「烏托邦」與「意識形態」情結，就無法瞭解20世紀中國各種社會思潮的眞實起源；不瞭解「烏托邦」與「意識形態」，也無法眞正深入20世紀中國知識份子的內心世界。然而，20世紀中國知識份子的這種「烏托邦」與「意識形態」情結是如何產生的呢？它蘊含著何種「秘碼」與涵義呢？這是我們以下要進一步追問的問題。

二、中國近現代知識份子的歷史傳承：「士」的社會功能及其喪失

　　要瞭解20世紀中國知識份子，必須從探索它的「血脈」起源說起。

　　中國知識份子的前身，是中國傳統社會中所謂的「士」。那麼，「士」又是如何形成的呢？中國「士」的譜系相當久遠，最初的「士」形成於春秋戰

國時期，這是一個「禮崩樂壞」、傳統的周天子「大一統」的社會秩序土崩瓦解、各諸侯國起而分割和奪取中心權力的時代。當時是，各諸侯國的君主為了「富國強兵」與對外擴張，普遍採取了「延攬」人才的辦法，積極爭取有知識學問的讀書人來參與和謀劃政治。本來，從起源上看，中國學術就是一種注重社會與人事管理的學問。著名的「洪範九疇」，是對社會管理的基本原則與方針的規定；最早的《周易》，也主要用於占卜軍國大事和人事凶吉。及至春秋戰國時期，由於社會的需要和統治者的提倡，學問更向實用化與政治化的方向發展。這時候，「私學」已經出現。從此以後，民間百姓只要學習與掌握了知識與學問，就有過問政治，甚至問鼎權力的可能。所以，「私學」的意義與其說是將教育普及到平民百姓，不如說它將「政治」普遍到一般民眾。而春秋時期最早的「士」，就是這麼一些具有政治與社會管理知識，並且積極用世的讀書人。但是，切不可將「士」與僅只為了「干祿」的功名利祿之徒聯繫在一起。孟子說：「學而優則仕」，但對於真正的「士」來說，「入仕」與其說是目的，不如說是手段更為恰當：是為了實現與貫徹其政治主張與社會理念的一種活動方式。所以，嚴格來說，「士」之「從政」是有「操守」的。孔子說：「邦有道，則仕；邦無道，則可卷而懷之。」〔註1〕「士」的這種以道自任的精神在儒家那裏表現得最為強烈。余英時在《士與中國文化》一書中總結中國先秦時代以儒家為代表的這種「士」的精神說：「所以中國知識階層剛剛出現在歷史舞臺上的時候，孔子便已努力給它貫注一種理想主義的精神，要求它的每一個份子——士——都能超越他自己個體的和群體的利害得失，而發展對整個社會的深厚關懷。這是一種近乎宗教信仰的精神。」〔註2〕

應該說，中國傳統社會的「士」的基本品格——強烈的社會責任感與關心現實政治的意識，在先秦時期就已奠定，但「士」的介入政治與實現其社會理想的方式，甚至社會角色的充當，在中國漫長的社會歷史發展中，卻經歷了一個演變的過程。如果說，在先秦時期，「士」是「遊士」，它的社會身份尚不固定，其介入與從事政治活動還是一己可以作主的事情，所謂「進出自己」；真正有治國本領和知識的「士」，甚至還可以以「朋友」或「老師」的身份向君主提供政治方策，而君主對這些有本事的讀書人也相當藉重的話，那麼，愈是到後來，「士」的身份則愈來愈被固定。尤其是實行科舉制以

〔註1〕《論語・衛靈公》。
〔註2〕余英時：《士與中國文化》，上海，上海人民出版社，1987年版，第35頁

後，「士」的境遇大不如昔。「士」想要實現其政治抱負，唯一的途徑是「做官」，而「做官」唯一的路徑是參加科舉考試，博取科第。而一旦科舉及第，「士」就有了「做官」的資格，但他也從此成爲皇帝的「臣民」，只能在皇帝腳下俯首稱「臣」。

應該說，「皇權」下的科舉制給傳統社會中士人帶來的命運變化是二重性的：一方面，科舉取士制使士人介入政治的方式獲得了制度上的安排與支持，這極大地增強了士人從政的信心，激發起他們關心政治與權力的熱情。但另一方面，由於這種制度化安排又相當地固定，這使「士」從此失去了「歷史的記憶」：自此之後，「士」作爲「官」的後補者，其在社會「中心」的地位已相當穩固；「士」在中國傳統社會的政治中具有舉足輕重的作用；但是，與之相隨的，卻是「士」的獨立人格與精神力量的萎縮：他似乎天然地要依賴於科舉與「皇權」；離開了科舉與皇權，「士」的政治力量的發揮也就失去了「合法性」與支持。

正因爲這樣，晚清的科舉制的廢除，以及隨後的皇權的崩潰，對於中國傳統的「士」來說，就事關重大。如果說，在漫長的中國封建社會裏，「改朝換代」對於講究「忠孝」的封建知識份子來說，也似乎是「天崩地塌」的事情，但只要科舉考試制度不變，以及皇權能夠重建，那麼，「天」終究不會「塌」下來的。但1905年科舉制度的廢除，對於中國的「士」來說，打擊是致命的。其實，遭受打擊的遠遠不限於接受傳統文化教育的「經生」，還包括接受過西方現代知識教育與文明洗禮的新型知識份子。如果說，科舉制的廢除，對於前者的打擊主要是「仕途」受阻的話，那麼，對於後者來說，科舉制度的廢除帶來的創傷，卻完全是「精神層面」上的。按理說，接受過新式教育的中國現代知識份子應當爲科舉制的廢除感到鼓舞才對；而在個人生活的經驗層面上，教育制度的改革，尤其是科舉制度的廢除，的確是給新式知識份子帶來許多的好處：諸如就業、升遷機會的增加，等等。但事實上，儘管晚清以來，不少接受西方文化洗禮的中國知識份子一度攻擊科舉制度甚力，而科舉制果眞一旦革除，這些新型知識份子受到的心靈創傷，一點不亞於守舊人士。原因無他，無論在接受的具體教育與知識結構上有何區別，中國的現代知識份子在精神品格上都沒有與「士」分離。毋寧說，在精神氣質上，他們仍然屬於「士」的傳統。這種所謂「士」的傳統，主要還不是指其對社會政治的關懷與對政治參與的濃烈興趣，而是指：他們對政治的參與，往往總是與「皇

權」與「入仕」聯繫在一起。而今，隨著科舉制的革除，尤其是皇權的廢除，中國的知識份子卻一時無法找到參與政治的最佳或最合理方式。這種精神上的危機，是創深痛巨的。嚴復，這位早年攻擊科舉制不遺餘力的維新時代的「啟蒙思想家」，其晚年之所以投靠「強人」袁世凱，甚至參與其「稱帝」的「籌安會」，不是僅僅用一句「思想落伍」就能解釋的；同樣，精研西學、早年也參與維新運動的王國維，到民國以後，還留著「辮子」，奔走於「遜帝」的南書房，最後終至「殉清」而死，更不能簡單地歸之於「迂腐」，這當中實在有深刻的思想上的動理。倒是陳寅恪，這位西學素養極高，又深得傳統文化真味，且嚴守中國士人傳統的現代知識份子，如此來說明王國維自沉昆明湖的死因：「寅恪以謂古今中外志士仁人，往往憔悴憂傷，繼之以死。其所傷之事，所死之故，不止局於一時間一地域而已。蓋別有超越時間地域之理性存焉。然則先生之志事，多為世人所不解，因而有是非之論者，又何足怪也耶？」〔註3〕在他看來，王國維之死並非簡單的「殉清」，而是「以一死見其獨立自由之意志」，〔註4〕為「思想自由」而死。「殉清」與「思想自由」有何聯繫呢？在這裡，「殉清」並非只是殉一人一姓，而是殉二千多年來的「皇權」；這種皇權代表的是一整套封建王朝的價值符號系統。正因為是為維護某種價值系統或抽象的社會理念而死，所以這種殉節完全是一種「自由意志」的行為。這裡，陳寅恪通過王國維之死，道出了在社會轉型期中國知識份子的一個「秘密」：知識份子的精神其實是靠「信仰」與「價值符號」維繫的；「價值符號」一旦失落，無異於知識份子精神生命的死亡。

王國維之死提示我們：20 世紀初「皇權」崩潰之後，中國知識份子普遍面臨的一個問題是如何重建價值信仰。

三、從「中心」到「邊緣」之一：儒學的衰微與清末民初的教育改革

中國封建社會為什麼如此漫長？這曾是學術界爭論的一個公案。其實，假如換一個方式提問：中國的封建皇朝為什麼屢屢能夠重建？這個問題的答案就會容易得多：它其實與儒學的「社會『建制化』功能」〔註5〕有關。陳寅

〔註3〕陳寅恪：《金明館叢稿二編》，上海，上海古籍出版社，1980 年版，第 220 頁。
〔註4〕同上書，第 218 頁。
〔註5〕關於儒學的「社會建制化」功能，參見余英時：《現代儒學論》，上海，上海人民出版社，1998 年版，第 37 頁。

恪在《馮友蘭中國哲學史下冊審查報告》中指出：「夫政治社會一切公私行動，莫不與法典相關，而法典爲儒學學說具體之實現。故二千來華夏民族所受儒家學說之影響，最深最鉅者，實在制度法律公私生活之方面。」〔註6〕但晚清以降，儒學這一社會建制化功能受到嚴重挑戰，儒學能否繼續充當維持社會秩序的價值符號也遭到質疑。

儒學的衰落，在頗大程度上同「西學」的傳播有關。維新運動時期的嚴復，這樣比較中西學術之差異說：西方「其爲學術也，一一皆本於即物實測。」〔註7〕「夫理之誠妄，不可以口舌爭也，其證存乎事實。」〔註8〕而「中土之學，必求古訓。古人之非，既不能明，即古人之是，亦不知其所以是。記誦詞章既已誤，訓詁注疏又甚拘，江河日下，以致於今日之經義八股，則適足以破壞人材。」〔註9〕這裡值得注意的是，嚴復不僅將批判的矛頭指向傳統文化及其價值系統，尤其指向中國傳統的教育思想與思維方式。在他看來，無論是傳統文化的價值符號之禁錮人心也好，西方學術與價值觀念之難以被中國人接受也好，都同一個根本性的問題——國民的教育有關。因此，嚴復在對中國傳統的批判中，極其重要的一個方面，是對傳統教育思想以及教育制度的批判。他對西方文化的介紹，內容廣泛，而其中一個重要方面是對西方教育思想與教育制度的引進。嚴復對傳統教育思想的批判與對西方教育制度的引入，實開了清末教育改革，以及廢除科舉制的先河。

嚴復教育思想的核心是什麼呢？固然，作爲啓蒙思想家，嚴復十分重視對西方人文學術觀念以及社會科學的引進，但對於教育來說，他則認爲中國發展科技教育是當務之急。在《論今日教育應以物理科學爲當務之急》一文中，他寫道：「一切物理科學，使教之學之得其術，則人人尙實心習成矣。」〔註10〕「可知物理科學一事，不獨於吾國爲變化士民心習所不可無，抑且爲富強本計所必需。」〔註11〕可見，嚴復認爲「物理科學」之值得重視與提倡，是因爲它不僅是「富強之本」，而且有助於「變化士民心習」，使之養成「尙實心習」。物理科學就這樣取代了傳統儒家學術，成了新的「內聖外王之學」。

〔註6〕陳寅恪：《金明館叢稿二編》，2第51頁。
〔註7〕王栻編：《嚴復集》，第1冊，北京，中華書局，1986年版，第23頁。
〔註8〕嚴復：《原富》，上冊，北京，商務印書館，1981年版，第10頁。
〔註9〕《嚴復集》，第1冊，第29頁。
〔註10〕《嚴復集》，第2冊，第282頁。
〔註11〕同上書，2第83頁。

嚴復這一教育思想對整個後來 20 世紀中國的教育思想產生了長期而持續的影響。而整個清末民初的教育改革，更是在嚴復這一教育思想的陰影籠罩下進行，這就是注重與強調理工科教育。

晚清以來這種強調理工的教育改革造成了如此的結果：首先是，教育制度對理工科教育的傾斜，一方面導致人才，尤其是青年學子向理工科及各種實學集中，另一方面，人文學術，尤其是傳統文化的研習則顯得「門庭冷落」。但更為重要的是，它導致社會上一種鄙視人文學術的觀念的產生。而這恰恰與中國傳統社會對於人文學問的過份重視形成鮮明的對比。余英時這樣描述當時社會上觀念與風氣的轉移說：「民國初年，中、小學堂的修身和國文課程中還採用了一些經訓和孔子言行，『五四』以後教育界的主流視『讀經』為大戒，儒家思想在整個教育系統中的比重因此也越來越輕，以至完全消失。」〔註12〕而王國維針對清末的教育與課程改革中文科中缺少「哲學」一課，卻設有「地學」之事，發表他的意見說：「以功用論哲學，則哲學之價值失。哲學之所以有價值者，正以其超出乎利用之範圍故也。」〔註13〕世風轉移如此之速，如果說維新運動當年，嚴復還在大力抨擊傳統學術之空疏，要為物理科學等「實學」的發展而呼籲的話，那麼，僅僅過了幾年，王國維卻要為爭取哲學以及其它人文學問的生存空間而吶喊了。

這種鄙薄人文、抬高科技的做法，對於人文知識份子心靈的刺激是嚴重的。有名的「科玄論戰」以「玄學派」的失敗告終，固然反映了當時社會風氣的轉移，此點可以不論；可怪的倒是：當時站在「科學」一邊，極力為「科學」辯護的，竟也大多數是有名的人文知識份子。這說明，從五四時期開始，中國的人文學術已經徹底地「邊緣化」了。人文知識份子要維持其話語地位與爭取話語霸權，不得不借助於「科學」的言說。

其實，人文學問的邊緣化，也就意味著人文知識份子的邊緣化：如果說在傳統社會，「士」是傳統價值的承擔者，起著對社會進行教化的作用的話，那麼，清末民初以後，產生了一種新的話語權力——科學，中國的人文知識份子只有兩種選擇：要麼是向作為意識形態的「科學」繳械投降，要麼是退居「象牙之塔」。然而，對於血脈裏尚流淌著傳統儒家「經邦濟世」宏願這種血汁的中國現代知識份子來說，這兩種選擇都不是最理想的。相反，近現代

〔註12〕余英時：《現代儒學論》，上海，上海人民出版社，1998 年版，第 37 頁。
〔註13〕《王國維文集》，北京，北京燕山出版社，1997 年版，第 267 頁。

中國社會急劇的社會變遷與嚴峻的「內憂外患」，卻刺激得 20 世紀中國知識
份子以「道」自任的願望變得格外強烈。但傳統的「道」，或者說儒學的價值
觀已經不管用了，重新選擇「道」成了一個相當緊迫的問題。這時，一場巨
大的社會變動發生了，它似乎為尋找「道」的中國現代知識份子提供了最終
答案。

四、從「中心」到「邊緣」之二：「邊緣人」的崛起

　　1911 年爆發的辛亥革命，徹底改寫了 20 世紀中國的歷史地圖。但無論是
給予肯定還是否定的評價，人們都將目光集中在辛亥革命推翻了「帝制」這
一問題。其實，辛亥革命對於整個 20 世紀長期而持續的影響，是造就了一種
「邊緣人集團」的崛起。應該說，20 世紀中國歷史最值得注意的事件不是其
它，而是邊緣人如何風雲際會，第一次從邊緣狀態上升為歷史舞臺的主角。

　　「邊緣人」或「邊緣人集團」的崛起，幾乎是一種世界性的現象。尤其
是進入近代以來，隨著「革命風暴」的產生，與之相伴隨的，往往是「邊緣
人集團」的興起。甚至可以說，「革命風暴」本身就是由「邊緣人」所發動；
至少，「邊緣人」常常是構成「革命風暴」的主體。例如，將路易十六送上斷
頭臺的法國大革命，領導集團雖然由極少數「文化精英」組成，但整個法國
大革命的基本力量，卻是當時巴黎的社會底層民眾，而其中尤其混雜不少「痞
子」和「無業遊民」。大批邊緣人捲入革命，常常使「革命」變得異常地激進，
手段也相當地「殘忍」。但是，這種激進與「殘忍」卻往往是「革命」的特徵，
故而，「革命」與「邊緣人」可以說是有「共生」的關係。

　　但「革命」除了有邊緣人參加之外，常常也離不開知識份子。這是由於
知識份子，主要是人文知識份子生性好「動」，既追求變化與新奇，又往往對
現存社會秩序大加抨擊與撻伐。這樣，當「革命」來臨時，人文知識份子往
往捲入其中。在近代歷史上，「革命」常常成為人文知識份子的「慶典」。法
國大革命前夕與俄國十月革命之前，法國貴族知識份子與俄國知識份子之嚮
往「革命」，為我們提供了這樣的例子。但值得注意的是，儘管都希望「革命」，
而且在革命剛開始之際，知識份子與「邊緣人」彼此常常配合，各施其職，
使「革命」得以爆發甚至持續；但知識份子與「邊緣人」的「蜜月」卻往往
短暫；這是由於知識份子與「邊緣人」無論在「革命」的方法與手段上，還
是在革命要達到的終極目標上，都要發生嚴重的分歧。這就是為什麼世界近

代史上，「革命」儘管屢屢發生，成功的「革命」卻微乎其乎。知識份子與「邊緣人」在革命過程中發生齟齬，除了革命手段與目標的不同之外，還有彼此性格與氣質方面的原因，這就是：知識份子往往覺得「邊緣人」缺乏文化，行爲粗鄙；而「邊緣人」更看不慣知識份子的生性儒弱，瞻前顧後。於是，歷史提供給人們的常常是這麼一幅畫卷：革命開始時，知識份子興高采烈，積極投入；到革命繼續深入的時候，「邊緣人」與知識份子的關係終至分裂；而這種分裂導致的結果常常是知識份子的被放逐，甚至丟失性命。

但20世紀的中國革命，卻出現了迥異於通常「革命」的情景。這就是：革命過程中，不僅知識份子與邊緣人的關係沒有破裂，而且知識份子有緊緊追隨邊緣人的傾向，甚至不惜放棄自我，心甘情願地向邊緣人「看齊」乃至角色認同。這一切到底是如何發生的？答案似乎只能從中國傳統文化以及中國知識份子自身的特點中去找尋。

我們知道，中國傳統社會的「士」向來有以「道」自任的傳統。我們在上面曾經指出：在傳統文化中，「道」是價值與意義世界的設定。對於儒家來說，這種價值與意義世界並非是彼岸的東西，而要體現於現存的社會生活與政治秩序之中。正因爲如此，與其說儒家是「坐而論道」，不如說它更強調「踐道」與「行道」。儘管傳統的儒家將「大道」的理想寄託於遠古的「三代」，具有理想的性質；但落實在現實的政治與社會操作層面，中國的儒家傳統卻是十分地實際的。所以，同樣是追求「道」，嚮往一種理想的社會秩序與制度安排，儒家之不同於道家，是它十分強調「入世」。應該提示的是：這種「入世」除了是指儒家積極參與政治與社會活動，極力將其理想加以實現之外，還有另一個鮮爲人注意到的方面，這就是它總想將「道」與現存的某種社會勢力相結合，以免「道」無法落實而流於空論。從這點上說，儒家的「道統」意識不是「批判性」的，而是「建構性」的；它與其說是與現存社會的強大勢力相「疏離」，毋寧說是向強者靠攏與接近。所以，在傳統社會，深受儒家傳統薰陶的「士」，其之所以參與科舉考試，並且「入仕」，除了有其社會制度安排上的不得不然之外，還與「士」的深層意識中的「建構性道統意識」而非「批判性道統意識」有關。在傳統社會，「皇權」曾經一直是中國傳統知識份子心目中的「道統載體」。或者說，儒家心目中的理想，本來就是「道統」與現實「政統」的合一。但是，晚清急劇的社會變動，尤其是辛亥革命的爆發，已使「皇權」的重建不再可能；更重要的是，對於接受過西方近代社會

思想與政治觀念的現代中國知識份子來說，他們從思想觀念與價值取向上已
與「皇權」決裂。但是，20世紀初葉的中國知識份子，與傳統的知識份子一
樣，同樣懷抱著一種強烈的「建構性道統意識」。這種「建構性道統意識」決
定了他們在「皇權」已遭拋棄之後，必然還要尋找一種新的替代品，以使其
心目中的「道」可以在現實的社會與政治層面很好地運作。20世紀初以後，
中國巨大的社會變動導致的「邊緣人」的興起，終於為中國知識份子的這種
尋找提供了替代品。當然，這種新的替代是一種痛苦的選擇；與之相伴隨的，
是20世紀中國知識份子經歷的「精神蛻變」。

五、中國近現代知識份子的「邊緣化」與「精神蛻變」

　　20世紀初葉，中國社會進入了有史以來少見的翻天覆地的變動與革命時
代。這個時候，對於懷抱著「濟世」之志的中國現代知識份子來說，最嚴重
的問題莫過於兩個：1，如何選擇一種新「道」？2，如何為這新「道」尋找
到現實的「載體」？這兩個問題，曾經困惑了不止一代中國知識份子，而在
清末民初，就更為如此。

　　對於生活於20世紀初，並且接受過西方文化洗禮的中國現代知識份子來
說，傳統儒家的「道」已經喪失了號召力。他們心目中的「道」來自西方。
而辛亥革命，可以說就是將這種西方的「道」付諸政治實踐的嘗試。然而，
在如何將西方自由民主之「道」在現實政治中加以運作，對這個問題，辛亥
革命以前，並不是沒有發生爭論的。著名的1905～1907年「保皇黨人」與「革
命黨人」之間的論戰，與其說是「改良」與「革命」之爭，不如說是由對「邊
緣人」的態度與看法所引起。

　　這場論爭主要在革命黨人的機關報《民報》與保皇黨人的重要喉舌《新
民叢報》之間進行。應當說，就中國必須實行政治變革，引進西方近代的民
主制度這點上，論戰雙方是有共識的；分歧發生在：是以「革命」（暴力革命）
的手段推翻清政府，然後進行民主政治的建設？還是依靠清廷採取「自上而
下」的方式實施政治改革？儘管當時改良派或保皇黨人反對「革命」的理由
有多種，但說到底，最重要的一條，就是擔心「革命」會導致「邊緣人」的
崛起。保皇黨人對於「邊緣人」的崛起與在政治上嶄露頭角，是深有戒心的，
擔心這樣縱然可以推翻清廷的統治，但帶來的嚴重惡果，就遠非清廷的腐朽
統治所可比擬。梁啟超在對中國歷史上發生的歷次「革命」加以考察後說：「由

是觀之，中國革命時日之長，真有令人失驚者。且猶有當注意者一事，則舊政府既倒以後，其亂亡之時日，更長於未倒以前是也。當其初革伊始，未嘗不日，吾之目的在倒舊政府而已，及其機之既動，則以懸崖轉石之勢，波波相續，峰峰不斷，馴至數十年百年而未有已。泰西新名詞曰強權。強權之行，殆野蠻交涉之通例，而中國其尤甚者也，中國之革命時代，其尤甚者也。如斗蟀然，百蟀處於籠，越若干日而斃其半，越若干日而喪其六七，越若日而斃其八九，更越若干日，群蟀悉斃，僅餘其一，然後鬥之事息，中國數千年之革命，殆皆若是」〔註14〕梁啓超這段話寫於1904年，似乎預見了辛亥革命以後中國政治與社會的變化。但是，對於一心要以武力來推翻清政府的革命黨人來說，他們知道，從當時的情況看，離開了「邊緣人」的介入，「革命」是斷難成功的。這並非說革命黨人對革命成功以後，「邊緣人」的執掌政權毫無戒心，而是認為，通過「革命」的洗禮，「邊緣人」的素質和教養會得到提升。如革命黨人章太炎就力主「革命開民智」說。他在《駁康有為書》中就這樣寫道：「人心之智慧，自競爭而後發生，今日之民智，不必恃佗事以開之，而但恃革命以開之。……公理之未明，即以革命明之，舊俗之俱在，即以革命去之。」〔註15〕正因為這樣，清末的革命黨人開始與會黨，以及社會底層聯繫與結盟。辛亥革命的成功，與其說是依靠孫中山帶領海外知識份子發動的暴動，毋寧說是由於革命黨人對各種「邊緣人」群體的藉重。

如果說辛亥革命時期革命黨人對「邊緣人」的藉重尚有策略成份的話。那麼，20世紀20年代以後開始的中國共產黨革命，則從思想觀念、思維方法，乃至行動作風方面，開始完全地與「邊緣人」認同。由此，中國現代知識份子開始了一場真正意義上的「精神蛻變」。應當說，五四運動時期的共產主義運動，開始也純粹是一場知識份子的運動。以陳獨秀、李大釗等人為代表的「北大知識份子」，熱衷於在校園裏談「主義」，開始時也似乎只是純粹「學理」上的討論，後來何以走上與農民運動相結合的「工農武裝割據」，並且實行「以農村包圍城市」的戰略，這是不能簡單地或僅僅從學理上去加以理解，認為是出於「中國革命的需要」與「中國革命的實際國情」，這其中還折射著中國知識份子潛意識心理的某種期待與需要。事實上，這種中國知識份子走

〔註14〕梁啓超：《中國歷史上革命之研究》，見《辛亥革命前十年間時論選集》，第1卷，下冊，北京，三聯書店，1960年版，第807頁。
〔註15〕《辛亥革命前十年間時論選集》，第1卷，下冊，第760頁。

向農村與社會底層的運動，從五四時期就已開始醞釀，它表現爲當時一度高漲的「工讀主義」與「走向農村」運動。只不過後來與中國革命的實踐相結合，取得了意識形態上的合法性，並且採取了更爲精緻的理論形式罷了。「五四」以來，中國現代知識份子的這種潛意識心理需要到底是什麼呢？

前面說過，無論是中國傳統社會的「士」，抑或是20世紀的中國知識份子，都普遍具有一種「建構性的道統意識」，即有試圖通過與現實中某種強權力量結合，來實現其社會理想的思想取向。如果說，在傳統社會中，這種尋求與權力結合的道路是指向「皇權」的話，那麼，在20世紀20年代以後，它則指向社會底層，尤其是廣大農村。從五四時期李大釗、王光祈等一批知識份子對「勞工神聖」的歌頌，以及「走向鄉間運動」，已可見這種端倪。而到了國民北伐運動時期，由於農民運動的興起顯示了它已成爲，或者未來將成爲主宰與主導中國社會歷史發展的勢力，對農民及農民運動的讚美，便開始成爲一種思潮在知識份子當中蔓延開來。誠如毛澤東在《湖南農民運動考察報告》中所指出的：「很短的時間內，將有幾百萬農民從中國中部、南部和北部各省起來，其勢如暴風驟雨，迅猛異常，無論什麼大的力量都將壓抑不住。他們將沖決一切束縛他們的羅網，朝著解放的路上迅跑。一切帝國主義、軍閥、貪官污吏、土豪劣紳，都得被他們葬入墳墓。一切革命的黨派、革命的同志，都將在他們面前受他們的檢驗而決定棄取。站在他們的前頭領導他們呢？還是站在他們的後頭指手劃腳地批評他們呢？還是站在他們的對面反對他們呢？每個中國人對於這三項都有選擇的自由，不過時局將強迫你迅速地選擇罷了。」〔註16〕毛澤東這段話寫於1927年，與其說它是對未來中國革命將以農民戰爭爲主體的預見，毋寧說它表達了一種對農民運動的崇拜。這種「農民崇拜」的深刻含義在於：它不僅是對農民運動顯示出來的力量的謳歌與讚美，而且包括對農民運動的方式，乃至農民行爲、方式的膜拜。針對有人認爲農民運動「過份」以及是「痞子運動」的非議，這同一篇文章寫道：「又有一般人說：『農會雖要辦，但是現在農會的舉動未免太過份了。』這是中派的議論，實際怎樣呢？的確的，農民在鄉里頗有一點子『亂來』。農會權力無上，不許地主說話，把地主的威風掃光。這等於將地主打翻在地，再踏上一隻腳。『把你入加冊！』向土豪劣紳罰款捐款，打轎子。反對農會的土豪

〔註16〕毛澤東：《湖南農民運動考察報告》，《毛澤東選集》，北京，人民出版社，1969
　　　　年版，第13頁。

劣紳的家裏，一群人湧進去，殺豬出谷。土豪劣紳的小姐少奶奶的牙床上，也可以踏上去滾一滾，動不動捉人戴高帽子游鄉，『劣紳，今天認得我們！』為所欲為，一切反常，竟在鄉村造成一種恐怖。這就是一些人的所謂『過份』，所謂『矯枉過正』，所謂『未免太不成話』。這派議論貌似有理，其實是錯的。……革命不是請客吃飯，不是做文章，不是繪畫繡花，不能那樣雅致那樣從容不迫，文質彬彬，那樣溫良恭儉讓。革命是暴動，是一個階級推翻一個別階級的暴烈的行動。」〔註17〕這段話和這篇文章之所以值得注意，在於它觸動了中國現代知識份子潛意識中的一個「情結」：尋求與現實力量結合──「道」還必須下貫到「道的載體」的情結。這種情結深深地紮根在不止一代中國現代知識份子的潛意識中，以至這段話在幾十年後的文化大革命中還產生它的回響。

這種對「道體」的讚美拜膜，很自然就發展到向「道體」看齊與追求與之「合一」，而其最後的歸宿就是放棄自我、為之獻身與充當「螺絲釘」。著名的《在延安文藝座談會上的講話》這樣提出文藝如何為「群眾」服務的問題：「無論高級的或初級的，我們的文學藝術都是為人民大眾的，首先是為工農兵的為工農兵而創作，為工農兵而服務的。」〔註18〕而要做到為「群眾」服務，首先不僅要轉變立場，而且要在「思想感情」上發生轉變。用傳統的術語說，這叫做「變化氣質」：「許多同志愛說『大眾化』，但是什麼叫做大眾化呢？就是我們的文藝工作者的思想感情和工農兵大眾的思想感情打成一片。而要打成一片，就應當學習群眾的語言。如果連群眾的語言都有許多不懂，還講什麼文藝創造呢？……你要群眾瞭解你，你要和群眾打成一片，就得下決心，經過長期的甚至是痛苦的磨練。」〔註19〕這裡，毛澤東還「現身說法」說：「我是個學生出身的人，在學校養成了一種學生習慣，在一大群肩不能挑手不能提的學生面前做一點勞動的事，比如自己挑行李吧，也覺得不像樣子。那時，我覺得世界上乾淨的人只有知識份子，工人農民總是比較髒的。……革命了，同工人農民和革命軍的戰士在一起了，我逐漸熟悉他們，他們也逐漸熟悉了我。這時，只是在這時，我才根本地改變了資產階級學校所教給我的那種資產階級的和小資產階級的感情。這時，拿未曾改造的知識

〔註17〕 同上書，第16～17頁。
〔註18〕 同上書，第820頁。
〔註19〕 同上書，第808頁。

份子和工人農民比較，就覺得知識份子不乾淨了，最乾淨的還是工人農民，儘管他們的手是黑的，腳上有牛屎，還是比資產階級和小資產階級知識份子都乾淨。這就叫做感情起了變化。」〔註20〕無獨有偶，20 世紀 50 年代初，新中國政權成立之後，據說周恩來也曾以自己的經歷為例子，說明知識份子改造思想的必要性，他的講話令當時在聽的不少中國高級知識份子為之折服。

如何解釋這種現象呢？弗洛姆在分析「領袖心理」與「群眾心理」的同構性時指出：「這兩個問題──領袖的心理和他的隨從的心理──是有密切的關連的。如果同一個觀念對他們都能引起共鳴，那麼，他們的個性結構一定在某些重要方面，是相似的。」〔註21〕不同點僅在於：通常由於領袖的特殊思考方式及行為天才能力，他能夠比常人更明顯地呈現這些人格特徵而已。弗洛姆曾以新教領袖路德的思想為例，說明他的觀念如何揭示出宗教改革時期一般民眾的心理。這種社會心理分析方法同樣適用於中國共產黨內領袖與群眾心理關係的分析。試想想，在 20 世紀 30～40 年代，多少內地的知識份子冒著生命危險投奔延安，並且積極參加「整風運動」；應當說，當時延安整風採取的「治病救人」的方法之所以使人誠服，原因無他，在於它從深層潛意識中，就把握了決意要「革命」的知識份子要背叛出身階級、「脫胎換骨」，與工農結合的心理與衝動。這種衝動幾乎為整個 20 世紀的中國知識份子所具有：不僅在革命時期，也在建國以後的「和平時期」。

這種精神現象，也可以說明為什麼在 20 世紀的中國，為數不少的知識份子之所以會選擇信奉馬克思主義。按照馬克思主義的理論，工人階級充當了舊世界的「掘墓人」，這話包含的意義無疑是認為工人階級就是創造新世界的「上帝」。問題是，馬克思本人除了對工人階級在未來要掌握國家政權作出「先知預言」之外，並沒有對知識份子應如何接受工人階級的「改造」作出指示；倒是列寧，這位非常重視城市工人階級力量，並且終於依靠工人和城市貧民力量建立「蘇維埃政權」的「無產階級革命領袖」，卻強調知識份子的使命是要對工人階級「灌輸」先進的意識形態。這與中國革命過程中，中國共產黨人強調知識份子要向工農學習，而且這種要求可以獲得中國知識份子的首肯，適成為鮮明的對比。馬克思主義之所以在中國傳播並被「中國化」的命運，似更多地應從中國現代知識份子的精神氣質以及人格心理來找尋說明。

〔註20〕同上。
〔註21〕弗洛姆：《逃避自由》，上海，上海文學雜誌社，1986 年版，第 34 頁。

這是因爲：馬克思主義主義關於無產階級是舊世界的掘墓人的理論，內在地與中國現代知識份子對「道」的崇拜並且追隨與「道體」合一的社會心理與精神氣質相契合，因此，已經「邊緣化」並且已經過「精神蛻變」的中國現代知識份子，不僅容易服膺馬克思主義的思想理論，並且會將其進一步「中國化」，即將馬克思主義發展與改造爲一種不僅要解放全人類，而且要心甘情願地接受「向工農學習」以及「進行自我思想改造」的理論。這其中的道理在於：將馬克思主義作爲一種信仰與信念來追求，可以進一步強化與固化中國知識份子的這種追求與「道體」合一的社會心理與精神期待。但無論如何，就因果關係來分析，與其說是馬克思主義的意識形態導致了中國現代知識份子自我意識的消退與「工農兵化」，不如說是爲數頗多的中國現代知識份子，在潛意識中就有這種「邊緣化」的精神情結，才導致他們更容易接受馬克思主義的理論，或尋求馬克思主義。

第二章　「烏托邦」之建構

　　其實，對於這種「邊緣化」過程，中國現代知識份子開始時並不是眞正心甘情願的，因爲它畢竟由潛意識中的無明衝動所引發，這種潛意識的無明，來自於它的遠古的集體無意識──「士」的傳統──的遺傳。但我們知道，中國「士」的傳統除了關注「道」要落實在具體的社會運作層面，從而要尋求「道的載體」之外，它首先還有一個「以道自任」的傳統。就是說，「士」認爲：它的「天職」就是「行道」、「踐道」。就這點上說，傳統中國社會的「士」一直有一種強烈的「中心」意識，繼承了「士」的傳統的中國現代知識份子亦然。問題的嚴重性在於：在傳統社會，「士」的這種「中心意識」具有制度層面上的保證，通過科舉制可以將「士」與政權結合在一起，從而使這種「中心意識」成爲一種現實的「中心權力」。而清末民初以後，這種制度化的安排已不復存在，廣大知識份子已游離於政治權力之外。然而，20世紀中國又是從傳統向現代過渡的時代，社會處於前所未有的劇變之中；無論是改良還是革命，都需要有廣泛的群眾的動員與支持，而群眾的動員與參與非借助於「烏托邦」提供動力與黏結劑不可。這就給20世紀中國的知識份子之重新介入與參與政治提供了舞臺與機遇。可以說，20世紀中國是一個社會空前大變動的時代，更是一個群眾運動與群眾大規模動員的時代。在這個時代中，中國知識份子通過對「烏托邦」話語的重新塑造與建構，不僅爲20世紀變革中國的各種社會勢力與力量提供了意識形態，鍛造了思想利劍，而且事實上，也重新找回或確立了中國知識份子在社會運動與政治權力中的位置，使其在變動中的現代中國扮演了一個極其重要的角色。從歷史的發展來看，20世紀中國的政治地圖最終是被現代中國知識份子的「烏托邦」與「意識形態」話語改

寫的，從這個意義上說，20世紀中國知識份子並沒有被排擠於社會的「邊緣」，而是以另一種形式仍然佔據著政治的「中心」。

那麼，20世紀中國知識份子到底是如何建構起其「烏托邦」，這種「烏托邦」到底蘊涵著何種深刻含義，這些含義與中國知識份子自身的存在狀態有何關聯呢？這是下面我們要進一步研究的。

一、觀念崇拜與「克里斯瑪意象」

中國傳統的「士」除了以「道」的擔當者自任之外，還有一種強烈的觀念崇拜意識。所謂觀念崇拜，也即迷信觀念的力量，相信觀念無所不能，並且尤其重視觀念在社會與政治行為中的作用。中國儒家最早的觀念崇拜由遠古時代的「巫文化」對圖騰的崇拜發展而來，經過「由巫而史」的變化，中國遠古時代的這種圖騰崇拜被儒家文化所吸收和改造，成為一種史官文化，而史官文化的特點就是重視文字的表徵，尤其是觀念的力量。這表現為：孔子以「春秋筆法」來書寫歷史，以至於孟子認為「孔子作《春秋》而亂臣賊子懼」（《孟子・滕文公下》）；儒家對「正名」的強調，所謂的「名不正則言不順，言不順而事不成」（《論語・子路》）；「獨尊儒術」的董仲舒提出以「名號」來統治天下的治國理念，等等。〔註1〕在傳統社會中，以道的擔當者自許的「士」也正是憑藉著這種對觀念崇拜的精神力量，以及依持其掌握有「『正名』的權力」，而不僅迷信儒家經典的教化作用，並且往往從儒家經典中摘取章句向天子進言，甚至直接干預時政，這方面有名者如明末的「東林黨人」。近代以來，尤其是科舉制廢除以後，傳統士人的這種觀念崇拜仍然被中國近現代的知識份子所繼承，只不過其觀念的內涵發生了改變：由傳統的儒家經典與信條向西方的思想觀念轉變。一句話，觀念的內容發生了變化，但中國知識份子由儒家傳統而來的崇尚觀念的本性並沒有改變；相反，傳統皇權崩潰和科舉制廢除之後，由於「道體」發生了變化：它不必再通過以科舉考試博得功名的身份才能向朝廷進言來體現「觀念的力量」，而知識份子只要把握了思想觀念本身，就擁有了觀念的力量，這更是大大地加強了知識份子對觀念的追求，於是，傳統的士人對儒家經典的研習，一舉而演為對西學與西方思想觀念的強烈嚮往與「頂禮膜拜」。這種對西學的崇拜在維新時期的嚴復那

〔註1〕董仲舒的《春秋繁露》中最值得注意的一篇文章是《深察名號》，其中說：「是故治國之端在正名。名之正，興五世，五傳之外，美惡乃形，可謂得其真矣。」

裏就表現得很明顯，到了五四時期，更成為時代的風潮，在廣大知識份子當中流行開來。當時的知識份子無不以倡導和標榜「西學」為榮，而傳統的思想觀念則被拋棄一邊。

然而，綜觀 20 世紀的中國思想史，我們發現：一方面，西學觀念在思想文化界與社會上得到愈來愈廣泛的傳播，另一方面，在這種傳播過程中，西學觀念也不斷地變化甚至出現歧變。這種西方思想觀念的演化同中國近現代知識份子的歷史傳承有關，即不僅迷信觀念的力量，而且強調觀念的能動性與改造世界、變革世界的作用，此點與西方知識份子為知識而知識，以及「知」道的傳統不同；中國知識份子對「道」的追求本是為了「行道」與「踐道」，這意味著對中國知識份子來說，西學觀念作為一種新的「道」是一身而二任的：既是追求的價值目標與社會理想，又是實現社會理想的工具與手段；它既是目的因，又是作用因。這一點，在近現代中國的歷史轉型中，為中國知識份子從借助傳統思想以及借科舉之途來參與政治，一改為吸取西學觀念以及改造和運用西學觀念來進行社會變革，提供了心理支撐與精神準備。從而，當社會歷史條件具備之後，一場大規模的介紹引進西學，而且運用西方觀念來改革中國社會的「思想觀念運動」應運而生。這場「觀念的運動」最早從維新運動開始，至「五四」時期達到高潮，它有一個發展與變化的過程。西學觀念的吸收開始時還假手日本，後來則直接從英美與蘇俄拮取；開始時重視西學的科技格物思想，後來感興趣的是西方的社會理論，包括倫理道德思想；開始時是介紹傳播西學思想為主，後來則以運用西學思想來改造社會為目的；最早的西學觀念傳播從社會上層開始，後來漸次普及於民間，甚至到達社會之底層。這期間，西學思想觀念之內容儘管不斷變化，但其觀念崇拜之本質一直未變，及至於最後，由「觀念的崇拜」發展出一種「行走的觀念」。所謂「行走的觀念」，是說觀念已不止是表達思想與社會訴求，而且它本身就是行動者與社會實踐。「行走的觀念」突出了觀念的實現世界改造與動員社會群眾的社會實踐品格，而觀念本身亦在這種社會行動中不斷改變自身，成為一種具有「卡里斯瑪」之人格與精神特徵的思想觀念，是為「卡里斯瑪意象」。「卡里斯瑪意象」不僅本身具有行動性，而且具有思想的強制性與權威性，要求崇拜者對它的無條件服從。於是，20 世紀的中國社會思潮之主流既是西學觀念在中國傳播的歷史，同時也是具有改造社會與政治之能動性的「克里斯瑪意象」之形成與演化的歷史。而在這種克里斯瑪意象之形成過程中，選

擇何種觀念來充當意象之原型，則同中國知識份子的烏托邦心態有關。換言
之，是烏托邦心態決定了中國知識份子選擇何種西方觀念首先進入其思想的
視野。由於烏托邦心態致力於社會理想與價值的重建，包括社會改造方案的
謀劃，因此，是西方社會科學，尤其是西方的社會政治學方面的術語與名詞，
諸如民主、平等等一整套的政治學術語，首先獲得青睞和被篩選作為其建構
卡里斯瑪意象的最初原型。但是，由於克里斯瑪意象的製作本意不在其純粹
的思想觀念之理論理性，而在其能作為社會行動的工具而運用之「實踐理
性」，因此，它強調理論的行動力量，並要使現實向其行為的意志就範，從而，
西方的社會思想觀念本身也就在其「中國化」的歷史實踐過程中不斷地變形。
這種變形既是具有西方色彩的社會烏托邦觀念到具有中國特點的社會烏托邦
觀念的轉變，同時也是作為烏托邦的社會思想觀念在落實到社會行動中之後
不得不然的轉變。換言之，西方社會觀念的「中國化」本身就體現了烏托邦
自身的辯證運動，即它的變化動力首先來自於其內在的矛盾與鬥爭，也就是
說從觀念的「意義」到觀念的「涵義」的變化。〔註2〕否則，它就永遠停留於
觀念或者說烏托邦本身，而缺乏行動的力量。一部20世紀的中國社會政治思
想史，其實就是西方的社會思想烏托邦不斷從純粹觀念轉變為行走的觀念或
者說「克里斯瑪意象」的歷史。為簡明起見，從下面開始，我們將前者（純
粹觀念）名之為烏托邦，將後者（克里斯瑪意象）稱之為意識形態，以解釋
曼克海姆所提出而未能解答的何以烏托邦具有實踐能力的這個問題。下面，
讓我們拮取20世紀中國的一些有代表的社會思想觀念，來展示從烏托邦到意
識形態這一觀念演化的歷程。

二、「國家」烏托邦的由來與發展

在《意識形態與烏托邦》中，曼海姆寫道：「當一種心靈狀態與它在其中
發生的那種實在狀態不相稱的時候，它就是一種烏托邦心態。」〔註3〕這裡，
值得注意的倒不是曼海姆對於「烏托邦心態」一詞所下的定義，而是他區分

〔註2〕關於觀念的「意義」與「涵義」的用法，詳見本書第三章「烏托邦的否定辯
　　　證法」中第一節「烏托邦的功能與結構：意義與涵義」一節的有關說明。此
　　　處關於觀念的意義與涵義的區別，簡單來說是從觀念的功能角度加以區分，
　　　即觀念的「意義」注重的是觀念的理論理性，而觀念的「涵義」強調的是觀
　　　念的實踐理性之運用能力。
〔註3〕曼海姆：《意識形態與烏托邦》，第228頁。

了「烏托邦」與「烏托邦心態」。實際上，「烏托邦」是由「烏托邦心態」所引起的。烏托邦心態與烏托邦之關係，猶之如榮格在談到「集體無意識」時所說的「原型」與「意象」的關係：意象是由原型所決定的，就好比照片與底片的關係。根據這種烏托邦與烏托邦心態的關係理論，我們透視一下 20 世紀中國知識份子關於「國家」觀念的起源及其演化，從中可以揭示出 20 世紀中國知識份子的心態。

眾所周知，在 20 世紀中國烏托邦與意識形態的神話中，最引人注目的，莫過於「國家」的觀念了。可以說，整個 20 世紀中國翻天覆地的社會變動，就是要將「傳統」的中國轉變爲「現代」的中國，而這意味著如何將中國由過去的「皇權」統治轉變爲現代的「國家主權」。但是，「皇權」的意義是什麼，「國家」的意義又是什麼呢？

從前面所論可以看到，在傳統中國，由於「皇權」總是與中國傳統的「士」的政治權力聯繫在一起，所以，所謂「皇權」絕不僅僅指封建專制制度中的「皇帝權力」，同時還意味對「士」在傳統社會與傳統政治格局中的「中心」地位的一種制度性支持。「皇權」的瓦解，同時也就意味著「士」的中心權力地位的喪失與瓦解。但是，在 20 世紀中國，中國知識份子稟承著傳統中國「士」的社會擔當精神，絕不自甘退居於政治的「邊緣」。從這種意義上說，20 世紀以降，中國知識份子建構「國家」神話，恰恰表達了其重返政治「中心」的努力。事實上，一旦新的「國家」神話得以建構，而知識份子「先天下之憂而憂」的精神又要求與「國家」共命運，這樣，中國知識份子的「中心」地位就得以確立。重要的是，它使現代中國知識份子終於克服了既處於「邊緣」又以「中心」自詡的悖論式存在面臨的困惑與張力。

傳統中國本無「國家」這一概念，與這一概念相對應的是「皇權」。到了 20 世紀初，最早的「國家」概念出現了——它與「國民」概念等義。梁啓超在《新民說》中提出：「國也者，積民而成。國之有民，猶身之有四肢、五臟、筋脈、血輪也。未有四肢已斷，五臟已瘝，筋脈已傷，血輪已涸，而身猶能存者；則未有其民愚陋怯弱，渙散混濁，而國猶能立者。」〔註 4〕在《論國家思想》中，他寫道：「國家思想者何？一曰對於一身而知有國家，二曰對於朝廷而知有國家，三曰對於外族而知有國家，四曰對於世界而知有國家。」〔註 5〕

〔註 4〕梁啓超：《新民說》，第 1～2 頁。
〔註 5〕同上書，第 22 頁。

這裡將「國家」與「朝廷」對舉，可見梁啓超心目中的「國家」概念，已不同於傳統社會中的「皇權」。雖然如此，梁啓超這裡關於「國家」的說法，又是一個不太明確，或者說比較空洞模糊的概念。因爲就在強調「國家」不等於「朝廷」的同一篇文章上，他又寫道：「故有國家思想者，亦常愛朝廷，而愛朝廷者，未必皆有國家思想。朝廷由正式而成立，則朝廷爲國家之代表；愛朝廷即所以愛國家也。朝廷不以正式而成立者，則朝廷爲國家之蟊賊。正朝廷乃所以愛國家也。」〔註6〕何以會出現這種情況呢？我們知道，梁啓超這篇文章寫於1903年，其時，改良派與革命派雖在行動策略上有很大分歧，但大張其鼓的論戰尚未出現。所以，改良派心目中的「國家」概念是可以與「皇權」調和的觀念呢？還是與之相排斥的一個觀念？這尚是不明確的。直到1905年，改良派與革命派的公開論戰爆發，這個問題就凸現出來了。表面上看，這場論戰似乎爭論的是：究竟中國未來政治的走向，應該走「君主立憲」還是「民主共和」的道路的問題，其實，在這個爭論的問題背後，還有一個更重要、更深刻的問題，就是有志於推進中國民主政治（「以道自任」）的中國知識份子，在這場政治變革中，究竟依靠誰，與誰認同的問題。在這個問題上，改良派與革命派的旗幟都是異常鮮明的——改良派站在朝廷的立場上；而革命派則決心掀起暴力革命，這意味著要與廣大民衆爲伍。這種彼此心目中「道的載體」的不同，必然導致其對於「國家」觀念闡釋的不同：在改良派當中，所謂「國家」的概念是「滿漢不分，君民同體」，而革命派則對這種「滿漢不分，君民同體」的說法予以了斷然的拒斥。但是，由於最初由改良派提出來的以「國民」闡釋「國家」的看法過於含糊（它可以解釋爲「滿漢不分」），在論戰過程中，革命派更多地是從「民族」而不是「國民」的角度對「國家」這個詞語加以解釋。章太炎說：「民族主義之見於國家者，自十九世紀以來，遺風留響，所被遠矣。撮其大旨，數國同民族者則求合，一國異民族者則求分。」〔註7〕

儘管革命派心目中的「國家」首先是一個「民族國家」的概念，這個「民族國家」的主體，仍然繼承了改良派「國民國家」概念中的大多數內容，這就是說，「國家」中的主體，是包括組成「國家」的全體國民的：凡構成「民族國家」中的所有國民，不分階級、階層，都天然地是「國民」中的一份子。

〔註 6〕同上書，第24頁。
〔註 7〕《辛亥革命前十年間時論選集》，第 2 卷，下冊，第 657 頁。

這說明：對於辛亥革命時期的革命黨人來說，其心目中的「道體」不再是朝廷與「皇權」，而指向了社會全體。

但到了30～40年代以後，中國共產黨人崛起，並且逐漸掌握社會的「話語權力」以後，「國家」的概念就有了新的內容。這時候，它不再是「全民國家」而是「階級的國家」。對於共產黨人來說，「國家」只是階級專政的工具。這一看法由毛澤東在《新民主主義論》與《論人民民主專政》中作了經典的表述。在《新民主主義論》中，毛澤東首先從「國體」的角度提出一種新的國家理論，認為「這個國體問題，從前清末年起，鬧了幾十年還沒有鬧清楚。其實，它只是指的一個問題，就是社會各階級在國家中的地位。」〔註8〕針對「國民革命時期」流行開來的關於「國民」用語，他說：「『國民』這個名詞還是可用的，但是國民不包括反革命份子，不包括漢奸。一切革命的階級對於反革命漢奸們的專政，這就是我們現在所要的國家。」〔註9〕但是，用「國民」這個詞來指稱「國家」的主體，畢竟難以與以往關於「國民」的說法完全劃清界限，所以，後來，毛澤東決定用「人民」的概念來取代傳統的「國民」概念。而「人民」又到底是什麼呢？《論人民民主專政》說：「人民是什麼？在中國，在現階段，是工人階級，農民階級，城市小資產階級和民族資產階級。」〔註10〕這裡「人民」似乎包括有中國社會的各個階級，實際上，構成「人民」的主體與基本隊伍，卻是工農大眾。所以這同一篇文章說：「人民民主專政的基礎是工人階級、農民階級和城市小資產階級的聯盟，而主要是工人和農民的聯盟。因為這兩個階級佔了中國人口的百分之八十到九十。推翻帝國主義和國民黨反動派，主要是這兩個階級的力量。由新民主主義到社會主義，主要依靠這兩個階級的聯盟。」〔註11〕值得注意的是，這篇文章不僅用「人民」取代了「國民」，而且提出了「人民民主專政」的思想，其要義是以工人階級為領導的、以工農聯盟為基礎的對於「反動階級」的專政。這篇文章談到為什麼「民族資產階級」只能作為「利用」的對象，而不能作為「國家」政權中的領導階級時說：「為了對付帝國主義的壓迫，為了使落後的經濟地位提高一步，中國必須利用一切於國計民生有利而不是有害的城鄉資本主義因素，團結民族資產階級，共同奮鬥。我們現在的方針是節制資本

〔註 8〕《毛澤東選集》，第 637 頁。
〔註 9〕同上。
〔註 10〕同上書，第 1364 頁。
〔註 11〕同上書，第 1368 頁。

主義，而不是消滅資本主義。但是民族資產階級不能充當革命的領導者，也不應當在國家政權中占主要的地位。民族資產階級之所以不能充當革命的領導者和所以不應當在國家政權中占主要地位，是因為民族資產階級的社會經濟地位規定了他們的軟弱性，他們缺乏遠見，缺乏足夠的勇氣，並且有不少人害怕民眾。」〔註12〕

從以上看到，從「保皇」的改良派到資產階級革命派，再到中國共產黨人，「國家」的內容經歷了由「滿漢不分，君民同體」到「民族國家」，再到「人民民主專政」的演變過程。這一「國家」概念的演化過程，其實就是 20 世紀中國知識份子在「皇權」式微與瓦解的情況下，重新尋求「道的載體」的過程。這種對「道的載體」的尋求最後以向「社會邊緣人集團」靠攏與認同結束，但由於它被披上了尋求「國家認同」的神聖外衣，從而就獲得了理論上的合法性，這就能極大地滿足具有「烏托邦衝動」的 20 世紀中國知識份子的心理需求。

三、「歷史規律」的提倡與「革命」神話之構建

但是，「國家」烏托邦之建構，僅只解決了「邊緣人集團」佔據與取得社會中心地位的「合法性」問題。而對於 20 世紀中國的知識份子來說，「道」的問題與其說是理論性的問題，不如說更是實踐性的問題。因此，對於有強烈社會與政治參與意識與「踐道」精神傳統的 20 世紀中國知識份子來說，僅僅塑造了「國家」的神話還不夠，緊隨而來的，還必須解決在「道的載體」發生變化的情況下，知識份子如何去與新的「道體」合一的問題。而「歷史規律」烏托邦的提出，則頗能滿足解決這後一個問題的心理需要。

中國傳統文化中本無「歷史規律」這一觀念，與之相當的，是「天命」的觀念。「天命」包含「上天的意志」的意思。但值得注意的，在傳統的儒家眼裏，「天命」之落實為人間秩序的安排，往往同「聖人」或「士」的擔當分不開來；就這點來說，儒家認為「士」其實是「天命」在人間社會的發佈者與代言人。而有強烈社會關懷的中國「士人」或傳統知識份子，也常常以「天命」的擔當者自任，並為他們之從事社會改革與實現政治抱負提供精神支持。但近代以來，尤其是達爾文的進化論思想傳入中國以後，傳統儒家的這種「天命觀」逐漸受到質疑與批判；取而代之的，是一種稱之為「運會」的觀念。

〔註12〕同上書，第 1368 頁。

1895 年，當維新運動處於高漲之際，嚴復發表《認世變之亟》的文章，文章開篇就說：「嗚呼！觀今日之世變，蓋自秦以來未有若斯之亟也。夫世之變也，莫知其所由然，強而名之曰運會。運會既成，雖聖人無所爲力，蓋聖人亦運會中之一物。既爲其中之一物，謂能取運會而轉移之，無是理也。」〔註 13〕這段文字值得注意，與其說是它從「運會」的觀點對當時急劇的社會變動作出了一種解釋，不如說它提供了這麼一種心理事實，即像嚴復這樣的處於晚清劇烈社會變動中的中國知識份子，已敏感地預見到知識份子群體在未來變動社會中「中心地位」將發生動搖甚至喪失，而迫切地需要重新尋找一種新的思想觀念，作爲其重返「中心」的精神價值支撐物——這就是「運會」。從接受「天命」到選擇「運會」，既反映著近代以來中國知識份子中心地位的開始喪失，同時亦折射出其力圖重返社會中心的一種努力。故嚴復這段文字緊接著有下面這些話：「彼聖人者，特知運會之所由趨，而逆睹其流極。唯知其所由趨，故後天而奉天時；唯逆睹其流極，故先天而天不違。於是裁成輔相，而置天下於至安。後之人從而觀其成功，遂若聖人眞能轉移運會也者，而不知聖人之初無有事也。」〔註 14〕

　　如果說在維新運動時期，嚴復關於「運會」的說法還相當籠統，只是爲中國知識份子在變動了的社會秩序中重新返回「中心」提供的一種精神支撐物的話，那麼，到了五四運動時期，這種「運會」說就愈來愈被賦予一種確定的內涵。這就是「民眾革命」。1918 年，當俄國革命發生不久，李大釗撰文稱之爲「庶民的勝利」。在他看來，這場「庶民革命」是只可迎，不可拒的。他說：「民主主義勞工主既然佔了勝利，今後世界的人人都成了庶民，也就都成了工人。我們對於這等世界的新潮流，應該有幾個覺悟……須知這種潮流，是只能迎，不可拒的。我們應該準備怎麼能適應這個潮流，不可抵抗這個潮流。人類的歷史，是共同心理表現的記錄，一個人心的變動，是全世界人心變動的徵兆。一個事件的發生，是世界風雲發生的先兆。一七八九年的法國革命，是十九世紀中各國革命的先聲。一九一七年的俄國革命，是二十世紀中世界革命的先聲。」〔註 15〕

〔註 13〕《嚴復集》，第 1 冊，北京，中華書局，1986 年版，第 1 頁。

〔註 14〕同上。

〔註 15〕李大釗：《庶民的勝利》，李振霞等編：《中國現代哲學史資料選輯》（一），北京，紅旗出版社，1986 年版，第 7 頁。

但是，李大釗這段話寫於 1918 年，其時，他還未有成為一個馬克思主義者。因此，他只能從進化論的角度，來為「民眾革命」的必然性與合理性進行論證。而當馬克思主義傳入中國以後，中國的知識份子，包括李大釗發現，真正能為「民眾革命」或「社會主義革命」提供堅實論據的，並不是進化論或者籠統的「運會說」，而是歷史唯物論。於是，在中國的知識份子當中，形成了追求與接受馬克思主義的熱潮。而其目的並非純粹理論性的，而是要為「社會主義革命」尋求觀念的武器。

貫穿歷史唯物論的一個核心思想，是「歷史發展規律說」，這就是強調人類社會發展有其必然的規律，而社會主義革命，或者說無產階級革命是歷史發展的必然。這對於在實踐層面已經認同於「民眾革命」，而在理論上尚在彷徨尋覓的五四及以後的中國知識份子來說，不啻是一個福音。所以，瞿秋白將馬克思主義稱之為「革命的哲學」，認為「馬克思主義所注重的是科學的真理，而並非利益的真理。……我們得了科學的真理客觀世界的定律之後，才能徹底的改造社會，不能安於瑣屑的應付。」〔註16〕而 20 年代另一位激進的馬克思主義者蔡和森，在寫給青年毛澤東的一封信中坦言：「我近對各種主義綜合審締，覺社會主義真為改造現世對症之方，中國也不能外此。社會主義必要這方法：階級戰爭——無產階級專政。我認為現世革命唯一制勝的方法。我現認清社會主義為資本主義的反映。其重要使命在打破資本經濟制度。其方法在無產階級專政，以政權來改建社會經濟制度。故階級戰爭質言之就是政治戰爭，就是把中產階級那架機器打破（國會政府）。而建設無產階級那架機器——蘇維埃。工廠的蘇維埃、地方的蘇維埃、邦的以至全國的蘇維埃，只有工人能參與，不容已下野的階級參與其中。這就叫做階級專政。」〔註17〕對於蔡和森來說，社會主義革命與無產階級專政完全是歷史的必然，是符合社會歷史發展規律的。他甚至於還認為，馬克思主義之所以是「科學的」，是因為它是對「革命說」與「進化說」的綜合。他說：「專恃革命說則必流為感情的革命主義，專恃進化說則必流為經濟的或地域的投機派主義。馬克思主義所以立於不敗之地者，全在綜合此兩點耳。馬克思的學理由三點出發：在歷史上發明他的唯物史觀；在經濟上發明他的資本論；在政治上發明他的階級戰爭說。三者一以貫之，遂成為革命的馬克思主義。社會革命完全為無產

〔註16〕瞿秋白：《實驗主義與革命哲學》，同上書，第 103～104 頁。
〔註17〕蔡和森：《蔡林彬給毛澤東，1920，8，13》，同上書，第 111～112 頁。

階級的革命。現今全世界只有兩個敵對的階級存在，就是中產階級與無產階級。」〔註18〕

　　借助於「歷史規律說」來對社會主義革命與無產階級專政作論證，是20年代以後一批「激進的」中國知識份子典型的話語形式，亦是其投身政治與社會變革的強大意識形態支持。對於這一現象如何作出解釋呢？應該說，「社會主義」本來不是馬克思主義者的專利。事實上，在中國近現代歷史上，最早對社會主義思想，甚至包括馬克思的思想學說加以介紹的，並不是中國的馬克思主義者，而是非馬克思主義者；而且，在這些非馬克思主義者當中，真誠地信仰「社會主義」的，也大有其人。但是，在這些中國的非馬克思主義者與馬克思主義者之間，其關於「社會主義」的定義與看法，卻大相徑庭。而這當中最重要的分歧與區別，就在於：「社會主義」到底是和平過度，還是採取「暴力革命」形式？是一場屬於全體國民的革命，抑或只能是「無產階級專政」？在這個問題上，中國的非馬克思主義者與馬克思主義者曾展開過「社會主義論戰」。其實，這場論戰的背後，有一個問題是更為值得注意的，這就是中國的「社會主義革命」到底依靠誰，以誰為主體的問題。這個問題之所以較之「社會主義革命」該採取何種方式進行這個問題來說更為重要，因為它關係到中國知識份子的角色認同問題。事實上，對於中國何時能實現「社會主義」，以及現時實行「社會主義」會出現什麼變局，理論上也贊成「社會主義」的張東蓀，就發表過他擔心會出現「偽的勞農革命」的憂慮。他說：「我所謂偽有二個意思：一個是破壞的意思；一個是假借名義的意思。就是只能是破壞的不能是建設的，只能是假借的不能是真正的。」〔註19〕他分析其中原因說：「破壞乃是自然的趨勢；可從精神與物質兩方面而講，即人心的不安與生活的難得。這個兩方面是互相因果的因為人心太不安，則人人有一種奇怪的心理；就是覺得現在的環境太不勘忍耐了，趕緊離開了罷，無論變什麼樣子總比現在好些。這種心理乃是變動的促進力。還有一種，就是正在厭惡現在環境，而又未想出若何改變的時候，忽聽見一種傳說，這種傳說又說得天花亂墜，於是便動了念。……至於假借名義，雖不敢斷言，不過已經有些黨人，一面幹護法的勾當，一面自命為社會主義者。這些人一旦把固有的招牌用完了，必定利用這個招牌，因為這是世界的新潮，可以駭倒一切。

〔註18〕蔡和森：《馬克思學說與中國無產階級》，同上書，第175～176頁。
〔註19〕東蓀：《現在與將來》，同上書，第165頁。

況且這個主義究竟沒有試驗過，一班人心容易傾向。我們推論至此，便知眞的勞農主義決不會發生，而僞的勞農革命恐怕難免。」〔註20〕同樣傾心於「社會主義」的梁啓超也不忘這樣表達他對「僞勞農革命」的憂慮：「吾以爲社會主義所以不能實行於今日之中國者，其總原因在於無勞動階級。……勞動階級之運動，可以改造社會；遊民階級之運動，只有毀滅社會。」〔註21〕在梁啓超等人看來，中國之所以目前不能實行「社會主義革命」，就在於中國沒有現代意義的「勞動階級」，而只有「遊民階層」。但在主張實行社會主義革命的共產黨人看來，這只是對於「社會主義運動」的誤解。所以，李達駁斥梁啓超的說法說：「社會主義運動，就是用種種的手段實現社會主義的社會。至於所採取的手段，有急進緩進的分別，然就現時最新傾向而言，一方面在聯合一切工人組織工會，作爲宣傳社會主義的學校，學習管理生產機關，一俟有相當組織和訓練，即採取直接直接行動實行社會革命，建設勞動者的國家。」〔註22〕至於說到中國的「遊民階級」，他說：「我並不主張利用遊民實行革命。但是勞動者不幸失業而成遊民，若在相當的團體訓練，何以絕對不許他們主張自身的權利？梁任公一定要他們回覆到了賃銀奴隸的地位以後，才准他們發言，是何道理？」〔註23〕這後一句話對於理解李達心目中的「遊民」涵義相當重要。在他看來，「遊民」本來也屬於「勞動階級」；況且，「遊民」其作爲「革命」可依賴的力量，比起作爲「賃銀奴隸」的產業工人來說，應該毫不遜色。事實上，以李達爲代表的中國共產黨人與梁啓超等人辯論「社會主義」，其主要的關切並非理論，而是革命實踐。在這個問題上，中國共產黨人主張，只要有利於社會主義運動，尤其是「暴力革命」，是可以而且應該動員一切社會力量的。原因無他，因爲社會主義運動與無產階級暴力革命代表著歷史發展的走向，它符合歷史發展的「鐵律」。所以，即便在第一次國共合作時期，共產黨人惲代英就強調：開展「國民革命」也要以「唯物史觀」爲依託。他說：「我們最後的斷案是，國民革命託生於唯物史觀；唯物史觀與國民革命並不相反，而且實屬必要。……每個國民黨員，都應以唯物史觀爲最高原則而訓練農工階級去革命！」〔註24〕看來，包括中國共產黨人在內的中國

〔註20〕同上書，第165～166頁。
〔註21〕梁啓超：《復張東蓀書論社會主義運動》，同上書，第209～210頁。
〔註22〕李達：《討論社會主義並質梁任公》，同上書，第188頁。
〔註23〕同上書，第189頁。
〔註24〕惲代英：《唯物史觀與國民革命》，同上書，第54頁。

激進知識份子，其所以選擇與信奉唯物史觀，從深層潛意識心理分析，就在於這種學說包含的「歷史規律說」與社會主義革命理論，有助於現代中國知識份子在參與社會與政治變革中，與社會邊緣群體的認同。

然而，切不可以為，接受唯物史觀就意味著現代中國知識份子放棄其社會的擔當而自甘於社會邊緣集團的「附庸」地位，恰恰相反，凡真正信仰馬克思主義的唯物史論的現代中國知識份子，大抵都有強烈的社會關懷與社會改造意識。這就是說，在急劇的社會變革中，他們絕不會自甘於「邊緣」，也不願意在社會革命的風暴中成為「邊緣群體」的「驥尾」。恰恰相反，他們在行將到來的社會大革命中，定要充當「先鋒」與「帶路人」的角色。而早期的中國共產黨人，正是從唯物史觀中，嗅到了它可以滿足這種心理期待的信息。1921 年，陳獨秀在與蔡和森討論建黨的文字中寫道：「唯物史觀固然含有自然進化的意義，但是他的要義並不只此。我以為唯物史觀底要義是告訴我們：歷史上一切舊制度底變化是隨著經濟制度變化而變化的。我們因為這個要義底提示，在創造將來的歷史上，得了三個教訓：（一）一種經濟制度要崩壞時，其它制度也必然要跟著崩壞，是不能用人力來保守的；（二）我們對於改造社會底主張，不可蔑視社會經濟的事實；（三）我們改造社會應當首先從改造經濟制度入手。在第（一）（二）教訓裏面，我們固然不能忘了自然進化的法則，然同時我們也不能忘了人類確有利用自然法則來征服自然的事實，所以我們在第（三）教訓內可以學得創造歷史之最有效最根本的方法，即經濟制度的革命。照我這樣解釋，馬克思主義並沒有什麼矛盾。若是把唯物史觀看作一種機械的自然進化說，那麼，馬克思主義便成了完全機械論的哲學。」[註25] 這段話告訴我們：20 世紀激進的中國知識份子之所以接受唯物史觀，是由於這種學說與他們當時的心理需求與精神氣質十分契合：唯物史觀在一方面承認社會發展有不可依人的意志為轉移的「鐵律」的同時，另一方面又十分重視無產階級政黨，或者說無產階級「先鋒隊」的作用。這自然十分符合既要與「社會邊緣勢力」認同，同時又要充當「革命」的「先鋒」與「帶路人」的中國現代激進主義知識份子的需要。看來，儘管 20 世紀以來，輸入中國的西方意識形態與思想觀念眾多，但就能同時滿足中國知識份子既要與「邊緣群體」認同，同時又不自處於「邊緣」，仍然希望能作為「中心」發揮其社會功能的角色期待而言，沒有任何一種西方意識形態能與馬克思主義的

〔註25〕陳獨秀：《陳獨秀答蔡和森》，同上書，第 181～182 頁。

唯物史觀相比。就中國知識份子的這種心理期待而言，馬克思主義成為 20 世紀中國思想界的強音，實乃情理之中的事情。

四、「民主」與「平等」觀念的衍化

其實，中國知識份子之選擇與接受馬克思主義，除了其中的唯物史觀為中國知識份子重選「道體」與進行角色認同提供依據，有助於緩解其「邊緣」與「中心」相背離導致的心理緊張之外，很重要的是，馬克思主義表達的社會理想，尤其是其中關於「民主」與「社會平等」的理念，十分契合在傳統價值理想失落以後，希望重建社會價值理想的中國現代知識份子的需要。然而，從傳統價值的失落，到「民主」、「平等」的社會理想與價值的重建，如同「國家」神話的建構一樣，在 20 世紀的中國知識份子那裏，經歷了一個摸索與探索的過程。這一思想摸索與探索的過程，其實也就是社會價值理想的逐漸下移和「邊緣化」過程。

在中國傳統文化中，本無「民主」與「平等」的思想觀念，與之相當的，是「為民作主」和「仁」的觀念。所謂「為民作主」，就是切身處地地為老百姓著想，考慮百姓的利益；所謂「仁」，就是「平等待人」的意思。但要指出的是：無論是「為民作主」也罷，「仁」也罷，它們都是在以血緣關係為紐帶的農業宗法社會中形成的，本質上是一種「倫理型」而非「法理型」的意識形態，在沒有實現「創造性的轉換」之前，實難鑲嵌入近現代社會的政治理論框架。因此，在西方的衝擊下，當締造一個新型的「法理型」國家的願望被提到議事日程上來的時候，它們理所當然地被拋棄。取而代之的，是西方關於「民主」與「平等」的思想觀念。

儘管在維新運動中，嚴復就曾大力地宣傳過西方關於「民主」和「平等」的思想，但真正將它們作為一種政治學的核心理念予以闡述和發揮，並賦予這兩個詞以中國語境下的獨特意義與理解的，還是進入 20 世紀以後的事情。當時，「保皇派」與「革命黨人」就中國未來要採取何種政治模式發生了激進的論爭。而雙方爭論的一個重要方面，就是對於「民主」和「平等」的理解。在保皇派那裏，所謂「民主」是「君民共同作主」，而「平等」是「滿漢不分」的意思。顯然，蘊含在這種關於民主與平等提出後面的政治主張，是實行「君主立憲」；對於改良派來說，「民主」與「平等」，都只能從「政治民主」與「政治平等」的角度來加以定義。而對於革命黨人來說，不僅他們心目中的中國

未來政治模式，是「民主共和」，在這點上與當時的改革派有著距離。更重要的，基於他們對西方社會，包括他們所心儀的美利堅合眾國的認識，發現西方社會出現了不少蔽病，其中最主要的是勞資對立嚴重，於是，他們提出了「政治革命」與「社會革命」並行的革命方略。因此，他們所謂的「民主」與「平等」思想，與其說是從政治權利著眼，不如說更強調其社會與經濟權利。對於革命黨人來說，民主與平等與其說是政治民主與政治平等，不如說是經濟民主與經濟平等更為重要。為了將他們的民主觀與改良派的民主觀相區別，他們不再將政治民主稱為民主，而改稱為「民權」，為了將他們的平等觀與改良派的平等觀相區別，他們將他們的經濟平等觀稱為「民生主義」。這成為後來孫中山作為「民主建國」綱領的「三民主義」（民主主義、民生主義加以民族主義）的思想基礎。

那麼，民生主義的提出，對於革命派人來說，到底意味著什麼？革命派又為什麼要提出「社會革命」這一說法呢？革命黨人中的理論驍將朱執信說：「然方言社會革命，當與政治革命並行，則不得不先言社會革命原因之所在。苟無此不得不行之關係，則社會主義束置高閣可也。復何用詹詹炎炎乎？……社會革命之原因在社會經濟組織之不完全也。凡自來之社會上革命，無不見其制度自起身者也。」〔註26〕看來，這裡的「社會革命」與「社會主義革命」等等，其要義在於改革舊的經濟制度。在《民生主義與中國政治革命之前途》一文中，他發表其對於「民生主義」的看法說：「民生主義（Socialism），日人譯名社會主義。……民生主義之發達何以故？曰：以救正貧富不均，而圖最大多數之幸福故。貧富不均何以故？曰：以物質舒，生產宏大，而資本家之壟斷居奇故。夫自十九世紀以降，歐美列強，除俄國外，民權、民族之二大主義，殆將告厥成功。世人方以為自茲而後，專制之淫威日漸漸滅，而人權自由之幸福鞏如磐石矣，而孰知事實上竟有大不然者，君主之有形專制方除，而富豪之無開有專制更烈。富者資本驟增，貧者日填溝壑。」〔註27〕又說：「民生主義之實施時期，當面中國政治革命初起之時期乎？抑在政治革命以後乎？此為研究斯主義者異常重大之問題，誠不可不推察而解決之，以為後日之預備。在鄙人之見，則以革命軍初起實行時舉之為最宜，過此則無可實行，

〔註26〕朱執信：《論社會革命當與政治革命並行》，《辛亥革命前十年間時論選集》，第 2 卷（上），第 435 頁。
〔註27〕同上書，第 419～420 頁。

使強行之，而其難點亦不異於今日之歐美。何以言之？少數資本家之增長乃因物質之進步使然，而物質之進步，即為其國富強之明鏡。今日中國之資本家猶未林立者，特患物質未發達耳。革命軍不成功則已，苟其奏效，則以中國人口之漲滿，物產之豐繁，而其富強豈不可計日而待耶！既富強矣，則資本家由是澎漲，而壟斷政策於以橫施焉。而大多數之人民，遂不得不罹於富豪之無形專制，其禍要勝言哉。」〔註28〕「大地列國防大學之易行民生主義者，無如中國；而易行土地國有制者，亦無如中國。」〔註29〕這裡，「民生主義」與「社會主義」同義。在朱執信看來，中國之所以要實行民生主義或社會主義，就在於要避免像歐美等國那樣的出現「貧富懸殊」；而正因為中國的資本主義還未有發達，所以最具備有實行這種社會主義革命的條件。

應當說，20世紀以降，社會主義思潮的風起雲湧，是世界性的現象。置身於歐風美雨的侵蝕、浸潤之中，中國的現代知識份子普遍都具一種社會主義的理想或情結。連著名的自由主義者胡適，也曾對「社會主義」表示過他的好感，這並不奇怪。問題在於：要將作為社會理想的社會主義與作為政治行動策略的社會主義加以區別開來。而在20世紀中國，可值得注意的，倒不是為什麼有那麼多的知識份子會傾向於社會主義理想，而在於：為什麼有那麼多知識份子，主要是激進型的知識份子，最後都選擇了社會主義作為政治行動的方案。這裡，正顯示出中國的自由主義知識份子與文化激進主義型的知識份子的分野：大凡主張與強調全社會動員、號召社會各階層都投身與參與政治運作的，都主張將社會主義作為直接的行動方案；反之，提倡「社會改良」，反對採取「過激」手段與「暴力革命」變革社會的，最終只將「社會主義」作為一種可「欲」而不可馬上實行的社會理想。

問題的嚴重性在於：這種是作為「理想」而不實現的社會主義，與作為政治行動方案的社會主義，兩者之間有著重大的分歧。這種分歧最終導致它們在關於「民主」與「平等」這兩個基本的政治學觀念上產生了根本性的對立：對於前者來說，它們僅只在政治民主與政治平等的意義上加以使用，如康有為、梁啟起等改良派所主張的那樣；對於後者來說，它們則主要是與社會革命或社會主義連在一起的經濟民主與經濟平等。假如我們要進一步問：為什麼現代中國知識份子在這個問題上會產生分歧？這就會發現問題的所在：只有賦以民主

〔註28〕同上書，第424頁。
〔註29〕同上書，第430頁。

與平等這兩個詞彙以經濟民主與經濟平等的涵義，才能調動廣大社會群眾投身於社會與政治改革的熱情；反過來，給予這兩個詞彙以嚴格的限制，才能防止社會的「底層」，或者說社會的「邊緣群體」介入社會與政治行動。故之，「民主」與「平等」的涵義問題，在 20 世紀中國，其實是一個是否應該動員「社會邊緣群體」參與與投身社會政治行動的政治策略問題。

應當說，儘管辛亥革命時期的革命黨人首先賦予了「民主」與「平等」這兩個詞彙以經濟民主與經濟平等的含義，在具體的政治行為策略中，他們其實對社會底層或「邊緣人」之參與政治，依然是有戒心的；或者說，在他們心目中，這些社會邊緣群體在革命中，尤其是以暴力形式「奪權」的過程中，是只可利用之，而不可依賴之。真正將社會邊緣群體作為革命之可靠的依賴對象，甚至視為革命的「主力軍」的，是中國共產黨人。由是，與此相適應，「民主」與「平等」這兩個思想觀念，也就加速了它們的「邊緣化」過程。

在中國共產黨人關於「民主」與「平等」的說法中，其實包含著兩個似乎相反的方面：其一，他們是在「經濟民主」與「經濟平等」的意義上使用這兩個語彙的；其二，更多地，他們又似乎是在「政治民主」與「政治平等」的意義上使用這兩個概念。這一切到底是如何可能的？其實，只要從中國共產黨人較之辛亥革命時期的革命黨人更加強調「社會邊緣群體」之介入政治運動之必要，以及極力要調動其參與和投身革命的熱情，這一切是可以得到理解的。我們知道，辛亥時期革命派將民生主義等同於社會主義，其社會主義的經濟策略主要是提出「平均地權」和「土地國有」。馮自由說：「所謂國家民生主義之綱領為何，則土地問題是也。括而言之，則平均地權也。」﹝註30﹞又說：「曷言乎調和社會上貧富不均之弊害也？夫救治貧富之不均，端賴提倡民生主義也；而提倡民生主義，首在實行土地國有制；而實行土國有制，則不可不向唯一之土地而賦課租稅。」﹝註31﹞孫中山在《民報》的「發刊詞」中將為什麼要行「民生主義」，以及民生主義與民族主義、民權主義的關係講得更清楚：「今者中國以千年專制之毒而不解，異族殘之，外邦逼之，民族主義、民權主義，殆不可以須臾緩。而民生主義，歐美所慮積重難返者，中國獨受病未深，而去之易。是故或於人為既往之陳跡，或於我為方來之大患。……夫歐美社會之禍，伏之數十年，及今而後發現之，又不能使之遽去，吾國治民生主義者，發達最先，

﹝註30﹞馮自由：《民生主義與中國政治革命之前途》，同上書，第 425 頁。
﹝註31﹞同上書，第 430 頁。

睹其禍害於未萌，庶可舉政治革命、社會革命畢其功於一役。」〔註32〕看來，革命黨人之所以提倡「民生主義」與社會革命，一方面有動員社會群眾，尤其是農民參與革命的考慮，更主要的恐怕是要防微杜漸，防止社會革命或者農民革命於未然。而對於中國共產黨人來說，與其說要防範社會革命與農民革命於未然，不如說在他們認為中國革命其實就是農民革命。因此調動農民的革命積極性，對於革命的勝利來說，是第一位重要的。毛澤東說：「中國有百分之八十的人口是農民，這是小學生的常識。因此農民問題，就成了中國革命的基本問題；農民的力量，是中國革命的主要力量。」〔註33〕既然在中國農民佔了絕大多數，中國革命本質上是農民革命，因此，解決農民的問題，也就是土地問題，就已經不是什麼動員農民參加革命的暫時性「策略」，而成了共產黨人進行新民主主義革命的生命線。在這種意義上，中國共產黨人將「民生」與「平等」與農民問題聯繫起來，是順理成章的事情；中國共產黨人將中國革命又直稱為「土地革命」，其意義也在這裡。

但與之相聯繫的，中國共產黨人與辛亥革命時期的革命黨人不同，除了賦予民主與平等以經濟和社會革命的含義之外，他們還同時在「政治革命」這個層次使用「民主」與「平等」。這時候，「民主」的意思是指「人民民主專政」，而「平等」則意味著對於反對革命的階級以及富人的「剝奪」。在《論人民民主專政》這篇中國共產黨人建立新中國的綱領性文件中，毛澤東首次將「民主」的概念與「專政」的概念結合在一起。他從「政治民主」的角度發揮孫中山的「三民主義」中的「民權主義」思想說：「除了誰領導這一個問題以外，當作一般的政治綱領來說，這裡所說的民權主義，是和我們所說的人民民主主義或新民主主義相符合的。」〔註34〕其實，毛澤東所謂的「人民民主專政」，與孫中山的「民權主義」是有本質區別的。因為就在這段話下面，他緊接著作了如下的補充：「只許為一般平民的共有，不許為資產階級所私有的國家制度，如果加上工人階級的領導，就是人民民主專政的國家制度了。」〔註35〕看來，在毛澤東眼裏，政治上的「民主」只可給予「人民」，而「人民」是不包括像地主階級和官僚資產階級這樣的剝削階級的。關於「平等」，他認為，同樣只適用於「人民」內部。而對人民的敵人，則是鎮壓與

〔註32〕 孫中山：《民報發刊詞》，同上書，第 82 頁。
〔註33〕 毛澤東：《新民主主義論》，《毛澤東選集》，第 653 頁。
〔註34〕 毛澤東：《論人民民主專政》，同上書，第 1366～1367 頁。
〔註35〕 同上書，第 1367 頁。

剝奪。他說，對於人民的敵人，「只許他們規規矩矩，不許他們亂說亂動。
如要亂說亂動，予以取締，予以制裁。對於人民內部，則實行民主制度，人
民有言論集會結社等項的自由權。選舉權，只給人民，不給反動派。這兩方
面，對人民內部的民主方面和對反動派的專政方面，互相結合起來，就是人
民民主專政。」〔註36〕

　　總括以上，可以看到，「民主」與「平等」是一較之其它任何政治學概念
都複雜得多的思想觀念。不同政治立場的思想派別，可以賦予它們以完全不
同，甚至於截然相反的含義。但綜觀整個20世紀的中國思想界與社會政治運
動，「民主」與「平等」這兩個思想觀念經歷了一個從政治概念到經濟概念，
又從經濟概念重新獲得政治意義的過程。「民主」與」平等」觀念含義的衍變，
恰恰從一個角度說明了中國政治舞臺上各種勢力的角逐與力量變化。由於 20
世紀中國的重大社會變動離不開「社會邊緣群體」的積極參與，因此，如何
重新塑造「民主」與「平等」的意義，以利於「社會邊緣群體」之積極投身
社會政治運動，就成為力圖以群體性方式，甚至暴力方式改變現代中國歷史
走向的中國知識份子考慮的問題。

　　值得注意的是：中國激進型的知識份子將「民主」與「平等」這兩個由
西方傳入的思想觀念「邊緣化改造」，力圖將它們與「社會邊緣群體」相對接，
由此使「民主」與「平等」觀念成為激勵社會群眾投身政治與革命運動的引
爆劑與助燃劑。而20世紀的這些中國激進型知識份子，非但沒有退居「邊緣」，
卻由於成為這些烏托邦與意識形態的製造者，而終於又返回到社會與政治運
動的中心。

五、「民族主義」巨靈的出現

　　民族主義的胎動和集結，是20世紀中國的必然趨勢。它的產生源於這樣
一種歷史情景，即自十九世紀下半葉以來西方強國對中國的「豆剖瓜分」。但
在中國近現代思想史上，值得注意的，並不是民族主義在中國產生和出現這
種事實，而在於：活躍在20世紀中國政治舞臺上的各種政治力量，以及政治
立場歧異的各種思想派別，都無不掀起「民族主義革命」或「民族戰爭」的
旗幟。於是，我們看到，在中國近現代，「民族主義」的提倡或「民族革命」
的承諾，其實成為一種思想觀念的「稀缺資源」：它引起不同社會利益集團的

〔註36〕同上書，第 1364 頁。

爭奪；同時也成爲淪爲「邊緣」的中國現代知識份子通過掌握主流話語而重新突入「中心」的有效途徑。由是，通過對「民族」與「民族主義」涵義變化的分析，20世紀中國各種社會與政治思想的演化沉浮似乎歷歷可見。

　　「民族」與「民族主義」這樣的詞彙進入中國思想界，是十九世紀末的事情。中國古代本無「民族」這一觀念；相反，與知識份子的「道」相聯接的，是「天下」的觀念。所謂「天下興亡，匹夫有責」，長期以來是中國古代社會中憂國憂民的士大夫的傳統。這裡所謂「天下」，泛指整個人間社會的秩序安排；而所謂「天下興亡」，並不是像皇朝興廢那樣一家一姓的興亡，而是指以華夏文化爲中心的社會價值與社會秩序的建立或瓦解。故中國古代社會的社會歷史觀，與其說是民族主義的，不如說是「世界主義」的；與其說是以政治爲本位的，不如說是以文化與倫理爲本位的。中國這種以華夏文化爲中心的社會歷史觀，頗有似於西方中世紀以基督教文化爲中心的社會歷史觀。近代以來，由於西方列國的壓迫，中國的民族主義意識方才逐漸覺醒。維新運動中，嚴復首先從進化論的觀點，闡述「種」、「群」竟爭的思想。他在《原強》一文中寫道：「所謂爭自存者，謂民民物物，各爭有以自存。其始也，種與各爭，及其成群成國，則群與群爭，國與國爭。而弱者當爲強肉，愚者當爲智役焉。」〔註37〕他還翻譯《天演論》，嚴復自稱此書「於自強保種之事，反覆三致意焉」〔註38〕，這本書對於喚起國人的民族主義意識，作用極其巨大。

　　然而，嚴復關於「自強保種」的提法畢竟還顯得籠統。「接著」嚴復的觀點講，並將「民族主義」這一概念予以大加闡發的，是20世紀初葉的梁啓超。在《新民說》一開篇，他就這樣提出問題：「自世界初有人類以迄今日，國於環環上者何啻千萬？問其巋然今存，能在五大洲地圖占一顏色者幾何乎？曰百十而已矣。此百十國中，其能屹然強立，有左右世界之力，將來可以戰勝天演者幾何乎？曰四、五而已矣。夫同是日月，同是山川，同是方趾，同是圓顱，而若者以興，若者以亡，若者以興，若者以亡，若者以弱，若者以強，則何以故？……吾知其由：國也者，積民而成。國之有民，猶身之有四肢、五臟、筋脈、血輪也。未有四肢已斷，五臟已瘵，筋脈已傷，血輪已涸，而身猶能存者；則未有其民愚陋怯弱，渙散混濁，而國猶能立者。故欲其身之長生久視，則攝生之術不可不明，欲其國之安富尊榮，則新民之

〔註37〕《嚴復集》，第1冊，第5頁。
〔註38〕《嚴復集》，第5冊，第1321頁。

道不可不講。」〔註39〕這裡可以說是對嚴復觀點的進一步發展。其實，歷史
跨入 20 世紀初，眞正值得注意的，與其說是梁啓超從進化論角度對「民族
之間生存競爭」的強調，不如說是他對西方近代以來「民族主義」思想的宣
傳與介紹。如《新民說》中寫道：「所謂關於外交者何也？自十六世紀以來
（約三百年前），歐洲所在地以發達，世界所以進步，皆由民族主義
（Nationalism）所磅礴沖激而成。民族主義者何？各地同種族同言語同宗教
同習俗之人，相視如同胞，務獨立自治，組織完備之政府，以謀公益而禦他
族是也。」〔註40〕「在民族主義立國之今日，民弱者國弱，民強者國強。」
〔註41〕他還從「民族」的角度發揮他對「民族國家」的看法說：「所謂對於
外族而知有國家者何也？國家者，對外之名詞也，使世界而僅有一國，則國
家之名不能成立。故身與身相併而有我身，家與家相接而有我家，國與國相
峙而有我國。人類自千萬年以前，分孳各地，各自發達，自言語風俗，以至
思想法制，形質異，精神異，而不得不自國其國者焉。循物況天澤之公例，
則人與人不能不衝突，國與國不能不衝突，國家之名，立之以應他群者也。」
〔註42〕在《國家思想變遷異同論》中，我們還讀到他對民族主義這樣深情謳
歌的文字：「民族主義者，世界最光明正大公平之主義也。」〔註43〕「民族
主義」思想通過梁啓超那「筆鋒常帶感情」的文字的宣傳，不脛而走，很快
就深入人心。然而，20 世紀初的中國是一個各派政治勢力競相爭取群眾，彼
此爭奪思想霸權的時代。在與革命派的思想交鋒中，改革派最後以失敗而告
終，檢討起來，實因爲在「民族主義」這個問題上，未能跟上歷史的進程：
他們未有意識到，這已經不是一個純粹學理上的問題，而是一個如何有效地
調動甚至迎合社會群眾情緒的問題。

　　在 20 世紀初，宣傳和提倡民族主義的，不僅有改良派，革命派也將實行
「民族主義」作爲其政綱的內容。在孫中山提出的「三大主義」中，首出的就
是「民族主義」。他解釋說：「那民族主義，卻不必要什麼研究才會曉得的。譬
如，一個人見著父母，總是認得，決不會把他當做路人，也決不會把路人當做

〔註39〕梁啓超：《新民說》，瀋陽，遼寧人民出版社，1994 年版，第 1～2 頁。
〔註40〕同上書，第 5 頁。
〔註41〕同上書，第 10 頁。
〔註42〕同上書，第 24 頁。
〔註43〕梁啓超：《國家思想變遷異同論》，《辛亥革命前十年時論選集》，第 1 冊（上），
　　　　第 32 頁。

父母。民族主義，也是這樣。這是從種姓發出來，人人都是一樣的。」〔註44〕
值得注意的是：革命派心目中的「民族主義」，其涵義完全不同於改良派所說
的「民族主義」。如果說對改良派而言，實行「民族主義」的途徑是指中國通
過行「君主立憲」，提高國力，來對抗西方強國的霸權的話，那麼，革命派所
說的「民族主義」，其實就是「反滿」的代名詞。爲了提倡「反滿」的「民族
革命」，革命派從如三個方面進行了論證：第一，從血緣、語言以及文化心理
方面，強調「漢滿之分」，說明滿人不是中華民族的正統。柳亞子說：「人種
的起源，各各不同，就有種族的分別。凡是血裔風俗言語同的，是同民族；
血裔風俗言語不同的，就不是同民族。一個民族當中，應該建設一個國家，
自立自治，不能讓第二個民族佔據一步。」〔註45〕汪精衛在《民報》上發表
文章說：「嗚呼，滿洲入寇中國二百餘年，與我民族界限分明，未少淆也。……
大抵民族不同，而同爲國民者，其所爭者，莫大於政治上之勢力。政治上之
勢力憂，則其民族之勢力亦獨憂。滿洲自入關以來，一切程度悉劣於我萬倍
而能久榮者，以獨佔政治上之勢力故也是。」〔註46〕在他看來，清政府是爲
了繼續保持其政治上的勢力，才有準備「立憲」之舉，因此，爲了打破滿人
對政治的把持壟斷，必須進行「反滿革命」，而不能進入「君主立憲」的圈套。
第二，滿清政府的政治是「貴族政治」，政治權力爲極少數人所把持，廣大漢
人被排除於權力中心之外，因此，從漢人的參與政治著眼，也必須排滿，推
翻滿清政權。汪精衛說：「夫貴族政治，不平等之政治也。……二百六十年來
之政治，可與元代爲比例，而決不能一漢唐宋明爲比例。然則吾國民以何理
由而敢覥然日『今非貴族政治』」。〔註47〕他歷數滿清貴族政治導致的種種「不
平等」後得出結論：「如上所述，滿清之貴族政治，可見一斑矣。今欲破此貴
族政治，別無他道，唯恃民族主義而已。」〔註48〕第三，西方帝國主義對華
的侵略，是滿清腐朽政治統治的結果。因此，爲擺脫帝國主義的壓迫與侵略，
首先也必須進行推翻滿清統治的民族革命。汪精衛在同一篇文章中說：「自明
亡以來，我民族已失第二例之位置，而至於今日則將降一落千而至第三例之

〔註44〕孫中山：《「民報」週年紀念大會上的演說》，《辛亥革命前十年時論選集》，第
　　　　2 冊（上），第 535 頁。
〔註45〕柳亞子：《民權主義！民族主義》，同上書，第 2 冊（下），第 814 頁。
〔註46〕汪精衛：《民族的國民》，同上書，第 96 頁。
〔註47〕同上書，第 101 頁。
〔註48〕同上書，第 110 頁。

位置。」〔註49〕他歷數中國遭受列強侵略，淪爲「第三等國家」的原因說：「然則吾前言我民族之在今日將降而列第三例之位置者何也？則以滿人自咸、同以來，其狀況已大異疇昔故。以云保有習慣，則賤胡忘本已自失其故吾，迄今日關內滿人能爲滿洲語言文字者已無多人，他可知己。以云專擅武事，則八旗窳朽，自嘉慶川湖陝之役，已情見勢絀。道光鴉片煙之役，林則徐守兩廣，邊防屹然，其債事者，皆滿洲渠帥也；英法聯軍之役，僧格林沁率滿蒙精騎，以爲洋槍隊之的，其軍遂殲，而天津條約以成；洪楊之役，賽尙阿輩工於潰敗，官文則直曾胡之傀儡耳。人才既衰，軍制尤腐敗不可方物。……」總之，滿清的腐敗政治，實是造成西方列強侵略的原因。因此，爲了中國的救亡圖存，更必須推翻滿清的腐朽政治。

如何看待1905～1907年革命派與改良派圍繞「民族主義」的爭論呢？應該說，這場論戰最後以革命派的勝利告終，其原因，與其說是革命派關於「民族主義」與「排滿」之間具有關係的論據更有邏輯論辯力，不如說是革命派的這些論辯，較之改良派的論據，更具有征服社會群眾的渲染力。霍布斯鮑姆在談到「民族」與「民族主義」的關係時說：「簡言之，民族主義早於民族的建立。並不是民族創造了國家和民族主義，而是國家和民族主義創造了民族。」〔註50〕他指出：所謂「民族」只是一種「想像的共同體」，「其作用無疑是用來塡補當『眞正的』社群或網絡組織，因退化，解構或失效後所出現的人類情感的空隙。……建國以及民族主義運動能夠動員各式各樣的集體情感，這些情感早已蓄勢待發，能夠在大規模的政治動員中，發揮功不可沒的作用。」〔註51〕這段話對於我們理解爲什麼革命派建構起來的「民族」與「民族主義」，較之改良派提倡的「民族」與「民族主義」，要更能征服當時的人心，無疑提供了一個很好的解釋。因爲「民族」本是一個「想像的建構物」，這種想像的建構物要能抓往人心，一定要能符合當時群眾，當然也包括知識份子群體的心理期待。而1905年以後中國的政治情勢與社會思想氛圍是：廣大民眾，包括知識份子，對清政府能夠眞正革新政治，早已失去信心與期待；更重要的，晚清科舉制度的廢除，使知識份子作爲一個群體已無可挽回地陷於社會政治的邊緣。在這種情況下，革命派以「反滿」爲號召的「民族主義」

〔註49〕同上書，第87頁。
〔註50〕蓋爾納：《民族與民族主義》，北京，中央編譯出版社，2002年版，第10頁。
〔註51〕同上書，第54頁。

與「民族主義原型」的出現，就既能打動要求「革」清朝統治者的「命」的廣大民眾的需要，同時亦可以滿足退居「邊緣」而希望重新返回「中心」的知識份子的需要。應該說，20 世紀初中國知識份子大多選擇了革命派的「民族主義理論」，並參與新一輪的「民族主義原型」的重建，在頗大程度上，是由「重建自身中心地位」這一潛意識提供驅力的。當然，除了「反滿」的提法之外，革命派的「民族主義」較之改良派的「民族主義」更能動員民眾，除了「反滿」的提法之外，也許最根本的是：前者的「民族主義」將「反滿」同推翻「階級壓迫」結合起來，這無疑更能爭取到社會底層民眾加入到「反滿」的行列中來。霍布斯鮑姆在檢討「民族主義」與「社會民眾」的關係時：中下階層的民眾（如勞工、僕役、農民等），「通常都不會對民族認同付出深刻的情感，無論是什麼樣的民族主義，都很難打動他們的心意。」〔註52〕另一方面，他也指出：「民族主義口號往往最能打動一般大眾，特別是可以藉此動員廣大選民，並把他們吸納為政黨的支持者。」〔註53〕這說明，「民族主義」之所以和可以成為動員民眾的意識形態，與其說是它的一般性口號，不如說是它的綱領與內容更為重要。換言之，任何政黨與政治勢力要借助「民族主義」的宣傳來動員群眾，首要的不是讓群眾來適應它的「民族主義」，而是要讓它的「民族主義」能適應與招攬到民眾。而「民族」與「民族主義」恰恰又是極富於彈性的詞彙，幾乎代表任何政治傾向與政治利益的思想觀點，都可能納入它的思想框架。明乎此，就可以理解，為什麼在 20 世紀中國，任何政治與思想派別，都無法迴避「民族」與「民族主義」的提法，問題只在於：誰的「民族主義」的綱領最能調動廣大社會民眾的政治參與熱情，誰也就最終會戰勝對手，而取得領導與執掌 20 世紀中國政治與社會話語權力的中心地位。我們看到，在這個問題上，並非辛亥革命時期的革命派，而是後來崛起的中國共產黨人，成為最後的勝利者。

中國共產黨人的「民族主義」的根本特點，是他們充分地意識到「民族主義」的提法要與社會廣大邊緣群眾的利益相結合。從這點上說，中國共產黨人的成功，與其說是「民族主義革命」的成功，不如說是「人民大眾革命」或者說「農民革命」的成功更為恰當。其實，在長期的革命實踐中，孫中山並不是沒有意識到「喚起民眾」對於「革命成功」的重要性，其晚年就明確提出「聯俄、聯共，扶助工農」，將其作為「新三民主義」的內容。然而，就

〔註52〕同上書，第 12 頁。
〔註53〕同上書，第 45 頁。

整個國民黨的社會基礎來說，並不是真正依靠工農，而是借助民族資產產階級的。這樣，孫中山的「新三民主義」就只成為一紙空談。真正將孫中山的「扶助工農」政策貫徹下去，並加以發展，尤其是將它同「民族主義」口號相結合的，不是國民黨人，而是中國共產黨。當然，中國共產黨以此問題的認識，也有一個歷史的過程。

就建黨初期來說，由於中國共產黨人的目標是致力於在中國實現「共產主義」，因此，它對「民族主義」與「民族革命」的提法，並不是那麼看重的。也許在早期中國共產黨人眼裏，所謂「民族主義」與「民族革命」的提法，更多地是同國民黨的意識形態聯繫在一起。應當說，從建黨以後，中國共產黨人主要是強調「階級鬥爭」和「階級革命」，它致力於結束軍閥混戰和推翻以國民黨為代表的中國封建主義與官僚買辦階級的政權。但在當時國民黨與共產黨力量懸殊的較量中，共產黨人屢屢失利，最後進入了「戰略大轉移」，被迫進行「長征」。直到 1937 年全面抗日戰爭爆發，當中國共產黨人重新提出「統一戰線」與「民族戰爭」的動員口號以後，形勢為之大變：共產黨人在意識形態的戰場上節節勝利，而國民黨則逐漸失去人心，終之瓦解。應當說，共產黨人最終能奪取到全國政權，全面抗日戰爭的爆發成為關鍵。抗日戰爭提供給中國共產黨人的歷史機遇不是別的，就是使其能將「民族戰爭」與「民族主義革命」正式接納於其政治綱領之中。問題在於：民族主義的口號是如何能與中國共產黨人關於「階級鬥爭」的口號相銜接的呢？毛澤東說：「階級鬥爭和民族鬥爭的關係也是這樣。在抗日戰爭中，一切必須服從抗日的利益，這是確定的原則。因此，階級鬥爭的利益必須服從於抗日戰爭的利益，而不能違反抗日戰爭的利益。但是階級和階級鬥爭的存在是一個事實；有些人否認這種事實上，否認階級鬥爭的存在，這是錯誤的。企圖否認階級鬥爭存在的理論旨完全錯誤的理論。我們不是否認它，而是調節它。我們提倡的互助互讓政策，不但和有助於黨派關係，也適用於階級關係。為了團結抗日，應實行一處調節各階級相互關係的恰當的政策，既不應使勞苦大眾毫無政治上和生活上的保證，同時也應顧到富有者的利益，這樣去適合團結對敵的要求。只顧一方面，不顧另一方面，都將不利於抗日。」〔註54〕這段話概括起來，其主要意思有三點：1，階級鬥爭服從於民族鬥爭，2，階級鬥爭不容抹殺，3，勞苦大眾與富有者的利益同時兼顧。這其中，最關鍵或者說要

〔註54〕《毛澤東選集》，第 491 頁。

強調的，其實還在第一點。問題在於：馬克思創立的共產主義運動或者說工人運動，有一個著名提法：「工人沒有祖國」，它蘊含的意思是：全世界無產階級團結起來！在抗日戰爭中，中國共產黨人提出以階級鬥爭服從於民族鬥爭的口號，其最終的結果，會不會影響到以民族鬥爭取代階級鬥爭呢？對此，毛澤東的回答是：「國際主義者的共產黨員，是否可以同時又是一個愛國主義者呢？我們認為不但是可以的，而且是應該的。愛國主義的具體內容，看在什麼樣的歷史條件之下來決定。有日本侵略者和希特勒的『愛國主義』，有我們的愛國主義。對於日本侵略者和希特勒的所謂『愛國主義』，共產黨員是必須堅決地反對的。日本共產黨人和德國共產黨人都是他們國家的戰爭的失敗主義者。用一切方法使日本侵略者和希特勒的戰爭歸於失敗，就是日本人民和德國人民的利益；失敗得越徹底，就越好。……中國的情況則不同，中國是被侵略的國家。因此，中國共產黨人必須將愛國主義和國際主義結合起來。我們是國際主義者，我們又是愛國主義者我們的口號是為保衛祖國反對侵略者而戰。對於我們，失敗主義是罪惡爭取抗日勝利是責無旁貸的因為只有為著保衛祖而戰才能打敗侵略者，使民族得到解放。只有民族得到解放，才有使無產階級和勞動人民得到解放的可能。中國勝利了，侵略中國的帝國主義者被子打敗了，同進也就是幫助了外國的人民。因此，愛國主義就是國際主義在民族解放戰爭中的實施。為此理由，每一個共產黨員必須發揮其全部的積極性，英勇堅決地走上民族解放戰爭的戰場。」〔註55〕這段文字之所以重要，是它不僅論述了愛國主義與國際主義的關係，將「愛國主義」納入了「國際主義」的理論框架，更重要的，是它指出：「民族解放」是「勞動人民解放」的前提。這不僅為共產黨人為什麼投身抗日提供了有力論證，也使中國廣大社會底層的力量能迅速地向「抗日」這一民族戰爭的方向聚集。當時，中國共產黨人的這種做法不是孤立的現象。我們看到，二戰時期，當世界性的反法西斯聯盟建立以後，歐洲被德國法西斯佔領的一些國家，如法國、南斯拉夫等，共產黨人也相繼調整他們的戰略和政策，使「國際主義」與「民族解放戰爭」相勾聯，只不過其社會動員的廣泛性遠遠不如中國，其理論的深度也無法與毛澤東的「統一戰線理論」相媲美而已。

當然，由於「階級鬥爭服從於民族鬥爭」是在當時歷史條件下的新提法，它與中國共產黨人在兩次國內戰爭中的政策與綱領，都在不同程度上有相牴觸

〔註55〕同上書，第486～487頁。

或矛盾之處，因此，如何在意識形態上統一全黨思想，消除黨內在這個問題上的思想混淆，構成抗日戰爭時期中國共產黨人理論戰線中的焦點甚至難題。當時的延安「整風」運動，以及中國共產黨人的對「馬克思主義學習運動」的強調，都同此意識形態的統一有關。正因爲有此背景，所以，在中國共產黨內，對「馬克思主義」的學習，與其說是強調對馬克思主義「經典」的鑽研，不如說重點放在如何「理論聯繫實際」。毛澤東在談到要如何以馬克思主義這個「矢」去射中國革命這個「的」的時候說：「要使馬克思列寧主義的理論和中國革命的實際運動結合起來，是爲著解決中國革命的理論問題和策略問題而去從它找立場，找觀點，找方法的。這種態度，就是有的放矢的態度。『的』就是中國革命，『矢』就是馬克思列寧主義。」〔註56〕也正因爲這樣，他將那些不是根據變化了的情況而改變其政策甚至理論的，而是死守著馬克思主義經典理論的人，稱之爲「教條主義者」與「洋八股」。他取笑這些只會背離誦馬克思主義的經典原文，卻不知變通的教條主義者說：「馬克思主義列寧主義理論和中國革命的關係，就是箭和靶的關係。有些同志卻在那裏『無的放矢』，亂放一通。這樣的人就容易把革命弄壞。有的同志則僅僅把箭拿手裏搓來搓去，連聲讚曰：『好箭！好箭！』卻老是不願意放出去。這樣的人就是古董鑑賞家，幾乎和革命不發生關係。馬克思列寧主義之箭，必須用了去射中國革命之的。這個問題不講明白，我們黨的理論水平永遠不會提高，中國革命也永遠不會勝利。」〔註57〕正是根據將馬克思列寧主義與中國革命相結合的看法，毛澤東提出了他的具有劃時代意義的統一戰線理論，將「國際主義」與「民族革命」很好地融爲一爐。毛澤東本人對他的這個創造性的理論頗爲自信，將它與武裝鬥爭、黨的建設理論相提並論，稱之爲制敵致勝的「三大法寶」。

但應當看到，正因爲「民族抗戰」與「統一戰線理論」的提出，都服從於中國革命之「的」，因此，無論它們在革命實踐中發揮了如何重要的作用，它們始終是「工具」或「手段」（即「法寶」），而非目的本身。就中國共產黨人來說，他們的革命目標，即使在抗日戰爭之中，也是非常明確的，即要推翻國民黨統治，建立工人和農民當家作主的政權。所以，對於「抗日統一戰線」的建立來說，誰來領導這個「統一戰線」，就成爲抗日戰爭問題的關鍵。當全面抗日戰爭剛爆發，中國共產黨人領導的武裝力量尙處於弱小階段

〔註56〕同上書，第759頁。
〔註57〕同上書，第779頁。

時，毛澤東就發表《統一戰線中的獨立自主問題》，認為在當時情況下，儘管「階級鬥爭是以民族鬥爭的形式出現的」，〔註 58〕但要求中國共產黨人的一切做法都必須經過國民黨同意，這卻是做不到的。而到了 1940 年，當抗日戰爭正處於緊要關頭時，毛澤東發表《新民主主義論》，終於提出了通過抗戰爭取「民心」與獲得領導權的重要。他說：「在中國，事情非常明白，誰能領導人民推翻帝國主義和封建勢力，誰就能取得人民的信仰，因為人民的死敵是帝國主主我和封建勢力、而特別是帝國主義的緣故。在今日，誰能領導人民驅逐日本帝國主義，並實施民主政治，誰就是人民的救星。歷史已經證明：中國資產階級是不能盡此責任的，這個責任就不得不落在無產階級的肩上了。」〔註 59〕而中國共產黨作為中國工人階級的「先鋒隊」，則理所當然地要成為中國革命，包括抗戰的領導力量。也正因為這樣，在整個抗日戰爭中，中國共產黨人與國民黨的爭奪戰，與其說是表現在如何武裝抗日上，不如說更重要的表現在如何通過「抗戰」的口號爭奪民眾的心理上。這方面，由於中國共產黨人提出的融「階級鬥爭」與「民族戰爭」於一爐的綱領，以及其在抗日根據地實行的「減租減息政策」，較之國民黨單純的前線抗戰，顯然更能獲得中國廣大社會民眾，尤其是貧苦農民的支持。因此，通過抗日戰爭，整個中國社會民眾心理，包括中國知識份子的輿論導向，都逐地傾向於中國共產黨人。原因無他，因為只有中國共產黨人制定的「統一戰線政策」，才最有利於調動中國廣大民眾與社會力量投身於社會政治風暴的熱情，同時也最能滿足中國知識份子通過抗戰擺脫邊緣處境，重新參與社會與政治主流話語活動的潛意識心理需求。抗日戰爭中，中國共產黨人之取代國民黨，頗有類似於辛亥革命前夕的資產階級革命派的取代改良派：誰最能通過「民族主義」與「民族戰爭」的口號調動民眾，誰就奪取了思想的霸權，從而為其最終取得政治權力提供了合法性與社會輿論的支持。

應當說，儘管「民族」與「民族復興」也是 20 世紀中國自由主義知識份子的終極關懷，但它始終沒有浮出水面，而只是其潛意識心理中的一種「情結」。中國自由主義運動開展很早，但它終究沒有成為中國社會政治舞臺上的主角，這當中原因多端；其社會政治行動綱領中「民族主義」的常常「缺席」，不能不是一個重要的原因。

〔註 58〕同上書，第 504 頁。
〔註 59〕同上書，第 635 頁。

第三章　烏托邦的否定辯證法

一、烏托邦的功能與結構：意義與涵義

　　通過以上的分析，我們看到，在 20 世紀中國歷史上，中國知識份子充當了一個極其重要的角色，這就是製造與傳播「烏托邦」。這種烏托邦，到底對於 20 世紀的中國來說，意味著什麼呢？應當說，自 1840 年西方列強用堅船利炮叩開了中國的大門之後，有著悠久文明與歷史的中國就不可避免地被「拋入」了「現代化」過程。從世界歷史的進程來看，現代化起源於西方，與現代化相伴隨的一整套價值觀念，也是西方世界的價值觀念。從這個意義上說，「現代化」就是「西方化」，「現代性」就是「西方性」。姑且無論是好是壞，對它是採取欣賞態度還是厭惡，從世界近現代歷史發展的趨勢來看，「現代化」或「西化」都是只能「迎」而不能「拒」的。或者說，「現代化」以及「西方性」只能是 20 世紀中國的「宿命」。這樣看來，20 世紀的中國知識份子，大量地輸入西方種種的思想觀念，尤其是代表其社會核心價值的思想觀念，諸如「民族」、「國家」、「主權」、「民主」、「平等」、「自由」……等等，是完全順應世界歷史發展的潮流的。更重要的是，我們知道，「現代化」的含義很廣，或者說，「現代化」是一個涉及到社會方方面面的變化的概念：經濟結構的、政治法律的、思想文化的、價值觀念的，等等。而在這諸多方面中，「政治」方面的現代化是極其重要的環節，這對於「後發展國家」的「外源式現代化」來說，尤其如此。因為只有在率先實行「政治現代化」的前提下，才能為其它方面的現代化，尤其是社會經濟結構的變動提供制度上的保證與支持。所以，從世界歷史上看，「後發展國家」在推進「現代化戰略」方面，無不把「政

治現代化」置於優先地位。那麼，「政治現代化」又到底是什麼呢？固然，「政治現代化」首先意味著「民主政治」，然而，從操作的意義上說，「政治民主」的前提應是喚起民眾「參與政治」的熱情。試想想，假如人民群眾缺少參與政治的熱情，那麼，即使設計了再完美的「大眾參與政治」的政治制度，它也只流於形式，或者形同虛設。此外，真正的「政治現代化」除了實施民主政治之外，還意味著「現代國家」的整合與成型，而這種「現代國家」的整合，除了借助於自上而下的政權力量之外，它的合法性與根據同樣只能訴諸於社會的大眾參與與動員。艾森斯塔德說：「廣大階層日益參與社會的中心領域和公民秩序，可以被視為現代國家建立，或新型而廣泛的政治社會統一體形成的兩個基本特徵。」〔註1〕20 世紀中國知識份子通過各種「烏托邦」的建構，起到動員廣大社會群眾參與政治的作用，其推進了 20 世紀中國走向現代化的進程於此可見。

然而，問題的複雜性在於：20 世紀中國知識份子之所以製作種種「烏托邦」，其潛意識的驅力，與其說是想要輸入西方的種種「現代性觀念」與喚起民眾的政治參與熱情，不如說是想通過重新「擇道」，以獲得政治話語的權力，重返社會的「中心」。這樣，在中國知識份子的烏托邦製作工程中，就出現了種種的難題與困境。它具體表現為：目的與手段的對立、動機與行動的對立、理念與現實的對立，等等。一句話，「烏托邦」的「意義」與「涵義」的對立。

在《意識形態與烏托邦》中，我們很難找到「烏托邦」的一個嚴密的、完整性定義。但綜觀全書，曼海姆關於「烏托邦」的看法仍然是首尾一致的。在曼海姆這本書中，其關於「烏托邦」的提法，最值得我們重視的有如下這些話。他寫道：「當一種心靈狀態與它在其中發生的那種實在狀態不相稱的時候，它就是一種烏托邦心態。」〔註2〕他又補充寫道：「我們認為，只有那些具有超越現實的取向的心態才是烏托邦心態。而當這些烏托邦心態貫徹到行為舉止之中的時候，它們就會或者部份，或者全部地破壞當時處於主導地位的事物的秩序。」〔註3〕從這兩段引文來看，曼海姆對於「烏托邦」最強調的有兩點：1，「烏托邦」對現實世界的超越性，2，「烏托邦」具有改變現存秩序的「革命」或「破環」的性質。前者，說明「烏托邦」的意向性對象是「理

〔註 1〕艾森斯塔德：《現代化：抗拒與變遷》，北京，中國人民大學出版社，1988 年版，第 18～19 頁。
〔註 2〕曼海姆：《意識形態與烏托邦》，第 228 頁。
〔註 3〕同上。

念世界」，它是不可以在當下呈現爲現實的；後者，指的是「烏托邦」並非純粹的空談或想像，而具有行爲導向甚至於行爲規範的功能。爲了將「烏托邦」具有的這兩種含義加以區分，前者，我們稱之爲「烏托邦」的「意義」；後者，我們稱之爲「烏托邦」的「涵義」。〔註4〕「意義」與「涵義」的基本區分是：「意義」所指稱的並非實在的具體東西，而是某種精神性的存在或價值，它具有終極性；「涵義」所指的對象不僅能爲經驗的證實，而且它作爲達到意義的手段與方式，更強調其現實的操作性與功用性。顯然，任何以政治話語形式存在的「烏托邦觀念」，其實都是一個「烏托邦圖案」。在20世紀中國各種政治烏托邦圖案結構中，「意義」與「涵義」常常彼此雜陳，相互交融，很難截然劃分。

　　一般來說，20世紀中國知識份子的「烏托邦製作工程」，採取了兩種途徑：一種是先從西方文化中掠取思想觀念，然後將其實用化與功用化，以使其能夠適應與運用於中國的實際。另一種是從中國社會政治的實際運作出發，提煉出一套應用性規程，然後將其上升爲理論，尤其是要將其與西方的思想觀念相嫁接。姑無論這兩種方法有何區別，可以看到，中國知識份子的這些「烏托邦觀念」，都既有其超越性，亦有其現實性；既有其理想的終極性，又有其策略的當下性。也就是說，它們其實是「意義」與「涵義」的統一。但這只是問題的一個方面。事實上，由於中國知識份子之製造與接受「烏托邦」，是要突入「中心」而擺脫「邊緣」，所以，對於他們來說，「烏托邦」的手段與工具意義較之其價值與目的意義來說，是更爲重要的。或者說，在他們的「烏托邦」的含義當中，「涵義」大於「意義」；甚至當「意義」與「涵義」發生衝突時，「意義」要服從「涵義」。事實上，在20世紀中國思想史上，我們屢屢看到這些思想觀念中，「意義」與「涵義」相衝突的例子。例如，在如何看待「國家」與「民族」這樣的觀念時就是如此。按說，西方近現代意義上的「民族國家」概念，應當是一個強調「政治認同」的概念。艾森斯塔德說：「民族和民族國家是作爲最普遍的、獨立自主的新型政治單位和共同的政治、文化認同的焦點而出現的。共同的民族、社會、論認同的象徵主要不再是傳統的，即不再是依據狹隘的部落、傳統或身份群體來界定的。雖然新的民族象

─────────────────

〔註4〕參尤西林：《闡釋並守護世界意義的人》，第64～76頁。此書對「涵義」與「意義」兩個詞的用法作了仔細的辨析。我基本同意這本書對「涵義」與「意義」的理解，但根據我書中的觀點，我對尤著中這兩個詞的意思在某些方面有所限制，某些方面有所引申。

徵通常具有一個明確的地緣對象並往往帶有親緣關係，但它具有更抽象、神話性、較少傳統的特點，而且還囊括了眾多類型的次群體。在許多階層中，對既不完全限於任一地緣或血緣單位，也不以此做媒介的共同文化象徵，產生了若干不同但又並非刻板先賦的認同標準。這與公民秩序形成的趨向密切相關。在此種秩序中，所有的公民，不論其血緣、身份或地緣的歸屬為何，均參與並共同享有同一中心制度體系。」〔註5〕從這種意義上說，20世紀初，改良派在與革命派論戰時所提出的「民族」與「國家」概念，應當說是更符合西方近現代關於「民族」與「國家」的定義，也更具有「現代性」。但是，這場論戰以改良派的失敗告終，中國知識份子大多倒向了革命派，選擇了革命派提出的強調「種族革命」的「民族」與「國家」觀念。原因無他，因為革命派的這種觀念強調「漢滿之別」，較之改良派提倡的「滿漢不分」的民族與國家觀念，更能迎合社會民眾與漢族知識份子的「反滿」心理，調動他們參與政治的熱情。就是說，革命派提出的「民族」與「國家」概念，在進行群體政治動員時，更具有現實政治層面的操作性。所以，辛亥革命的勝利，說明在對「民族」與「國家」觀念的歷史選擇過程中，其中的「涵義」戰勝了「意義」。而到了30年代以後，中國社會歷史的情勢，使「民族」與「國家」觀念中的「意義」與「涵義」又發生了轉移。這時候，其中「意義」與「涵義」的對立不再表現為「政治認同」與「種族認同」的對立，而表現為「民族認同」與「階級認同「的對立，就是說，對於國民黨當局來說，其「國家」與「民族」的概念是一個民族國家主權的概念，而對於中國共產黨人來說，這種超階級的「全民國家」概念只是為了掩蓋其封建買辦官僚階級統治的謊言。中國共產黨人提出的「民族國家」，是指由工人農民當家做主的「人民國家」。應該說，就動員廣大社會民眾，尤其是社會底層民眾參與政治來說，後者的效果明顯強於前者。而後來歷史的發展也證明，中國共產黨人這種更具有「涵義性」的「國家」觀念，在歷史的競爭中也更具有優勢。

然而，無庸諱言，儘管20世紀中國知識份子製造的「烏托邦」存在著「意義」與「涵義」的對立，而且，在歷史的發展中，往往是「涵義」支配與左右了「意義」，但這並無損於其為「烏托邦」。也許，在20世紀中國歷史上，中國知識份子之所以能夠借助製造與傳播「烏托邦」而成為社會政治舞臺上的重要角色，實在是由於其對「烏托邦」含義中「涵義」的藉重要大於「意義」。

〔註5〕艾森斯塔德：《現代化：抗拒與變遷》，第18頁。

二、從「烏托邦」到「意識形態」

在《意識形態與烏托邦》中，曼海姆寫道：「我們應當對烏托邦的心靈狀態和意識形態的心靈狀態進行區分。人們可以使自己取向那些與現實相反的，超越實際生存狀態的對象。不過，這些對象在實現和維護現存的事物秩序的觀察中，仍然會發揮有效的作用。就歷史的進程而言，與其說人類常常全神貫注於其生存狀態所內在固有的對象，還不如說常常全神貫注於那些超越其生存狀態的對象；儘管如此，社會生活的各種具體的實際形式，卻是以這些與現實不一樣的『意識形態』的心靈狀態為基礎建立起來的。只有當這樣一種不一致的取向此外還傾向於破壞現存秩序所具有的各種紐帶的時候，它才會變成烏托邦的心靈狀態。……歷史上的任何一個時期雖然都包含著一些超越現存秩序的觀念，但是，這些觀念並沒有作為烏托邦而發揮作用；毋寧說，只要它們都可以『可機地』、和諧地與其時代所特有的世界觀結合成為一體（也就是說，它們並不提出革命的可能性），它們就都是有關這個生存階段的適當的意識形態。」〔註6〕這裡，曼海姆雖然點出了「意識形態」與「烏托邦」的區別：烏托邦與意識形態同為「超越現存秩序的觀念」（也即都是「虛假的觀念」），前者具有革命性與「破壞性」，後者則是保守的、維護現存秩序的思想工具，但是，他沒有進一步說明意識形態產生的原因。其實，在歷史上，「意識形態」開始時總是以「烏托邦」的形式出現的，只是到後來，當它與現實權力結合起來以後，才成為替現存秩序辯護的意識形態。「烏托邦」之所以會轉化為「意識形態」，是由於「烏托邦」中原有的「涵義」完全取代了「意義」。或者，「意識形態」是「烏托邦」的完全徹底地「涵義化」的結果。問題是：這如何可能？

我們看到，「烏托邦」之所以不同於一般藝術的想像或者幻想，在於它是一種積極變革現實的思想力量。因此，積極介入現實，尤其是政治，是它最鮮明的功能性特點之一。就介入現實的方式而言，它與藝術想像的最大不同是：它不是對現實採取「距離化」的審美觀照，而是要把握住、控制住現實。這樣，支配現實與重新安排社會秩序，就成為它的本能衝動。從這點上說，追求「權力」，是「烏托邦」的本能衝動之一。這種對「權力」的追求，還不只是說它追求「話語的權力」，而且是指它追求「現實的權力」。而一旦追求到現實的權力，那麼，其思想慣性往往使其與權力保持一致。這樣，原本是

〔註6〕曼海姆：《意識形態與烏托邦》，第229頁。

消解現實權力的「革命」觀念，就一轉而成爲維護現存權力的「保守」觀念。可見，「烏托邦」之所以轉化爲「意識形態」，與其說是它與權力結合的結果，不如說只是它追求權力的本性得以實現的結果。從「烏托邦」到「意識形態」，有其內在本性上的不得不然。

但是，一旦完成了這種轉化，「烏托邦」也就不再是「烏托邦」，或者說，同樣的思想觀念，它作爲「烏托邦」的壽命已經終結，而作爲「意識形態」的生命從此開始。我們看到，20 世紀中國政治思想史上，幾乎所有重大的觀念都經歷了這種變遷。

（一）從「革命」到「階級鬥爭為綱」

「革命」是 20 世紀中國使用頻率最高的字眼，整個 20 世紀中國，開始是在「革命」的風暴，隨後是在「革命」的意識形態中渡過的。但是，「革命」何謂？檢討 20 世紀中國「革命」的概念演化史，它其實是一部從「意義」逐漸向「涵義」過渡的歷史。

1902 年，梁啓超在《新民叢報》上刊出《釋革》一文，這可以說是 20 世紀初中國思想史上解釋「革命」的最早的文字。文中說：「『革』也者，含有英語之 Reform 與 Revolution 之二義。Reform 者，因其所固有而損益之以遷於善，如英國國會一千八百三十二年之 Revolution 是也，日本人譯之曰改革、曰革新。Revolution 者，若轉輪然，從根柢處掀翻之，而別造一新世界，如法國一千七百八十九年之 Revolution 是也，日本人譯之曰革命。革命二字，非確譯也。『革命』之名詞，始見於中國者，其在易曰：『湯武革命，順乎天而應乎人』；其在書曰：『革殷受命』。皆指王朝易姓而言，是不足以當 Revolution 之意也。」〔註7〕在梁啓超看來，人群中一切有形無形的事物，都無不有其 Reform，也無不有其 Revolution，不僅對政治上來說如此。就以政治論，有不必易姓而不得不謂之 Revolution 者；也有屢經易姓而仍不得謂之 Revolution 者。那麼，Reform 與 Revolution 的區別與聯繫在哪裏呢？他說：「Ref.主漸，主順；主部份，Revo.主全體；Ref.爲累進之比例，Revo.爲反對之比例。其事物本善，而體未完法未備或行之久失其本眞，或經驗少而未甚發達，若此者，利用 Ref.。其事物本不善，有害於群，有窒於化，非芟夷蘊崇之，則不足以絕其患難與共，非改弦更張之，則不足以致其理，若是者，利用 Revo.。此二者皆大易所謂革之義也。

〔註 7〕《辛亥革命前十年時論選集》，第 1 卷，上冊，第 242 頁。

其前者吾欲字之曰改革，其後者吾欲字之曰變革。」〔註8〕在梁啓超看來，「變革」與「改革」就是對舊事物的改故鼎新，就這點上說，二者本無本質上的差別；區別點只在其手段與方式上：一主張全變、激變，一主張部份變、緩變而已。正因爲如此，爲了避免對這二個詞語的本性的誤解，尤其是爲了避免將手段代替目的，梁啓超將這兩個詞的含義統稱爲「革」。應該說，以上梁啓超這段話的意思，既看到「革命」與「改革」的區別，又照顧到二者之間的聯繫，尤其是從「意義」上著眼，強調二者在本質上的一致，不同點只在其實現「革」（意義）的方式與手段（涵義）的差別。但在後來的歷史進程乃至思想史的歷程中，梁啓超關於「Revolution（革命）」的「意義」層面的含義已被拋棄或遺忘，人們所津津樂道的，只是「Revolution」一詞中手段與工具方面的「涵義」。流風所至，以至連改良派與梁啓超本人，也不得不沿用當時的習慣，從手段與工具的方面給「革命」加以定義。與革命派不同，當梁啓超在手段與工具的含義上使用「革命」一詞時，對它的內容是加以否定的。

　　但是，即使是從「涵義」著眼，「革命」這一語彙的內容，也有一個愈來愈工具化與實用化的過程。在辛亥革命時期，革命派使用「革命」，其特定的涵義是指「反滿」或推翻清政府的統治。如前面所述，革命派提出「反滿革命」，固然有與改良派爭奪民眾，進行大眾動員的工具目的性。但其具體的反滿形式，則與其說是強調「暴力革命」，不如說是指「民族革命」與「社會革命」。其「革命」的手段與方式，尚未如後來的中國共產黨人那麼激烈。如孫中山談到爲什麼要實行「民族主義」的「民族革命」時說：「民族主義並非是遇著不同族的人，便要排斥他，是不許那不同族的人，來奪我民族的政權。」〔註9〕關於實行「民生主義」的「政治革命」，其方案主要是「土地國有」，而其手段也是如馮自由所說的改課稅爲「單稅制」。但是，到了 20 年代，中國共產黨人興起以後，「革命」的含義爲之一變。它完全成了一個「階級鬥爭」的概念，而且意味著「暴力」。20 年代，毛澤東在著名的《湖南農民運動考察報告》中就指出：「革命不是請客吃飯，不是做文章，不是繪畫繡花，不能那樣雅致，那樣從容不迫，文質彬彬，那樣溫良恭儉讓。革命是暴動，是一個階級推翻一個階級的暴烈的行動。」〔註10〕問題在於：如果說在 1949 年以前

〔註 8〕同上書，第 242～243 頁。
〔註 9〕同上書，第 2 卷，上冊，第 535 頁。
〔註10〕《毛澤東選集》，第 17 頁。

的革命年代，中國共產黨人提倡與強調「暴力革命」與「階級革命」，尚且包含有很大策略成分，是爲了動員群眾，尤其是吸收社會邊緣群體之投身於奪權鬥爭的話，那麼，在 1949 年以後，當中國共產黨人已經取得了全國政權，建立起穩固的「無產階級專政」的國家機器之後，卻仍然長時期承襲著這一革命戰爭年代留下來的「革命」說法，將「革命」簡單地等同於「階級鬥爭」。其實，早在全國解放前夕，毛澤東就給即將「入城」的中國共產黨人這樣打招呼：「我們很快就要在全國勝利了。這個勝利將衝破帝國主義的東方戰線，具有偉大的國際意義。奪取這個勝利，已經是不要很久的時間和不要花費很大的氣力了；鞏固這個勝利，則是需要很久的時間和要花費很大的氣力的事情。……因爲勝利，人民感謝我們，資產階級也會出來捧場。敵人的武力是不能征服我們的，這點已經得到證明了。資產階級的捧場則可能征服我們隊伍中的意志薄弱者。可能有這樣一些共產黨人，他們是不曾被拿槍的敵人征服過的，他們在這些敵人面前不愧英雄的稱號；但是經不起人們用糖衣裹著的炮彈的攻擊。他們在糖彈面前要打敗仗。我們必須預防這種情況。」〔註11〕這說明，在毛澤東的思想中，奪取了全國政權，並不是革命的完成，而只是意味著革命戰場的轉移：從此，革命的戰場將從硝煙彌漫的槍林彈雨中轉移至看不見刀槍的和平戰場，但「階級鬥爭」的實質沒有變。也許，正因爲新的戰場中見不到硝煙，這場新的「革命」其實也就更加深入與激烈，共產黨人如果不小心，「革命」就隨時有夭折的危險。爲此，在建國以後，毛澤東和中國共產黨人的一系列文件中，乾脆用「階級鬥爭」代替了「革命」。在《關於正確處理人民內部矛盾的問題》這篇文章中，毛澤東提出：「無產階級和資產階級之間的階級鬥爭，各派政治力量之間的階級鬥爭，無產階級和資產階級在意識形態方面的階級鬥爭，還是長時期的，曲折的，有時甚至是很激烈的。」〔註12〕又說：「我國社會主義和資本主義之間在意識形態方面的階級鬥爭，還需要一個相當長的時間才能解決。」〔註13〕《關於正確處理人民內部矛盾的問題》是毛澤東在建國以後最重要的著作之一，也是中國共產黨人建國以後長期據以制定政策的綱領性文件。從這篇文章可能看到，原本是作爲「革命」的「涵義」而提出的「階級鬥爭」學說，已經取代了「革命」一詞

〔註11〕 同上書，第 1328 頁。

〔註12〕 《毛澤東著作選讀》，下冊，第 785 頁。

〔註13〕 同上。

原初的意義；或者說，在中國共產黨人的話語中，「革命」的「涵義」已成為它的「意義」。事實上，50 年代以後，中國共產黨的一系列強調「階級鬥爭」與「意識形態領域中的階級鬥爭」的做法，都可以從這一「革命」的「涵義」中找到根據與得到論證。而這種「革命」的「涵義」絕對化與發展到頂峰，就是文化大革命時期提出的「抓革命，促生產」和「一切以階級鬥爭為綱」。

（二）從「平等」到「無產階級專政」

與「革命」一樣，「平等」也是最早在 20 世紀中國流傳開來的基本政治學與社會學語彙之一。值得注意的是，當這個詞開始由西方傳入時，它的「意識形態味道」遠較「革命」這個詞為少，完全是一個「烏托邦」式的語彙。康有為的《大同書》，可以說就是對「平等」這個語彙的「烏托邦」式描繪。其中說：「故全世界人，欲去家界之累乎，在明男女平等，各有獨立之權始矣，此天予人之權也。全世界之人，欲去私產之害乎，在明男女平等，各自獨立始矣，此天予人之權也。全世界之人，欲去國之爭乎，在明男女平等，各自獨立始矣，此天予人之權也。全世界之人，欲去種界之爭乎，在明男女平等，各自獨立始矣，此天予人之權也。全世界人，欲至大同之世，太平之境乎，在明男女平等，各自獨立始矣，此天予人之權也。」〔註14〕「一切平等」是康有為的《大同書》要表達的核心思想，他將「一切平等」的「大同世界」的實現歸之於「男女平等」，並且提出「破除九界」之說，其「空想」的意味是一目了然的。然而，正因為《大同書》對於「平等」的理解是如此的「不切實際」，它才不折不扣地是一個「烏托邦」，更具有「超越現存秩序」的形上意味。但在中國的語境中，如同「革命」一詞一樣，它也有一個適應現實，逐漸地「涵義化」的過程。

最早將「平等」這一完全具有形上意味的觀念加以實體化，賦予它以確切的政治學與社會學「涵義」的，是嚴復。在《原強》中，他寫道：「西之教平等，故以公治眾而貴自由。自由，故貴信果。東之教立綱，故以孝治天下而首尊親。尊親，故薄信果。」〔註15〕這裡嚴復敏銳地看到西方社會價值觀的核心是「平等」，並將它與中國的「三綱五常」對比；但他又認為，對於西方人來說，「平等」畢竟只是一種價值理想，這種價值理想主要體現在其基督教信仰之中：「人無論王侯君公，降以至於窮民無告，自教而觀之，則皆為天

〔註14〕康有為：《大同書》，瀋陽，遼寧人民出版社，1994 年版，第294～295 頁。
〔註15〕《嚴復集》，第 1 冊，第 31 頁。

之赤子，而平等之義以明。平等義明，〔註16〕故其民知自重而有所勸於為善。」宗教意義上的「平等」觀念，雖然可為西方政治與社會秩序的合理化提供價值支持，但畢竟宗教歸宗教，政治歸政治。就注重中國的政治改革的嚴復來說，嚴復認為與其籠統地談論「平等」，不如提倡政治的「自由」與「民主」，這樣才更切中問題。故嚴復在談到西方的民主政治時說：「彼以自由為體，以民主為用」。〔註17〕可以認為，在嚴復看來，「平等」的含義包括「意義」與「涵義」兩個方面，就「意義」層面來說，它是指「無差別」，「眾生平等」，這與康有為在《大同書》中關於「平等」的看法相同；就「涵義」來說，它就是指「政治自由」與「政治民主」。假如說嚴復對於「平等」的看法與康有為有何不同的話，那就是：嚴復給這個詞增添了它的「涵義」，使其能落實到政治領域，具有可操作性。

在辛亥革命時期，由於革命派致力於「反滿革命」，於是「平等」這個語彙便與「民族平等」聯繫起來，它更多地是指將漢人從滿人的壓迫與奴役下解放出來。因此，革命派在強調民族之間應該平等的時候，更歷數滿人對漢人的壓迫，以及滿漢之間的不平等。如汪精衛在《民族的國民》一文中稱滿清的政治為「貴族政治」，其中說：「夫貴族政治，不平等之政治也。自來學者，有辯護專制政治者，而決無辯護貴族政治者。蓋人類當一切平等，乃於其中橫生階級，貴者不得降蹐，賤者不得仰跳跂，權利義務，相去懸絕；此其逆天理，悖人道，而不容有於人間世，凡有血氣，疇不同認。」〔註18〕這樣看來，革命派之借助於「平等」這個觀念，是利用其中寄寓的「意義」來作價值判斷，而真正強調的，卻是其實行「共和革命」的「涵義」。當然，對於改良派來說，既然要「保皇」，當然極力宣傳的，是在滿清統治下，通過實行「立憲政治」，也可以達到「滿漢平等」。因此，革命派提倡的「平等」的「涵義」，恰恰成為改革派反對「平等」的焦點。梁啟超說：「自由，平等固共和精神之一部份，然必與自治心、公益心相合，乃能成完全之共和心理，苟為離自治心、公益心而獨立之自由平等，則正共和精神之反對也。」〔註19〕在這裡，梁啟超用以反擊革命派的手法，就是強調「平等」含義中包括「意義」與「涵義」，認為革命派關於「平等」的「涵義」的說法，只會導致它取消「平等」的「意義」。但其實，無論是革命派

〔註16〕同上書，第 30 頁。
〔註17〕同上書，第 11 頁。
〔註18〕《辛亥革命前十年時論選集》，第 2 卷，上冊，第 101 頁。
〔註19〕同上書，第 480 頁。

也罷，改良派也罷，一旦將「平等」觀念運用於政治領域，其實誰都無法擺脫這個詞的可操作性「涵義」，只不過在改良派與革命派之間，其所謂「平等」的「涵義」不一樣罷了。對這點，主張廢除「政府」與「政治」的中國無政府主義者就看得很清楚。當時無政府主義者的機關報《天義報》就發表《保滿與排滿》一文，其中說道：「近日以來，中國所出之報，不下數種，大抵分兩派：一主滿漢蒙回藏平等，實行君主立憲，有出於漢人者，如中國新報是；有出於滿人者，如大同報是。一主驅除滿族，由漢人組織民國，其所出機關報，在東京南洋美洲者，亦不下十種。然自吾觀之，則兩派均非。」〔註20〕這篇文章指出「兩派皆非」的理由，是「在滿人而言滿漢平等，不過以此說籠絡漢民，以潛消其革命，實則滿人爲君主，即係滿漢不平等之一端。至於漢人爲此言，則全欲博滿酋之以歡心，以遂其陞官發財之願，其心均屬可誅。特就二者以比較之，則此意出於滿人，仍係利及一族；此意出於是漢人，則所希望者，僅一人一黨之利，推其自利之心，較之滿人，其罪尤甚。若夫彼之排滿者，非盡惡政府也，特惡滿洲耳。其昌言革命者，特希冀代滿人握統治之權耳。故革命尚未實行，已私立總統之名，或利用光復之名，以攫重利。而其所以比擬者，不曰華盛頓，則曰拿破侖。夫華盛頓才大統領也，拿破侖者帝王也，今之言革命者，動以此語導其民，豈非排滿以後，仍冀握國家統治之權耶。既欲握國家統治之權，則排滿亦出於私，與倡保滿者相同。蓋彼昌保滿，冀獲權利於目前，此倡排滿欲攫權利於異日，揆以自利這心，兩派一揆。」〔註21〕應當說，無政府主義者對革命派與改良派利用「平等」之說，來獲取權力的揭露，有其深刻之處。就當時的情勢說，將「平等」的概念運用於政治領域，似乎只能不是「保滿」，就是「排滿」，無逃於此二者。但無政府主義者看來，這種看法其實是囿於「民族主義」的理論框架；一旦突破了「民族主義」的思想模式，那麼，在「保滿」與「排滿」二說之外，應該是還有第三條道路的。這篇文章的結尾說：「既知民族主義，不合於公理，故滿人而欲滿漢平等，實行大同主義，則當先復愛新覺羅氏之君統；漢人而欲脫除虐政，誅戮滿酋，當並禁漢人自設政府。使人人知革命以後，不設政府，無絲毫權利之可圖，而猶欲實行革命，是革命出於眞誠；否則人人以利己之心，即使滿人可逐，豈非以暴易暴乎！」〔註22〕當時無政府

〔註20〕同上書，下冊，第 915 頁。
〔註21〕同上書，第 916 頁。
〔註22〕同上書，第 916 頁。

主義者說這段話，其動機與其說是消極的，不如說是積極的，乃試圖通過對「保滿」與「排滿」各執一說的批評來提出一種新的「平等」觀念，以超越當時的「革命」與「改良」之爭。他們認爲，社會要能眞正實現人人「平等，只能是「去政府」。所以，這篇文章的結論是：「既知民族主義，不合於公論，故滿人而欲滿漢平等，實行大同主義，則當先復愛新覺羅氏之君統；漢人而欲脫除虐政，誅戮滿酋，當並禁漢人自設政府。使人人知革命以後，不設政府，無絲毫權利之可圖，而猶欲實行革命，則革命出於眞誠；否則人人以利己爲心，即使滿人可逐，豈非以暴易暴乎！」〔註23〕表面看來，無政府主義者的這種主張與康有爲在《大同書》中提出的「去九界」，包括廢除政府的看法一樣，其實，對於康有爲來說，「去九界」只是一個遙遠的理想，在現實的政治與社會動作層面，他並不主張立即實行，認爲時機並不成熟，條件並不具備；而對於無政府主義者來說，則「去九界」應當是馬上就可以身體力行的事情。從這裡可以看到：本來對於康有爲來說，是「平等」的「意義」的內容，到了中國的無政府主義者那裏，已經轉化爲「平等」的「涵義」。

從 20 世紀初到五四新文化運動前夕，是無政府主義在中國的傳播與高漲期。無政府主義的核心思想觀念是「平等」。這種「平等」與其說是民族與民族之間、國家與國家之間的平等，不如說是個體與個體之間的平等。在他們看來，國家的存在是人與人之間不能實行平等的障礙，因此，他們首先將矛盾指向「政府」與「國家」。如著名的無政府主義者劉師培說：「國家是萬惡之本」，「政府者，萬惡之源，強權之母也，欲無強權，必自無政府始。」〔註24〕其次，他們還提出「毀家」。當時另一份無政府主義者的辦的報紙《天義報》說：「蓋家也者，爲萬惡之首，自有家而後人各自私，自有家而後女子日受男子羈縻，自有家而後無益有損之瑣事，因是叢生，自有家而後世界公共之人類，乃得私於一人，……」〔註25〕等等。此外，他們還要求廢除私有財產。劉師培說：「今日悲慘黑暗罪惡危險之社會，究其原因，則莫非私產製度爲之階。」因此，「無政府則剿滅私產製度，實行共產主義，人人各盡所能，各取所需。」〔註26〕值得注意的，在當初信仰無政府主義的人當中，相當一部份後來轉變爲信仰馬克思主義的共產主義者。而這種轉變，與其說是由於

〔註23〕同上。
〔註24〕師復：《無政府共產主義釋名》，《民聲》，第 5 號。
〔註25〕漢一：《毀家論》，《天義報》第 4 期，1907 年。
〔註26〕師復：《無政府共產主義釋名》。

這些人拋棄了無政府主義的「平等」理念，不如說，是他們發現無政府主義者關於「平等」的說法，具體到現實社會與政治層面，其實難以運作。可以這樣認為：這些無政府主義者之放棄「無政府」的主張，轉而追求共產主義的信仰，並不是由於無政府主義關於廢除國家與政府的思想在根本理念方面與馬克思主義者有什麼不同和衝突，而是因為：馬克思主義除了將實現沒有人剝削人、人壓迫人的社會作為自己追求的理想之外，更強調實現這一理想的方法與手段。從這種意義上說，馬克思主義者認為他們信仰的不是「烏托邦」，而是一種「科學社會主義」。這種科學社會主義與空想的社會主義以及無政府主義的區別僅在於：後者主張立即廢除國家、取消階級，而前者認為，要實現無階級的社會，其手段恰恰是要強調階級鬥爭，奪取與強化國家政權。這就是馬克思主義的社會學說中的「階級鬥爭」理論。它事實上構成馬克思主義與其它任何形式的社會主義學說的分水嶺。1920 年，蔡和森在與毛澤東討論如何實現中國社會改造的方案時說：「階級戰爭的結果，必為階級專政，不專政則不能改造社會、保護革命。原來階級戰爭就是政治戰爭，因為現政治完全為資本家政治，資本家利用政權、法律、軍隊，才能壓住工人，所以工人要得到完全解放，非先得政權不可。換言之就是把中產階級那架國家機器打破（無論君主立憲法或議會政治），而建設一架無產階級機關──蘇維埃。」〔註27〕毛澤東也十分同意蔡和森這一結論，他在給蔡和森的覆信中說：「唯物史觀是吾黨哲學的理據，這是事實，不像唯理觀之不能證實而容易被人搖動。我固無研究，但我現在不承認無政府的原理是可以證實的原理，有很強的理由。一個工人的政治組織（工廠生產分配管理等），與一個國的政治組織，與世界的政治組織，只有大小不同，沒有性質不同。工團主義以國的政治組織與工廠的政治組織異性，謂為另一回事而舉以屬之另一種人，不是固為曲說以冀苟且偷安，就是愚陋不明事實之正。況且尚有非得政權則不能發動革命，不能保護革命，不能完成革命，在手段上又有十分必要的理由呢。你這一封信見地極當，我沒有一個字不贊成。」〔註28〕這說明，像毛澤東等很多早期信奉無政府主義的人，後來之所以離開無政府主義，是發現它只有關於廢除國家與階級的理想，而缺乏可將這種理想付諸實現的有效手段與途徑。

應該說，就任何具體的政治運作而言，最終目的、理想與現實的手段、策

〔註27〕蔡和森：《蔡林彬給毛澤東》，《中國現代哲學史資料選輯》（一），第 250 頁。
〔註28〕《毛澤東給蔡和森》，同上書，第 259 頁。

略之間，往往都存在著不一致甚至對立，就「平等」社會理想的實現來說，亦是如此。中國共產黨人充分強調實現「平等」的手段與方法，這是它不僅能在理論上取代無政府主義，而且在革命實際中獲取勝利的原因。問題在於：由於強調實現「平等」的手段與方法，最後反過來也會影響到對作為「目的」與「意義」的「平等」的看法。這方面，中國共產黨人賦予「平等」的含義中「涵義」的方面，這當中有成功的經驗可供借鑒，更有失誤的教訓應該記取。應該說，即使忙於進行奪取政權的武裝鬥爭，在中國共產黨人早期制定的綱領中，還是能將實現共產主義的「平等」理想與實現這種理想的手段嚴格加以區分的。但到了後來，在中國共產黨人關於「平等」的觀念中，就逐漸地將它的「涵義」取代了它的「意義」。在《論人民民主專政》這篇後來成為指導中國共產黨人建國與治國的綱領性文獻中，毛澤東事實上已經有用「平等」的「涵義」取代它的「意義」的傾向。其中批駁主張階級之間的「平等」的看法說：「『你們獨裁』，可愛的先生們，你們講對了，我們正是這樣。中國人民在幾十所中積纍起來的一切經驗，都叫我們實行人民民主專政，或曰人民民主獨裁，總之是一樣，就是剝奪反動派的發言權，只讓人民有發言權。」〔註29〕針對當時一些認為革命成功以後，應當將戰略重點轉移到經濟工作去的看法，文章反駁說：「『你們不是要消滅國家權力嗎？』我們要，但是我們現在還不要，我們現在還不能要。為什麼？帝國主義還存在，國內反動派還存，國內階級還存在。我們現在的任務是要強化人民的國家機器，這主要地是指人民的軍隊、人民的警察和人民的法庭，藉以鞏固國防和保護人民利益。……軍隊、警察、法庭等項國家機器，是階級壓迫的工具。對於敵對的階級，它是壓迫的工具，它是暴力，並不是什麼『仁慈』的東西。『你們不仁』，正是這樣。我們對於反動派和反動階級的反動行為，決不施仁政。我們僅僅施仁政於人民內部，而不施一人民外部的反動派和反動階級的反動行為。」〔註30〕這篇文章還說道：「罵我們實行『獨裁』或『極權主義』的外國反動派，就是實行獨裁或極權主義的人們。他們實行了資產階級對於無產階級和其它人民的一個階級的獨裁制度，一個階級的極權主義。孫中山所說的壓迫平民的近世各國的資產階級，正是指的這些人。蔣介石的反革命獨裁，就是從這些反動傢夥學來的。……革命的專政和反革命的專政，性質是相反的，而前者是從後者學來的。這個學習很要緊。革命的人民

〔註29〕《毛澤東選集》，第 1364 頁。
〔註30〕同上書，第 1365 頁。

如果不學會這一項對待反革命階級的統治方法，他們就不能維持政權，他們的政權就會被國內外反動派所推翻，內外反動派就會在中國復辟，革命的人民就會遭殃。」〔註31〕從這篇文章的內容可以看出，早在 1949 年，毛澤東就提出，建國之後共產黨工作的重點，與其說是轉移到經濟領域以及消滅「階級差別」，不如說是強調工人階級與「反動派」以及資產階級的尖銳對立。這種思維導向，以及後來對國內外形勢的錯誤會計和分析，更導致後來「階級鬥爭」意識的進一步強化，以至發動了「文化大革命」。在這場史無前例的「文化大革命」中，不僅侈談人與人之間的「平等」成了一個諷刺的字眼，而且從最高的國家主席，直到一般老百姓，任何人的基本人權都遭到踐踏。但在理論上，它卻被堂而冠之地稱之「無產階級對資產階級的全面專政」。

總括以上，從當初康有為對「大同」烏托邦的禮贊開始，直到最後以「無產階級全面專政」的提法結束，「平等」觀念就這樣經歷了它從「意義」到完全「涵義化」的演化，「烏托邦」觀念在中國的命運，似乎不得不如此。

（三）從「社會主義」到「公有制」

作為一種「烏托邦式」的信念與理想，「社會主義」幾乎與人類的歷史一樣古老，它也是推動人類不斷超越自身的局限性，要求進步與發展的基本心理驅動力之一。因此，「社會主義」可以說是人類渴望實現社會「至善「的思想原型。它的基本含義有兩個：一是指社會正義，一是指人與人之間的平等，尤其是財富方面的平等。但是，要分清「社會主義」這一人類遠古思想原型的「意義」與「涵義」兩個方面。就前者說，「社會主義」只是指一種人類社會的理想狀態，它不要求在現實社會中立即實現；就後者說，它是指人們將這種理想付諸實現的方式與方法，它強調的是實現理想社會的當下手段與方法。應當說，在人類歷史上，都曾經出現過以不同方式與手段要求實現「社會主義」的嘗試，但在西方，「社會主義」作為一種群眾性的運動之興起，或者說它能成為一種進行群眾動員的有力思想觀念，卻是近代以後，特別是十九世紀以降的事情。這同西方社會進入近代以後，社會生產力迅猛發展，從而也加劇了社會貧富的差別，以及造成財富的兩極分化有關。近代以來，「社會主義」作為一種社會理想，獲得了愈來愈多的人們的支持與同情；與此同時，在如何實現這種社會理想的方式與方法上，人們彼此又陷入嚴重的對立。

〔註31〕同上書，第 1367 頁。

「社會主義」思想觀念在 20 世紀中國的命運同樣如此。

西方近代意義上的「社會主義」這一思想觀念傳入中國很早。1892 年，傳教士李提摩太在《萬國公報》上就撰文說：「今之五洲中西大事有四要焉：一曰養民；一曰安民，一曰新民，一曰教民……安民者，今時之第二要事也。其法一在攘外，如各國所有土地、產業、貨物，使之自安其生，不令外來之強暴侵掠；二在安內，如各國土地、產業、貨物等，利宜公分於士、農、工、賈各等人，不使有富者極富，貧者極貧之慮。」〔註 32〕這是目前所見到的對於西方近代社會主義思想觀念的最初介紹。接著，1900 年 7 月的《清議報》上發表了日本學者加藤弘之的《十九世紀思想變遷論》，其中寫道：「所謂社會思想者，即關於貧富問題者耳。此問題在數世紀以前已有萌芽。雖然，其全盛時則在十九世紀下半期也。社會主義至十九世紀下半期，其勢力逐日增高，此顯然之事也。」〔註 33〕這裡首次採用了「社會主義」這一詞的用法。此外，這一時期介紹社會主義思想的說法還有不少，如說：「社會主義者，於勞動問題最有密接之關係者也，而扶持是主義之最有力者，多在於勞動者之間也。」〔註 34〕「嗚呼！我國今日之第一急切最大關係者，非勞動者之問題哉？吾人苟欲於此勞動問題解釋之、組織之，企圖其完全圓足，無一缺點，其第一著手處，非在社會主義乎？……社會主義者，博愛也；社會主義者，一視同仁者也。小之於一町村之事業，大之如一縣一都府及一國事業，各從其宜，準以平等。凡社會上之資本，皆爲社會上民人共有之公物；其生產之利益，亦各分配公平；是則社會主義之主張也……要之，我國勞動問題之歸著，不止歎願賃銀之增加，其第一要著，在我勞動諸君各占據於極有權力之地步，其對於生產之利益，務得公平之分配。然欲達此等之希望，而因仍伏處於自由競爭制度之下，則如嚴冬思鮮果，暗室覓物事，其無得也是，不卜可知。我勞動諸君，不欲達此等希望，則亦已矣；若欲達此希望，而化私有之資本爲公有，化獨勞之工業爲公勞，捨社會主義，其奚策之從？」〔註 35〕「社會主義所最關係者，在社會之經濟。故其經濟界之結果，實有偉大者存焉。如社會主義行，則從來少數資本者所佔巨大之利益，轉而爲多數勞動者

〔註 32〕《社會主義思想在中國的傳播》（資料之二）上，北京，中共中央黨校科研辦公室選編（內部參考資料），第 3 頁。

〔註 33〕同上。

〔註 34〕同上。

〔註 35〕同上書，第 9～10 頁。

之所共有，於社會全體之幸福，固不待言矣。……要之，社會主義者，期於社會之經濟組織，施根本之革新，使人人同行，得盡行其創建之良制度而已。」〔註36〕如此等等。當時作為輿論界驕子得風氣之先的梁啓超，對於社會主義思想也有精到的論述，認為社會主義的核心思想就是「土地歸公，資本歸公」，〔註37〕「使勞動者自食其力，地主與資本家不得以奴隸畜之」。〔註38〕他並且預言「社會主義其必將磅礴於二十世紀也明矣」，〔註39〕在早期這些介紹社會主義的理論中，可注意者有兩點：首先，它們對於什麼是社會主義的理解，大多得自於日本學者之手，或者說，它們是通過日本人的著作來理解社會主義的；其次，很重要的，就在這些早期介紹中，對什麼是「社會主義」的核心思想已經有很好的理解。這就是認為社會主義除了注重社會平等、主張博愛或一視同仁之外，還十分強調為了達到分配的平等，要化「私有制」為「公有制」。值得深思的是，社會主義思想一旦傳入中國，很快就蔓延開來，並在思想界造成重大影響。可以這樣認為：20 世紀中國幾乎所有思想派別與重要思想家們都表白了他們對於社會主義的見解與觀點，而且在一系列問題上發生了紛爭。其爭論的焦點，與其說是在社會主義到底「是什麼」或應該是什麼，不如說是在於：社會主義是否適合於中國？假如說中國要實行社會主義，應當採取何種方式與途徑？

關於社會主義的最初論戰，是在改良派與革命派之間進行的。如上所述，改良派的代表人物梁啓超雖然很早就介紹過社會主義的思想，但認為它並不適應於當時的中國。原因是：中國目前的資本主義尚未發達。而實行社會主義應該是待資本主義發展至完全成熟以後的事情。因此，根據中國目前的實際情況，與其說是進行社會主義革命，不如說是發展資本主義。他談到發展資本主義生產也可以解決社會貧富差別的問題說：「國有富人，彼必出其資本興製造等事，以求大利，製造既興，則舉國貧民皆可以仰糊於工廠，地面地中之貨賴以盡出，一國之一貨財賴以流通。」〔註40〕從這裡看來，梁啓超只是原則上肯定社會主義的理想，至於說到中國社會的改革，他其實是用發展

〔註36〕同上書，第 13 頁。
〔註37〕梁啓超：《中國之社會主義》，同上書，卷 46。
〔註38〕梁啓超：《政治學學理摭言》，同上書，卷 19。
〔註39〕梁啓超：《干涉與放任》，《飲冰室文集》，卷 45。
〔註40〕轉引自楊奎松等：《海市蜃樓與大漠綠洲──中國近代社會主義思想研究》，上海，上海人民出版社，1991 年版，第 37 頁。

資本主義生產的方案代替了社會主義。但革命派卻恰恰從對目前中國資本主義尚不發達的分析中，得出了將「民族革命」與「社會革命」畢其功於一役的結論。原因是：「中國今日固不無貧富之分，而決不可以謂懸隔，以其不平如歐美之甚，遂謂無爲社會革命之必要，斯則天下之巨謬，無過焉者。當其未大不平時行社會革命，使其不平不得起，斯其功易舉也，而常人不易知其必要；迨於不平既甚，則社會革命之要易知矣，行之乃難。」〔註41〕可見，革命派之主張實行社會革命，乃出於防患社會革命於未然的考慮，而且認爲在貧富矛盾尚未達到十分尖銳的時候，進行這種社會革命是最佳時機。所以，革命派與改良派關於社會主義問題的爭執，說到底，其實還不是社會主義作爲一種理想，是否值得追求的問題，而是社會主義作爲一種實踐方案，到底在目前的中國，行得通還是行不通的問題。所以，這種爭執，其實並不是圍繞社會主義的「意義」層面，而是圍繞社會主義的「涵義」層面進行。

　　對於革命派來說，社會主義的重要「涵義」之一就是「土地國有制」。革命派論證必須將土地收歸國家的重要性說：「夫土地者，人類居住所必需，關於人類之生存，殆無有重於土地者矣。太古之世，土地無值，人民多逐水草而居，固無所謂地租也，即今未開拓之國土，如南美諸國之山林，彼方求人開拓之不暇，何論值焉，亦無所謂地租。地租之起源，關於生產之進步，與夫物質之發達。……自上古以來，而中古而近古，其地租增長之速率，至爲濡滯，第因時勢而逐漸變動而已。洎乎十九世紀而後，野心家大地主繽紛並起，相與大施其壟斷政策，而蠶食大多數人民之土，由是地租之澎漲迥異曩昔前之地價，前之地價每畝數元者，今則騰至數千萬元者有之矣。大多數人民，以地主朘削之故，中等之家遂日漸凌夷。具勞動者則僅得託足他人之土地，服從地主之權力，勞勞終日，始得若干工值……嗚呼，地主之爲害於社會，如此其酷，不有平之，則大多數人民將生生世世屬於奴隸階級之境遇而已！」〔註42〕從這段話看來，革命派是吸取了西方國家歷史發展的經驗，認爲「土地私有」必然導致社會上貧富兩極分化，因此從避免貧富懸殊差別出發，才有了「土地國有」的提法。但恰恰在這點上，改革派認爲是侵犯了「富人」的利益，也會引起富人的反抗，從而導致生產的破壞與社會的不穩定。但革命派辯駁道：只要「土地國有」的政策得當，富人同樣受益，何嘗「反抗」之有？朱執信談到實現「土地國有」

〔註41〕《辛亥革命前十年時論選集》，第 2 卷，上冊，第 437 頁。
〔註42〕同上書，第 426～427 頁。

將施行「劃定地價」的做法時說：「蓋調查其地價而劃定之，則地主只能有其現所有之地價。而此地價值，無論何時，由官給之，則地主不得拒弗賣也。即地主欲賣，賣於官，而得公債或現金。則不問時價如何，皆得同價，故地主無不利也。」〔註43〕朱執信認爲，採取「劃定地價」的贖賣方法，原來的土地所有者通過出讓土地給國家同樣可以獲利。看來，20世紀初葉改良派與革命派之間圍繞「社會主義」發生的爭論，其實是關於應否進行「土地國有」的行論爭。在這場論爭中，革命派提出要將土地收歸「國有」的主張，相對於改良派來說，是「激進的」；但在實行「土地國有」的方式上，革命派要採取的手段與方式又是相當溫和與緩進的。

關於社會主義的論戰，除在革命派與改良派之間進行之外，在革命派與其它思想派別之間也有發生。原因在於：「社會主義」是一個可以賦予廣泛解釋，且有利於動員群眾和招徠知識份子青睞的口號，因此，它成爲各種政治力量與思想派別激烈爭奪的思想資源。反過來，不同政治立場與態度的政治勢力與思想派別也希圖只有自己能壟斷這種思想資源，因此，也必須以自己擁有的「社會主義」，來駁斥與攻擊不同觀點的「社會主義」。所以，1911年，中國成立了「中國社會黨」，當該黨公開提出在中國實現「社會主義」是它的「綱領」時，該黨的「社會主義」當即受到革命黨人宋教仁等人的抨擊。

中國社會黨在談到如何實現「社會主義」的途徑與方式上，提出有「狹義社會主義」與「廣義社會主義」之別：「狹義者，欲破壞現在之社會組織以謀建設者也是，是爲社會革命主義；廣義者，欲於現在組織之下謀有矯正個人主義之流弊者也，是爲社會改良主義。」〔註44〕在該黨看來，它實行的社會主義政策就是一種「廣義的社會主義」或者說「社會改良主義」。當然，這種所謂「廣義的社會主義」又只是爲最終達到「眞社會主義」或者說「狹義的社會主義」的一種途徑或手段而已。該黨的創立人和黨魁江亢虎說：現在「由江河而港叉，猶可用舊制之帆船，由江河而海洋，則必乘新式之輪船，社會主義即是也。」〔註45〕而其最終目標，則是「無政府社會主義」，即「以無家庭無政府無宗教之理想世界爲宗旨」。〔註46〕顯然，中國社會黨對「社會主義」的理解

〔註43〕《朱執信集》，上冊，北京，中華書局，1979年版，第109頁。
〔註44〕江亢虎：《中國社會黨宣言》，《民立報》，1911年11月8日。
〔註45〕憤俠：《狹義社會主義與廣義社會主義》，《社會世界》，第2期。
〔註46〕同上。

儘管十分「激進」，在具體推進「社會主義」的做法上，其實又十分「緩進」：它只是將該黨的當前方針限定在對於社會主義思想的宣傳與普及。但即便這樣，這種方式方法也受到宋教仁的反對。就在中國社會黨公佈其「黨綱」不久，宋教仁就在《民立報》上發表文章與江亢虎「商榷」說：「果主張真正社會主義而欲實行之者，則非力持無治主義或共產主義不為功，而社會民主主義與國家社會主義皆非所宜尊崇者也。」〔註47〕原因是「是適以維持現社會之組織而使之永久不變，而結果遂與唱社會主義之本意相悖。」〔註48〕那麼，中國目前能否主張政府主義與共產主義，或者說中國社會黨所說的「狹義社會主義」呢？他宣稱，鑒於此二主義都要求社會生產和組織程度高度發達，而中國國情不備，如果現在實行社會主義，只會「畫虎不成反類狗」；其結果不僅實現不了社會主義，而且會因此種下「亡國滅亡種之禍因」。〔註49〕這就十分難以理解：既然中國目前條件尚未具備，為什麼革命黨人提出將「社會革命與政治革命畢其功於一役」的說法可以成立，而中國社會黨人採取的緩慢推進「社會主義」的做法反倒不能成立呢？顯然，從邏輯上，這種說法是根本無法解釋的。只能說：無論是中國社會黨也罷，革命黨人才罷，他們共同的地方都在想壟斷「社會主義」這一觀念，並為此而試圖罷黜對方對「社會主義」的解釋權罷了。

事實上，無論改良派與革命派之間，以及中國社會黨與革命派在「社會主義」的看法上如何分歧，他們在有一點上是共同的，即他們都意識到「公有制」是實施「社會主義」的核心內容，但出於種種的考慮，當他們一旦開始考慮社會主義的具體實施方案時，都將這「公有制」的概念懸置起來，視它為一個遙遠的理想。即使是革命派，在辛亥革命前，他們曾為宣傳「社會革命當與政治革命並行」不遺餘力，但辛亥革命勝利後，當即就從這一思想上退了下來。以孫中山關於「土地國有」的思想為例，辛亥革命以後，他就再也沒有公開宣佈土地國有的明確主張，而只是採取了與土地所有者妥協的政策，即宣佈對土地的佔有須以重新更換契約的形式加以確認。他擔保這種辦法決不會有損於地主的利益，它「不過使富人多納數元租稅而已」。〔註50〕這說明：辛亥革命時期，革命黨人對於「土地國有」的提法，在很大程度上

〔註47〕漁父：《社會主義商榷》，《民立報》，1911 年 11 月 13 日。
〔註48〕同上。
〔註49〕同上。
〔註50〕同上。

是策略的運用而已。

　　事實上，真正將「公有制」不僅視爲「社會主義」的實施手段，同時也視它爲社會主義的終極目標的，不是任何其它思想與政治派別，而是中國共產黨人。早期的中國共產主義知識份子大多是具有「無政府主義」色彩的激進型知識份子，要求實現財產以及其它方面的「共享」和「共有」。當接受馬克思主義以後，他們便將這由具有無政府主義色彩的「共享」與「共有」思想與無產階級革命的思想相嫁接，隨之，「共享」與「共有」的概念明確地轉變爲生產資料的「公有」與「國有」。這其中，俄國十月革命的勝利是一個重要的契機，它促成了相當一部份知識份子從無政府主義思想到共產主義思想的轉變。當俄國十月革命剛爆發時，一部份中國知識份子曾將它與無政府主義者的「革命」聯繫起來，以爲「俄人做的，係世界的革命，社會的改革，國家思想簡直半點也沒有」〔註51〕但很快，他們就發現：「李寧（引者按：即列寧）乃寶貴政權，決非無政府黨」。〔註52〕那麼，這一「寶貴政權」，其意義何在呢？1918 年 5 月 27 日的《民國日報》就這樣總結俄國的經驗說：「俄國新政府所注意者，唯在排除資本家這壟斷一官吏之強暴而已。」〔註53〕而一些曾經彷徨於無政府主義思想而未有找到出路的中國知識份子似乎也猛然覺醒：要真正實現人與人的平等，只有運用國家政權的力量將資本家所有的生產資料收歸國有，由國家來組織社會生產才能達到目的。

　　問題在於：運用國家政權將資本家掌握的生產資料收歸國有，果真就能實現「社會主義」的想要達到的理想——人人共同富裕的目的嗎？對這個問題，那時的中國思想界並不是沒有疑問的。1920 年，針對當時已經流行開來的共產主義思想，張東蓀就發表《現在與將來》一文進行抨擊，接著，梁啓超又發表《復張東蓀書論社會主義運動》予以聲援和響應。對於張梁二人的說法，具有共產主義思想的中國知識份子針鋒相對地予以回擊。於是，圍繞「社會主義」在中國的命運與前途，中國知識份子當中又開始了激烈的論戰。這場論戰的實質，其實是中國該走「基爾特的社會主義」，還是「對資本家實現剝奪」的「社會主義的公有制」之爭。

　　基爾特社會主義是 20 世紀初廣泛流行於西方的一種具有社會主義理想，

〔註51〕《勞動》，第 1 卷，第 2 號。
〔註52〕《勞動》，第 1 卷，第 3 號。
〔註53〕《民國日報》，1918 年 5 月 27 日。

同時在具體行爲策略上又具有自由主義色彩的社會思潮，其經濟思想的特徵是調和勞資對立，主張漸進的社會改良；在生產資料的所有制問題上，它與其說是提倡國家「公有」，不如說主張勞動生產者的集體「共有」，並且提倡工人參與生產管理的重要性，所以，它其實是集社會主義與資本主義於一身的一種社會理想與經濟管理模式。當這種基爾特社會主義由英國的羅素來華宣傳以後，很快就流傳開來，並在中國知識份子當中找到它的代言人。張東蓀就是其中的重要代表人物。應該說，張東蓀很早就開始在中國倡導「社會主義」思想。在 1920 年以前，他對「社會主義」的理解甚至有點「激進」，但 1920 年以後，他的看法爲之一變，認爲自己過去對「社會主義」的想法不過是「空談」罷了。在《現在與將來》這篇文章中，他說：「羅素先生說：『吾到俄國，即相信自己亦爲一共產黨人；然與一班深信共產主義之人來往後，我之疑念轉加一千倍，不惟不信共產主義，即凡人類所最崇仰與冒苦而求之一切信條吾亦不敢相信。』……我自聽了羅素先生這些議論以後，我本來潛伏在心中的懷疑態度便發了出來。我在《時事新報》上撰了一時評，表示我的懷疑點，——但是對於實行上懷疑不涉於原理——大旨和羅素先生在京的演說，說我暫時不以社會主義贈中國，因爲中國現在即實行社會主義必沒好結果，相同。」〔註 54〕那麼，張東蓀爲什麼會放棄在中國立即實行「社會主義」的想法呢？表面上看，似乎是張東蓀跟隨羅素到中國內地轉了一圈以後，增加了對中國「國情」的瞭解，發現中國大多數人至今「都未曾得著『人的生活』」，知道中國目前「唯一的病症就是貧乏」，因此，唯一的出路「就是增加富力」。實際上，根本的原因在於：他擔心「社會主義的公有制」這個招牌容易被人利用，尤其在中國當時「民不聊生」的情況下，這種可能性更大。他說：「民不聊生則鋌而走險。所以破壞是自然的趨勢。至於假借名義，雖不敢斷言，不過已經有些黨人，一面幹護法分髒的勾當，一面自命爲社會主義者。這些人一旦把固有的招牌用完了，必定利用這個招牌，因爲這是世界的新潮，可以駁倒一切。況且這個主義究竟沒有試驗過，一班人心容易傾向。我們推論至此，便知眞的勞農主義決不會發生，而僞的勞農革命恐怕難免。」〔註55〕看來，張東蓀最大的擔心不是別的，就是在中國目前的情況下，一旦發生提倡「公有制」的社會主義革命，只能是「僞勞農革命」，被野心家利

〔註54〕《中國現代哲學史資料選輯》（一），第 159 頁。
〔註55〕同上書，第 165 頁。

用，並不會解決社會主義革命想要達到的目的——人人共同富裕與社會和諧穩定的問題。因此，他將實現社會主義的方案鎖定在進行社會主義的宣傳和教育上。對此，梁啓超頗有同感。所以，當張東蓀的《現在與將來》發表以後，他當即寫了《復張東蓀書論論社會主義運動》一文表示回應。那麼，梁啓超這篇文章中關注的到底是什麼呢？這篇文章一開始就說：「我近年來，對此問題，久在彷徨悶索之中。欲求一心安理得之途徑，以自從事，而苦未得所謂悶索者，非對於主義本身之何去何從尚有所疑問也是。正以確信此主義必須進行；而在進行之途中，必經過一種事實——其事實之性質一面為本主義之敵，一面又為本主義之友。吾輩應付此種事實之態度，友視耶？敵視耶？」〔註56〕好個「其事實之性質一面為敵，一面為友」，此頗類於王國維所說的「可愛者不可信，可信者不可愛」的矛盾，不過王國維遭遇的矛盾乃哲學形上層面的，而梁啓超面臨的矛盾與抉擇，卻完全是現實社會中的。他敏銳地發現社會主義運動如同人類其它社會實踐一樣，面臨著工具與目的，或者說工具理性與價值理性的背離。而中國特殊的社會環境與國情，使這一本來就存在於西方社會主義運動中的矛盾，具有更加尖銳與對立的性質。中國社會主義運動面臨的這種手段與目的之間的衝突，也許在他看來完全是不可能解決的。思考再三，他表示同意張東蓀關於目前中國最大問題是發展生產和安排勞動就業這一觀點。而其中最大的擔憂仍然如張東蓀一樣，是：「勞動階級之運動，可以改造社會；遊民階級之運動，只有毀滅社會。」〔註57〕不過，較之張東蓀的看法，他的說法似乎更注重社會主義運動本身的內在矛盾，並且增加了一種中西文化比較的視野。他強調中西開展社會主義，其目標上的差異說：「歐美目前最迫切之問題，在如何而能使多數之勞動者地位得以改善。中國目前最迫切之問題，在如何而能使多數之人民得以變為勞動者（此勞動者指新式工業組織之勞動者而言）。」〔註58〕應當說，就強調中國國情的特殊性來說，無論張東蓀或者梁啓超的說法，都是言之成理的；而且，就針對社會主義運動的終極目標立論，指出它無非要改善勞動者的待遇與分配所得，而中國目前距離有大量的大工業勞動生產者這一前提條件尚遠，由此推論出西方意義上的社會主義運動對中國來說，尚不迫在眉睫，這一立論在理

〔註56〕同上書，第203頁。
〔註57〕同上書，第210頁。
〔註58〕同上。

論上也似乎雄辯。因此，對於中國傾向於共產主義的知識份子來說，張東蓀與梁啟超的說法的確構成理論上的嚴重挑戰。這也難怪當張東蓀與梁啟超的文章發表之後，立即引起軒然大波，中國的共產主義知識份子紛紛著文反擊，由此形成了 20 世紀上半葉關於社會主義的第 3 次論戰。

　　針對張東蓀和梁啟超的中國「國情論」，中國的馬克思主義知識份子陳獨秀發表他的看法說：說中國人窮到極點了，或者說中國人大多數未經歷過人的生活滋味，這話無人不曉；說中國要「增加富力開發實業」，這也是常識，主張社會主義的人也不反對。問題的關鍵在：「社會主義者和資本主義者不同的地方，只在用什麼方法去增加富力、開發實業，而不在應否增加富力、開發實業的問題。現在社會主義者，都能預想到社會主義實行以後，工業怎樣普遍發展的情形，並且深信要在社會主義下面的開發實業，方才能使一般人都得著『人的生活』」。〔註 59〕如何看待這種爭論呢？應當說，張東蓀、梁啟超等人根據中國的「國情」得出中國目前的問題是發展實業與減少失業人口，這一說法固然具有理論上的說服力，但這也絲毫削弱不了中國的共產主義知識份子關於目前中國要實行社會主義運動的雄辯性。因為這兩種說法，就邏輯上說，都是成立的。但就思想的進展來說，中國的馬克思主義者比張東蓀、梁啟超的說法對問題的追索就深入了一步，即它不僅肯定了要發展實業和增加「富力」的問題，而且強調如何去發展實業和增加「富力」的問題。陳獨秀對只能以社會主義的方式來發展實業和增加「富力」的看法，是建立在這一前提上的：用資本主義的方法即使發展了實業和增加「富力」，也無助於勞動人民生活問題的解決；相反，工人階級受的剝削強度比在非資本主義條件下更甚。應該說，這一看法，是有西方原始積累時期資本主義的發展史，以及當時中國資本主義生產的事實情況為據的。但是，由此得出以社會主義的生產方式就不僅能解決「富力」問題，而且可以解決「人的生活」問題。這卻包含著邏輯上的跳躍。因為從對資本主義生產方式的否定，無法就得出社會主義的生產方式就一定更優越的結論。後者，是一個遠比資本主義生產方式這一事實更深層次的歷史發展觀問題。

　　果然，中國的馬克思主義者要真正從理論思想上擊倒張東蓀、梁啟超的社會改良論，就不能僅只限於列舉資本主義生產方式下勞動人民的非人遭遇這一事實，而必然尋求其它更強有力的理論論證。這方面，馬克思主義的歷

〔註59〕同上書，第 134～135 頁。

史唯物論是他們的強有力思想武器。蔡和森這位很早就接受了馬克思主義的激進型知識份子，在與張東蓀辯論時就直接援引馬克思主義的思想觀點與論據。他宣稱：「和森為極端馬克思派，極端主張：唯物史觀，階級戰爭，無產階級專政。」〔註60〕他從馬克思主義的歷史唯物論引申出中國必行社會主義革命與實行無產階級專政的結論說：「現今全世界只有兩個敵對的階級存在，就是中產階級與無產階級。中產階級以上沒有第二階級，無產階級以下沒有第三階級。因為交通發達的結果，資本主義如水銀潑地，無孔不入，故東方久已隸屬於西方，農業國久已隸屬於工業國，野蠻國久已隸屬文明國，而為其經濟的或政治的殖民地。因此經濟上的壓迫，東方農業國野蠻國撫產階級之所受較西方工業國文明國無產階級之所受為尤重。因為西方工業國文明國的資本帝國主義常常可以掠奪一些殖民地或勢力地帶以和緩他本國『乘餘生產』『乘餘勞動』的兩種恐慌，而分餘潤於其無產階級（賄買工頭及工聯領袖，略加一般勞動者的工資，設貧民學校以及可以買工人歡心的慈善事業，使工人階級感懷恩惠）；因此西方大工業國的無產階級常常駐受其資本家的賄買籠絡而不自覺，社會黨、勞動黨中改良主義投機主義盛行，而與資本主義狼狽相倚，此所以社會革命不發生於資本集中，工業極盛，殖民地極富之英、美、法，而發於殖民地極少，工業落後之農業國俄羅斯也。」〔註61〕他認為，中國情況與俄國許久方面相同，都是工業不發達的落後農業國，更主要的是，歷史進入近代，東方世界與西方世界已結為一體，因此，中國的無產階級革命也是世界無產階級革命的一部份，原因中國的民族資本不發達，無產階級主要受西方資本家的剝削。應該說，蔡和森從世界無產階級總體革命的立場上來看中國的無產階級革命，並得出了實行社會主義的「公有制」不僅為歷史的必然，而且是現在就可以和應該付諸實行的事情，這較之單純從中國「國情」出發，來論證無產階級革命和實現生產資料的「公有制」，理論上更具有信服力。同樣對馬克思主義的歷史唯物論很有研究的李達，也這樣駁斥梁啟超關於中國目前不能實行社會主義的理論：「中國現在已是產業革命的時期了。中國工業的發達雖不如歐美日本，而在此產業革命的時期內，中國無產階級所受的悲慘，比歐美日本的無產階級所受的更甚，先前恃絲業、茶業、土布業、土糖業，以至製釘業，製鐵業謀生的勞動者，今皆因歐美日本大工

〔註60〕同上書，第 175 頁。
〔註61〕同上書，第 176 頁。

業的影響，次第失業，又不能赴歐美日本大工場，去充機械的確良奴隸，得工資以謀生。加以近年來國內武人強盜，爭權奪利，黷武興戎，農工業小生產機關，差不多完全破壞。所以我說中國人民，已在產業革命的夢中，不過不自知其為夢罷了。」〔註62〕看來，同樣是中國實業不發達與貧窮的事實，由於理論基點的不同，一者得出了中國目前不能實行社會主義革命的結論，一者則認為中國目前實行社會主義革命與生產資料「公有制」是迫在眉睫。但比較一下張東蓀、梁啓超與中國馬克思主義者的論點，可以看出，中國的馬克思主義者在這場論辯中往往更能體現其理論的思想架構。但問題的危險性也出在這裡：從社會主義的「公有制」取代資本主義的「私有制」是歷史的必然，到中國的無產階級已屬於世界無產階級的一個組成部份，以及再到中國目前必須實行無產階級革命，變資本主義的私有制為社會主義的公有制，這當中進行的是邏輯的演繹；至於它是否行得通，最終得接受事實的檢驗。更何況，社會主義的公有制是否必然有利於實業的發展，尤其是能否通過所有制的變革就達到社會主義的終極理想——人與人之間的分配平等，這也只是從資本主義所有制的「腐朽」得出的推論，在邏輯上同樣存在著跳躍。事實上，中國的馬克思主義者在論述中國無產階級革命的合理性與必然性時，也只是將無產階級革命以及實現社會主義的公有製作為實現沒有人剝削人的社會的前提條件。遺憾的是，在革命鬥爭的實踐中，包括在 1949 年中國共產黨奪取全國政權以後，卻混淆了社會主義的目標與手段，拼命地強化生產關係的「革命」，而忽視如何發展社會生產的問題。到了後來，這種手段與目的混淆的取向愈走愈遠，乃至於拼命地強調生產關係與上層建築的「革命」，將其視之為社會主義本身。這一思想體現於 1949 年以後中國共產黨的具體政策方面，在農村，是從互助組很快過度到高級合作社，最後到人民公社；在城市經濟方面，是取消任何私有製成分。而到了文化大革命，這樣對「公有制」的崇拜終於發展到極致，它的通俗性說法是「寧要社會主義的草，不是資本主義的苗」。

　　對社會主義公有制的反思，構成 20 世紀下半葉中國知識份子思想史的主題。它也就是中國知識份子的先知式人物顧準在文化大革命中思索的「娜拉出走以後怎麼辦」的問題。

〔註62〕同上。

（四）從「思想啟蒙」到「思想改造」

在 20 世紀中國思想史，出現了許多重要的思想觀念，包括前面所論的「國家」、「民主」、「平等」、「社會主義」等等，其實都跟一個根本性的觀念有關，就是「思想啟蒙」。可以說，以上所有這些思想觀念，都是從西方引進的；而20 世紀中國知識份子之所以熱衷於傳播這些觀念，就是爲了「思想啟蒙」。因此可以說，較之以上這些進行思想啟蒙的觀念，「思想啟蒙」本身是一個更基本與總體性的觀念：它涉及到對「思想啟蒙」的理解：爲什麼要進行思想啟蒙？它的意義何在？如何去進行思想啟蒙？等等。

中國知識份子對「思想啟蒙」的理解首先與其對自身的理解有關。如前面所說，中國現代知識份子從傳統的「士」轉化而來，其潛意識中都有一種以「道」自任的思想情結。反映在 20 世紀中國思想史上，它表現爲對「思想啟蒙」的追求與嚮往。而 20 世紀中國面臨的「救亡圖存」形勢，更爲這思想啟蒙提供了強勁助燃劑。可以認爲，從意識層面上說，20 世紀中國知識份子宣傳與製造的各種烏托邦圖案與話語結構，都可以歸結爲「思想啟蒙」。對「思想啟蒙」的理解，其實就是對知識份子自身的社會角色與存在意義的理解。

在維新運動中，熱心於社會與政治改革的知識份子，如康有爲、梁啓超、嚴復等人，第一次將知識份子的社會角色定位在「思想啟蒙」層面，從而實現了由中國傳統的「士」到現代知識份子社會功能的轉變。維新運動中最早的思想啟蒙是從「開紳智」和「開官智」開始的。1897 年，梁啓超在《上陳寶箴書論湖南應辦之事》中說：「今之策中國者，必曰興民權，興民權，斯固然矣，然民權非可以旦夕而成也。權者生於智者也。有一分之智，即有一分之權；有十分之智，即有十分之權——今日欲伸民權，必以廣民智爲第一義。」〔註63〕「欲興民權，宜先興紳權……欲用紳士，必先教紳士。」〔註64〕「紳權固當務之急矣，然他日辦一切事，捨官莫屬也。即今日欲開民智、開紳智，而假手於官力者，尚不知凡幾也，故開官智又爲萬事之起點。」〔註65〕康有爲在 1896 年開始維新運動的宣傳時，也是「開官智」，他認爲：「望變法於朝廷，其事頗難，然各國之革政，未有不以國民而起者，故欲倡之於天下……

〔註63〕梁啓超：《上陳寶箴書論湖南應辦之事》，《中國近代史資料叢刊・戊戌變法》（二），第 277 頁。
〔註64〕同上，第 553 頁。
〔註65〕同上，第 558 頁。

於是自捐資創《萬國公報》於京師，遍送士夫貴人。」〔註66〕至於嚴復，他翻譯《天演論》之所以用典雅的「桐城體」古文，也是出於讓官紳愛讀的考慮。總之，在維新運動中，儘管維新派的宣傳家意識到「思想啓蒙」的重要性，但「思想啓蒙」的對象，是社會上層。

「思想啓蒙」對象的下移，是維運動失敗以後的事情。這時候，不僅一些維新派人士，如梁啓超等，對於「開官智」已經失望，將「思想啓蒙」的對象轉移至社會一般民眾身上，《新民叢報》以及其它一系列改良派刊物的創辦與廣泛印行反映了這種變化；即使是革命派，儘管全力以赴開展與推動「反滿」的暴力革命，也不失時機地向社會群眾宣傳其革命主張。總之，清末民初，宣傳各種主義與政見的報刊雜誌層出不窮，這種現象表明：持有各種政治主張，並且力圖積極干預與影響政治的中國知識份子，就充分意識到「思想」在爭奪社會群眾中的力量。而這種對「思想」與「思想啓蒙」的重視，也就是對知識份子在社會變革與政治參與過程中的力量與重要性的認識。

對「思想啓蒙」的強調，必然導致對「思想啓蒙者」的自我意識與反省意識的出現。按照對「啓蒙」的詞義的理解，它乃「開啓光明，去除蒙蔽」之意；因此，它不僅是指向教化對象，是一種對象性的啓蒙，同時也指向自身，是對「思想啓蒙者」的自我「去蔽」與「解蔽」。五四新文化運動之提倡「倫理的革命」以及強調「個性解放」等等，只能從這種意義上得到理解。陳獨秀在《吾人最後之覺悟》中寫道：「自西洋文明輸入吾國，最初促吾人之覺悟者爲學術，相形見拙，舉國所知矣；其次爲政治，年來政象所證明，已有不克守缺抱殘之勢。繼今以往，國人所懷疑莫決者，當爲倫理問題。此而不能覺悟，則前之所謂覺悟者，蓋猶在惝恍迷離之境。吾敢斷言曰：倫理的覺悟，爲吾人最後覺悟之最後覺悟。」〔註67〕看來，思想啓蒙者主體的挺立與解放，成爲「思想啓蒙」成敗的關鍵：教育者必先受教育，啓蒙者必先自啓蒙。從維新運動到五四新文化運動，中國知識份子的思想啓蒙運動走過了它的少年期與青年期，正在走向成熟的成年期。應該說，五四新文化運動本質上是一種「自啓蒙」：對思想啓蒙者自身的啓蒙。但啓蒙者如何對自身進行啓蒙呢？對於五四新文化運動的一代人來說，這種自啓蒙表現爲對於新的思想啓蒙者的出現的期待。在五四新文化運動的領導者與提倡者那裏，新的或

〔註66〕梁啓超：《戊戌政變記》，《中國近代史資料叢刊·戊戌變法》（一），第297頁。
〔註67〕陳獨秀：《獨秀文存》，合肥，安徽人民出版社，1987年版，第41頁。

者說眞正的「思想啓蒙者」是應該具有如下氣質與人格特徵的：思想自由、自我作主，具有理性與科學精神，寬容與民主、進取與獨立，等等。一句話，要具備有現代價值觀念與思考方式的全面發展的「人」。五四新文化運動的倡導者們，不約而同的將這種「思想啓蒙者」的期待目光轉移了青年。謳歌青年與「青春」在五四新文化運動中成爲一種時尙甚至發展爲「青春崇拜」。原因無他，「青年」是一紙白紙，是沒有「污染」的，有待塑造的，經過「自啓蒙」與陶冶，是可以成爲眞正的「思想啓蒙者」的。新文化運動的思想啓蒙刊物自名爲「新青年」，道理也在這裡。且看五四「思想啓蒙運動」對於「青年」與「青春」的期待與歌頌：「青年如初春，如朝日，如百卉之萌動，如利刃之新發於硎，人生最可寶貴之時期也。青年之於社會，猶新鮮活潑細胞之在人身。」〔註 68〕「嗟吾青年可愛之學子乎！彼美之青春，念子之任重而道遠也，子之內美而修能也，憐子之勞，愛子之才也，故而經年一度，展其怡和之彥，餞子於長征邁往之途，冀有以慰子之心也。」〔註 69〕且看五四「思想啓蒙運動」對於未來的「思想啓蒙者」應當的素質與人格特徵的勾勒：「自主的而非奴隸的」，「進步的而非保守的」，「進取的而非退隱的」，「世界的而非鎖國的」，「實利的而非虛文的」，「科學的而非想像的」，〔註 70〕等等。其實，以上這些五四新文化運動的口號與觀念，在某種意義上說，是承襲維新運動中「開民智」的思想傳統而來。比如在嚴復和梁啓超那裏，我們就可看到他們對於「思想自由」的嚮往與謳歌，這其實也就是對於思想啓蒙者的一種要求與期待。只不過在維新派那裏，對於「自啓蒙」還沒有自覺的意識，只停留在素樸與感性的層面，既缺乏理性的分析，也與「對啓蒙」（對象性啓蒙）混淆在一起罷了。但無論如何，無論是在嚴復的「維新五論」（《論世變之亟》、《原強》、《闢韓》、《原強續篇》、《救亡決論》）還是梁啓超的《新民說》中，除了對於社會改良的鼓吹之外，我們都讀到了他們對於思想啓蒙者自身素質與品格的重視與要求。正是由於有了他們，後來才彙成了五四新文化運動對「自啓蒙」的潮流。

但是，同樣是注重於知識份子自身品格的要求與塑造，與從維新運動到五四運動的發展方向不同，20 世紀中國還出現了另一種思潮。它與「思想啓

〔註 68〕同上書，第 3 頁。

〔註 69〕《李大釗全集》，第 2 集，河北教育出版社，1999 年版，第 381 頁。

〔註 70〕《獨秀文存》，第 4～8 頁。

蒙」有關，發展途徑卻迥異。它與 20 世紀中國知識份子之渴望與積極投身於社會與政治運動的潛意識有關。

我們知道，知識份子之積極投身與參與社會與政治運動，可以有兩種方式：一種是以「思想啟蒙者」的身份出現，如同以上維新派以及五四新文化運動的倡導者那樣。此外，還有另一種更普遍、更常見的方式，這就是直接與徹底地投入到實際的運動與鬥爭當中，不是以啟蒙者與教化者的身份出現，而是以行動者與戰士的角色出現。這兩種投身於社會政治運動的方式，對參與者的心理素質要求、人格結構與行為模式的要求都是不同的。而 20 世紀急劇與猛烈的社會大變革，往往容不得中國知識份子「坐而論道」，甚至也容不得太多的知識份子以「思想啟蒙者」自居，它更需要的是行動者與戰士。而 20 世紀中國歷史的選擇也證明：真正能充當 20 世紀中國歷史舞臺上主角的，並且成為決定 20 世紀中國歷史的重要力量的，並不是「思想啟蒙型」的知識份子，而是那些行動型與鬥士型的知識份子。然而，這意味著：20 世紀中國知識份子在這場歷史大拼搏中，為了免於被歷史所「淘汰」，重要的是，為了跟上歷史的步伐，以及為了成為歷史舞臺上的演員，不得不進行一場有史以來的人格改造，以適應社會政治情勢的需要。

其實，中國知識份子一旦只要想在社會政治運動中有所作為，以行動者甚至戰士姿態出現就在所難免。以維新運動中的維新派為例，儘管康有為與梁啟超將「思想啟蒙」鎖定在對官僚與紳士的「啟蒙」，但為了推行與實現「啟蒙運動」，他們不得不花費許多時間與各級官員週旋，並且不可避免地捲入當時各種政治勢力的鬥爭；而當維新運動推進到高漲，終於演變為一場要改變朝廷政治路線與政治體制的「變法運動」時，維新派人士便義無反顧地投身於實際的政治運作中去，而到了「戊戌變法」的生死關頭，康有為、梁啟超們已儼然是「政變」的鬥士了。為了給後人留下「變法」失敗的教訓，譚嗣同甚至不惜殺身以殉。

問題的嚴重性還不在於「思想啟蒙」的「思想者」是否應當同時充當社會政治運動的行動者與「戰士」，而在於：「思想啟蒙者」與「戰士」屬於不同的行為類型，需要不同的人格結構、精神氣質與心理類型。而 20 世紀中國社會歷史的特殊情勢表明：思想者與戰士的身份對於有志於改革社會政治的中國知識份子來說，常常是集一身的。尤其是，愈是堅守一種信念，就愈是要將它身體力行，這本是中國傳統社會的「士」的傳統。換言之，中國傳統

的「士」與其說是「論道」，不如說更講究的是「踐道」。這種「踐道」傳統已成爲中國現代知識份子的一種精神承傳，無論持何種政治立場與態度的知識份子都如此。這就帶來一個問題：20 世紀以後，中國知識份子面臨的「踐道」情景已迥然不同於往昔：在傳統社會，「士」的踐道往往納入體制內進行，它要麼表現爲「學而優則仕」，在官宦生涯中盡職盡責，像范仲淹提倡的那樣「先天下之憂而憂，後天下之樂而樂」；或者像東林黨人那樣，在朝廷綱紀敗壞時起而抗爭，痛擊姦邪。無論如何，它們需要與藉重的，更多的是個人的道德人格與道德勇氣。這也就是爲什麼傳統的「士」都強調個人修養的磨練的道理。但 20 世紀中國是一個民眾動員的時代，更是一個民眾成爲社會政治運動的主體，尤其是「邊緣人」成爲社會政治舞臺主角的時代。在這個時代，知識份子要參與到社會政治運動中去，需要的與其說是像傳統社會的「士」那樣的個人道德修養，不如說是如何去與民眾和「邊緣人」認同；尤其是，當社會政治運動發展到武裝奪權鬥爭，以及社會政治運動以中國式的「政黨」形式進行（「政黨」本是現代政治鬥爭的一種普遍化形式，中西皆然；不過中國近現代的「政黨」往往是一種「武黨」，故講究組織紀律性與「服從性」是其最明顯的特徵）時，知識份子要能在這種社會政治運動中有所作爲，除了其政治才幹之外，最不能缺少的，是要求他必須具備一種類似於軍人那樣的嚴守紀律與服從的習慣與稟賦。自然，這往往與知識份子追求思想自由的天性不符，甚至也與其試圖在社會政治運動中充當「思想啓蒙者」的初衷有違。我們看到，20 世紀中國知識份子大規模地投身於社會政治變革的歷史，其實是從「啓蒙者」轉變爲「戰士」的歷史，同時也經歷了從「思想啓蒙心態」轉變爲「思想改造心態」的心路歷程。

從「思想啓蒙心態」到「思想改造心態」的轉變，從 20 世紀初的革命派那裏就已開始。1919 年，孫中山發表《孫文學說——行易知難》，首次提出了從事革命的「心理建設」問題。顯然，孫中山提出「行易知難」學說，是有感於他從事與推動革命運動中碰到的一個棘手問題——革命黨人的組織紀律性問題。在他看來，辛亥革命之所以流產，尤其是後來袁世凱的篡奪革命黨人的果實，與其說是敵我鬥爭力量懸殊所致，不如說是敗於革命黨人的內部，即革命黨人的組織渙散，尤其是畏懼實際鬥爭。所以，他在《孫文學說——行易知難》這本書中，反覆闡明這麼一個道理：「行之非艱，知之惟艱」，其用意並非在討論某種學理，而是要糾正革命黨內的錯誤認識以及爲革命黨人

提供行為規範。這部書一開篇就這樣總結辛亥革命的經驗說：「文奔走國事三十餘年，畢生學力，盡萃於斯，精誠無間，百折不回，滿清之威力所不能屈，窮途之困苦所不能撓。吾志所向，一往無前，愈挫愈奮，再接再勵，用能鼓動風潮，造成時勢。卒賴全國人心之傾向，仁人志士之和贊襄，乃得推動專制，創建共和。本可從此繼進，實行革命黨所抱持之三民主義、五權憲法院，與夫《革命方略》所規定之種種建設宏模，則必能乘時一躍而登中國於富強之域，躋斯民於安樂之天也。不圖革命初成，黨人即起異議謂予所主張者理想太高，不適中國之用；眾口鑠金，一時風靡，同志之士亦悉惑焉。是以予為民國總統時之主張，反不若為革命領袖時之有效而見之施行矣。此革命之建設所以無成，而破壞之後，國事更因之以日非也。……此固予之德薄無以化格同儕，予之能鮮不足駕馭群眾，有以致之也。然而吾黨之士，於革命宗旨、革命方略亦難免有信仰不篤、奉行不力之咎也，而其所以然者，非盡關乎功在利達而移心，實多以思想錯誤而懈志也。」〔註71〕可見，孫中山總結出辛亥革命最重要的一條經驗教訓，就是只有思想統一，才能革命成功。但思想如何統一呢？孫中山早已制定了三民主義、五權憲法，以及《建國方略》的種種規則，然而思想究竟未能統一。可見，思想統一併非簡單易舉之事，孫中山意識到它其實是一個要如何實現革命黨人思想方法的轉變，乃至革命黨人的人格心理重構問題。《孫文學說──行易知難》的知識份子學意義就在這裡。就革命黨人的人格心理重構來說，這本書涉及到哪些問題呢？首先，改變傳統型的重視「知」，輕視「行」的心態。孫中山認為，中國傳統思想重知而忽視行，而革命黨人受此傳統思想的影響，只將革命理論束之高閣，是革命事業不能開展下去的原因。他說：「夫革命黨之心理，於成功之始，則被『知之非艱，行之惟艱』之說所奴，而視吾策為空言，遂放棄建設之責任……國民！國民！究成何心？不能乎？不行乎？不知乎？吾知其非不能也，不行也；亦非不行也，不知也。倘能知之，則建設事業亦不過如反掌折枝耳。」〔註72〕值得注意的是，這裡孫中冊認為「知難」「行易」，並非要大家去重視「知」，反過來，是認為既然「知難行易」，所以更應該去「行」。所以他不僅認為「能知必能行」，〔註73〕而且倡導「不知亦能行」。〔註74〕其次，強調革命工作有分工，「知」

〔註71〕孫中山：《建國方略》，第 2 頁。

〔註72〕同上書，第 3 頁。

〔註73〕同上書，第 60 頁。

歸「知」，「行」歸「行」，兩者不必合一，是「知」統率「行」。孫中山認為文明的進化繫於三種人的分工與配合：先知先覺者，後知後覺者，不知不覺者。他說：「中國不患無實行家也，蓋林林總總者皆是也，乃吾黨之士有言曰：某也理想家也，某也實行家也。其以二三人可為改革國事之實行家，真謬誤之甚也。……故為一國之經營建設而難得者，非實行家也，乃理想家、計劃家也。」〔註75〕這裡其實是將革命事業作了分工，尤其強調領袖的職責是「知」，而廣大群眾，包括投身於革命事業的知識份子，只需要去「行」。再次，強調對領袖的服從。孫中山總結革命失敗的教訓說：「乃於民國建元之初，予則極力主張施行革命方略以達革命之目的，實行三民主義，而吾黨之士多期期以為不可。經予曉喻再三，辯論再四，卒無成效莫不以為予之理想太高，『知之非艱，行之惟艱』也。嗚呼！是豈予之理想太高哉？毋乃當時黨人之知識太低耶？予於是乎不禁為之心灰冷矣！」〔註76〕總之，領袖的「知」是一般黨員達不到的；對於領袖的「知」，一般黨員只需要服從。如果對於領袖的「知」也去談論與討論，則革命斷難成功。最後，除了提出要服從領袖之外，孫中山還非常強調嚴明的紀律。這種紀律是由「黨紀」來約束的。為此，孫中山發現了「誓約」。他說：「乃吾黨之士，於民國建設之始，則以信誓為不急之務而請罷之，且以予主張為理想者，……其既宣誓而後，有違背民國之行為者，乃得科以叛逆之罪，於法律上始有根據也。」〔註77〕在他看來，用「誓約」來約束黨員，也約束包括所有認同革命事業的人，是保證革命不會變質的重要條件之一。

以上是《孫文學說——行易知難》中的主要思想，要指出的是，儘管以上幾點是孫中山為了革命取得成功而提出的對於革命黨人的要求與規範，其實，它也反映了當時廣大革命黨人的要求。應該說，當辛亥革命失敗，尤其是袁世凱稱帝以後，除孫中山以外，還有其它許多要將革命進行到底的革命黨人同時在總結辛亥革命流產的經驗，他們最後都幾乎達到了與孫中山同樣的認識，即要加強革命的紀律約束，強調對黨的領袖的服從。所以，當1914年孫中山為了「反袁」而成立「中華革命黨」，要求所有原來的國民黨員重新

〔註74〕同上書，第74頁。
〔註75〕同上書，第59頁。
〔註76〕同上書，第62頁。
〔註77〕同上書，第72頁。

登記，並且履行「誓約」儀式時，這一幾乎近於幫會形式的做法竟沒有受到大多數黨人的抵制。儘管有少數革命黨人在情感上感到難以接受，但出於革命的需要，最終還是採納與接受了這一方法。孫中山組織中華革命黨，要求黨員絕對服從黨的元首這一事實，說明投身於孫中山領導的「反袁鬥爭」的知識份子必須以「革命戰士」自居，它標誌著辛亥一代革命黨人從「思想啟蒙心態」到「思想改造心態」的轉變與完成。

如果說，孫中山領導的辛亥革命已經對中國知識份子提出了這樣的要求與選擇：凡投身於革命運動者，必以服從紀律作為其取得革命通行證的先決條件，那麼，到了中國共產黨領導的工農革命戰爭，由於武裝鬥爭的形勢較之辛亥革命更嚴峻與慘烈，也由於中國共產黨人有感於辛亥革命經驗的不徹底，其對於參與革命運動的知識份子提出了更高的組織紀律性要求。而這並未有絲毫消減中國激進型知識份子投奔革命的熱情，毋乃是，它更反襯了中國共產黨人的革命信仰的真誠與偉大，並由此而贏得了許許多多知識份子的由衷擁護與贊成。這到底如何解釋？

其實，從五四時期及其後，一批原先信仰無政府主義或具有無政府主義傾向的知識份子之轉變為馬克思主義者，接著又組織中國共產黨，我們已經可以看到這樣一種心理轉變的軌跡。它基於這樣一種理性選擇與認識：無政府主義思想救不了中國，要解決中國的問題，只有走俄國十月革命的路。而俄國十月革命成功的極其重要的經驗，就是它有一個有著鐵的紀律的政黨。因此，走俄國十月革命的路，與建立一個組織嚴明的政黨，是同一問題的兩面。也可以這樣說：服從黨的路線與方針，以至將自己的一生交給黨安排，是投身中國共產黨革命的題中應有之義，它根本不是什麼勉強或外力強制的結果，乃出於革命的自覺要求與選擇。但問題仍然存在：知識份子愛思考、凡事愛存疑與要問個「為什麼」的天性，屢屢會成為服從組織與加強紀律性的障礙。於是我們看到：在知識份子投奔革命的過程中，最要克服也最難戰勝的敵人，並不是外部的，而是其內部的；它根源於其知識份子的天性，幾乎由「娘胎」所帶來。不僅為了革命成功，首先是為了成為革命者，知識份子必須時時刻刻與自己知識份子中的「天性」作戰。而毛澤東在中國革命過程中創造與提倡的「思想改造運動」，恰恰為選擇革命的知識份子提供了這麼一種環境與機會，使其不至於為無法戰勝自我而苦惱，並且還為其克服內心的緊張找到了渲泄的渠道；重要的是，一大批真誠革命的中國知識份子，在

經歷了共產黨人提倡的「思想改造運動」中終於成功地改造了自己，從此而「脫胎換骨」。從這種意義上說，毛澤東關於知識份子改造思想運動的思想觀念，其實也就是投身革命的中國知識份子心路歷程的自我展現。

毛澤東對知識份子的思想改造強調如下幾個方面。首先，革命的「螺絲釘」與「工具」意識。按照馬克思列寧主義的理解，無產階級革命是廣大群眾參加的事業，更離不開無產階級先鋒隊的組織與領導；尤其是，在無產階級與資產階級的衝突採取武裝奪權與反奪權的暴力鬥爭形式進行時，組織一支有嚴明紀律的隊伍成為無產階級革命勝利的關鍵。而所謂組織一支紀律嚴明的隊伍，無非就是要隊伍中的廣大成員對領袖與指揮者的絕對服從。所以，毛澤東十分強調知識份子要當革命事業的「螺絲釘」的必要性。但毛澤東同時深諳知識份子天生具有思想自由與行為散漫的特點，所以，要將知識份子轉變為革命事業的「螺絲釘」，關鍵在於實現「自由主義」知識份子到「革命的」知識份子的人格轉型。為此，他強調要與知識份子生來具有的那種「自由主義」作鬥爭。《反對自由主義》一文中的「自由主義」，其含義不指政治觀點與立場的「自由主義」，而是指散漫、不團結、缺乏組織紀律性等等的人格個性，道理也在這裡。他列舉「自由主義」的種種表現說：「命令不服從，個人意見第一。只要組織照顧，不要組織紀律」，〔註78〕如此等等。他認為革命集體組織中的自由主義是十分有害的，他說：「它是一種腐蝕劑，使團結渙散，關係鬆懈，工作消極，意見分歧。它使革命隊伍失掉嚴密的組織和紀律，政策不能貫徹到底，黨的組織和黨所領導的群眾發生隔離。這是一種嚴重的惡劣傾向。」〔註79〕尤其是，他還將這種自由主義的產生同知識份子的「小資產階級性」聯繫起來，他說：「自由主義的來源，在於小資產階級的自私自利性，以個人利益放在第一位，革命利益放在第二位，因此產生思想上、政治上、組織上的自由主義。」〔註80〕總之，他認為，自由主義是和馬克思主義根本衝突的，是「機會主義」的一種表現，客觀上起著援助敵人的作用。「自由主義的性質如此，革命隊伍中不應該保留它。」〔註81〕

其次，階級性與黨性原則。為了對知識份子進行革命人格的塑造，毛澤東提出了「從思想上入黨」的問題。他說：「有許多黨員，在組織上入了黨，

〔註78〕《毛澤東選集》，第330頁。
〔註79〕同上書，第331頁。
〔註80〕同上。
〔註81〕同上書，第333頁。

思想上並沒有完全入黨，甚至完全沒有入黨。」〔註82〕那麼，到底如何解決「從思想上入黨」的問題呢？他提出有一個「階級性」與「黨性原則」的問題。就是說，共產黨員隨時隨地要以黨員的標準要求自己。這種黨員標準不是別的，就是「鮮明的政治立場」，具體言之，就是跟黨的決議與方針路線保持一致。他反對用其它標準來取代「階級性」與「黨性原則」這個標準。他在談到文學藝術的「階級性」時說：「在現在世界上，一切文化或文學藝術都是屬於一定的階級，屬於一定的政治路線的。爲藝術的藝術，超階級的藝術，和政治並行或互相獨立的藝術，實際上是不存在的。無產階級的文學藝術是無產階級整個革命事業的一部份，如同列寧所說，是整個革命機器中的『齒輪和螺絲釘』」〔註83〕當然，毛澤東也知道，階級性與黨性的培養，對於知識份子來說，不是一件容易的事情，必須在革命鬥爭中經過長期的磨練，同時，還離不開其它革命同志的幫助。爲此，他發明了培養與提高階級性，尤其是黨性原則的很好方法，這就是搞革命隊伍內部的「思想鬥爭」。他說：「我們主張積極的思想鬥爭，因爲它是達到黨內和革命團體內的團結使之有利於戰鬥的武器。每個共產黨員和革命份子，應該拿起這個武器。」〔註84〕毛澤東還發明了他的「皮毛理論」，認爲「皮之不存，毛將焉附？」要求加入革命隊伍的知識份子從精神上「脫胎換骨」，將階級性和黨性作爲其人格生命的根本。

第三，克服「軟弱性」與「人性論」，提高對敵鬥爭意識與狠鬥精神。毛澤東認識到，知識份子的「通病」是「小資產階級情調」很重，在殘酷的敵我殊死鬥爭中，不容易經受起考驗，尤其是容易對敵人「心慈手軟」。因此，如何提高知識份子的革命堅定性，尤其是克服其人性中的「軟弱性」，成爲毛澤東的知識份子改造理論中十分重要的問題。這方面，他提出，要克服資產階級的「人性論」。「人性論」是用抽象的「人性」來取代「階級性」。毛澤東說：「世上決沒有無緣無故的愛，也沒有無緣無故的恨。」〔註85〕又說：「至於所謂『人類之愛』，自從人類分化成爲階級以後，就沒有過這種統一的愛。過去的一切統治階級喜歡提倡這個東西，許多所謂聖人賢人也喜歡提倡這個東西，但是無論誰都沒有眞正實行過，因爲它在階級社會裏是不可能實行的。」

〔註82〕同上書，第832頁。
〔註83〕同上書，第822頁。
〔註84〕同上書，第330頁。
〔註85〕同上書，第827頁。

〔註86〕在中國共產黨建立全國政權以後，毛澤東提出共產黨人要警惕被不拿槍的敵人和「糖衣炮彈」打倒，也是基於他對知識份子中間「人性論」沒有完全被克服的擔憂。因此，「以階級鬥爭爲綱」路線的提倡，實際上可以看作是清除知識份子思想中「人性論」的鬥爭。

　　第四，強調「理論聯繫實際」。毛澤東認識到，知識份子的「通病」是重觀念、輕實踐。在這點上，他的認識與孫中山可謂同出一轍。不同的地方在於：孫中山爲了克服知識份子重視觀念、忽視行動的傾向，他專門提出「知難行易」學說，以啓發知識份子去敢於「行」，重視「行」；而毛澤東則提倡「理論聯繫實際」的理論，其目的與其說是鼓勵知識份子去勇於「知」，不如說強調知識份子也發揮自己的「專長」去「行」。知識份子的「專長」在哪裏呢？毛澤東說，知識份子重理論，愛思考，這點具有兩重性：由其自發的天性，它往往會導致對實踐的忽視（輕「知」）和空談理論；但引導得好，它卻可以發揮出知識份子特有的功能：用思想理論去宣傳革命和動員群眾。這後一方面，是工農出身的幹部無論如何難以做到的。但知識份子的這種功能要發揮得好，關鍵在於「理論聯繫實際」。對於毛澤東來說，「理論聯繫實際」既是工作方法，同時又是工作作風，更是知識份子要投身革命，成爲眞正稱職的革命家的關鍵。所以，無論是在《整頓黨的作風》、《反對黨八股》，還是《在延安文藝座談會上的講話》中，他都一而再，再而三地向黨員，尤其是知識份子出身的黨員提出「理論聯繫實際」的要求。對於知識份子來說，它甚至成爲是否夠格的革命者和共產黨員的標準。原因無他，通過對理論聯繫實際的強調，知識份子才會眞正地克服以知識份子自我爲中心的心理態勢，將自己緊緊地同「實際」，也即革命事業捆綁在一起。所以，在「理論聯繫實際」這個命題中，實際或實踐是第一位的，而理論則是附屬性或第二位的；換言之，理論只有同實際聯繫上以後，才有其意義與價值；否是就是空談。他說：「眞正的理論在世界上只有一種，就是從客觀實際中抽出來又在客觀實際中得到了證明的理論，沒有任何別的東西可以稱得起我們所講的理論。斯大林曾經說過，脫離實際的理論是空洞的理論。空洞的理論是沒有用的，不正確的，應該拋棄的。對於好談這種空洞理論的人，應該伸出一個指頭向他們刮臉皮。」〔註87〕

〔註86〕同上。
〔註87〕同上書，第 774 頁。

可以這樣認爲：在 20 世紀中國歷史上，毛澤東是知識份子思想改造的集大成者。毛澤東領導的中國革命之所以取得成功，固然最終取決於戰場，但不可否認，也同他調動與動員了許許多多優秀的中國知識份子投身於共產黨的革命有關。但是，不要忘記：毛澤東的知識份子改造理論與政策之所以獲得成功，與其說是由於毛澤東的這套知識份子理論本身的「魔力」，不如說在於它的「魅力」。就是說，它非常符合認識到只有發揮集體力量，以及通過政黨組織形式才能實現革命理想的知識份子的心理。從這種意義上說，不是毛澤東的知識份子改造理論「改造」了中國知識份子，而是具有理想主義氣質與特殊心理學類型的知識份子選擇和接受了毛澤東的知識份子改造理論。

問題在於：在嚴酷的革命鬥爭年代，知識份子之投身革命，從而接受與選擇毛澤東的知識份子改造理論，有其不得不然，甚至於有其歷史的合理性，否則革命無法成功；但革命勝利以後呢？尤其是，當 1949 年中國進入新的歷史發展時期，應該將經濟建設擺在黨的工作的第一位的時候。這個時期，究竟是應當繼續強調與提倡革命戰爭年代的那種知識份子改造理論，還是應該對知識份子不但有一種新的政策，而且應當塑造與培養一種新的知識份子人格類型呢？可惜的是，毛澤東在 20 世紀 50 年代以後，不僅繼續沿用與承襲其殘酷的戰爭歲月中總結出來的知識份子改造理論，而且將這一理論從同一方面作了新的拓展，更加強化了知識份子「改造」的必要性。而許許多多眞正信仰馬克思主義的中國知識份子，也不能分清毛澤東的知識份子改造理論本是特殊的戰爭年代的產物，並不代表知識份子的天然屬性與要求。但 50 年代以後，不少知識份子的「懺悔意識」的出現與加強，說明毛澤東的知識份子改造理論，已經成爲不止一代中國知識份子的心理積澱。就這種意義上說，毛澤東的知識份子改造理論又是起了決定性作用的：它將 20 世紀初葉起，中國知識份子的「啓蒙心態」徹底地轉變與塑造爲「思想改造心態」。

（五）從「發動群眾」到「接受工農再教育」

與知識份子的思想改造可以相提並論的，是 20 世紀中國知識份子普遍經歷了一個從「發動群眾」到「接受工農再教育」的過程。如果說，前一過程（思想改造過程）主要涉及的是知識份子的心態或心理類型的變更，那麼，這後一過程則主要地是一個外部社會角色轉換的過程。當然，思想改造的內心轉換過程，與外部社會角色的轉換，其實具有相關性：外部角色的轉換，需要取得內部世界的精神與價值支撐；反過來，內部心理類型的轉換與調整，

離不開外部環境的改變。從後一種情況看，知識份子的外部環境變化，尤其是其功能角色的轉換，對於知識份子的內部心理轉變，甚至具有決定性意義。但是，中國知識份子社會角色及其功能的定位，在 20 世紀有一個逐漸轉變的過程，它最終不僅改塑了中國知識份子的心理類型，同時也改變了知識份子的「自我認同」。

「發動群眾」這一思想觀念開始受到中國知識份子的青睞，是進入 20 世紀以後，尤其是辛亥革命當中的事情。中國傳統社會中的「士」雖然有以「道」自任的傳統，並且提倡「天下興亡，匹夫有責」，但他們主要是以個體的身份擔當道義；即使在朝廷綱紀廢馳、姦佞當道之際，士人偶而會「結黨」而起，進行政治抗爭，如東漢末年的「黨錮」之爭，以及明末的東林黨人，但這些「結黨」還限制在士人範圍本身。到了晚清，維新運動中的康有為與梁啟超們通過辦報、演講和集會推動「變法運動」，尤其是梁啟超在湖南創辦時務學堂，目的在為變法培養人材與擴大社會影響，儼然有「自下而上」推動變法的味道，但這距離真正的「發動群眾」尚遠。就社會學的定義來說，「群眾」雖然不是特指哪一個特殊的社會階級與階層，可以泛指全社會的人民，但之所以不用「人民」而用「群眾」來指稱，是因為「人民」這概念包括社會上所有不同職業的人，而「群眾」則主要指社會的大多數。而從社會結構來看，人口的分佈常呈「金字塔」：處於社會底層的人口總占大多數，這在社會未進入現代社會，中產階級還欠發達的時候，尤其如此。因此，當我們使用「群眾」這一概念時，就是指社會的底層民眾；所謂「發動群眾」，也就是指發動社會底層民眾。

20 世紀中國知識份子的社會改革與政治運動之走上「發動群眾」的方式，有其歷史的不得不然。其中，維新運動的失敗是一個契機。康有為、梁啟超等人倡導的維新運動雖然一度獲得朝野上下的支持，但就其本質而言，它仍然是一場「自上而下」而開展的社會政治改革運動。1998 年 10 月，光緒皇帝曾親下「改國是詔」，這場改革運動最後因受到守舊派的反對，尤其是「後黨」的反對而失敗，連光緒皇帝本人也被慈禧太后軟禁，大批維新人士受到株連，「戊戌六君子」死難。戊戌變法的失敗，使不少原來傾向於「改良」的知識份子徹悟，認為「改良主義」的道路走不通。這當中包括舉行「自立軍起義」的秦力三，也包括後來決心聯絡「會黨」從事暴力反滿革命的孫中山。而辛亥革命之後，袁世凱篡奪了革命果實，孫中山為了繼續推進革命，也屢屢從

「發動群眾」的角度總結革命的教訓與經驗。

但是，同樣是「發動群眾」，卻有一個方式方法的問題。對於革命派來說，所謂「發動群眾」，就是動員群眾參與「革命」。其辦法主要有兩個：一是誘之以利益。如孫中山在重新改組國民黨，成為「中華革命黨」，為「倒袁」的「三次革命」作準備時，就提出將「黨員」分為幾等：「三次革命」前入黨的，是「首義黨員」；革命時期入黨的，是「元勳公民」，均享有一切參政執政的優先權；在「三次革命」爆發後，革命政府成立前入黨的，稱「協助黨員」，在革命時期內為「有功公民」，享有選舉權和被選舉權；凡在革命政府成立後才入黨的，稱為「普遍黨員」，在革命時期內稱「先進公民」，只享有選舉權而無被選舉權。至於不入黨的，則沒有公民資格。〔註88〕二是曉之以「革命道理」和灌輸以「政治思想」。就灌輸「革命道理」來說，朱執信談到「國民心理」的改變對於實現「共和」的重要，得出的結論是：「然則今日吾人所當致力者，在促進人民之覺悟。而政治之改良，實恃人民之認政治為一己之事，乃能進而不止，非吾人之力能使然也。」〔註89〕就灌輸「政治思想」來說，孫中山專門寫作了《民權初步》，其中條分縷析，從如何召集開會說起，向民眾普及民主政治知識。他談到這本書的重要說：「苟人人熟知此書，則人心自結，民力自固。」〔註90〕他寄希望於民眾普及與掌握了「民權」知識，就可以建立理想的「民權政府」。但無論是誘之以利益也好，曉之以「大義」也好，孫中山等革命黨人「發動群眾」的做法，都是將自己置於群眾的「頭上」。換言之，群眾只是受教育的對象，被誘導的對象；而革命黨人，尤其是其中的領導人，則是革命的「先知先覺」，擔負起帶領甚至啟發群眾去革命的任務。這種意義上的「發動群眾」，是站在「先知先覺」立場上的「發動群眾」。它有一個思想前提：群眾總的是落後的，覺悟水平不高的，因此才有動員與發動群眾的必要。

但除此之外，20世紀中國歷史上，還有另外一種「發動群眾」的方式。這也就是中國共產黨人在長期的革命鬥爭中總結和採取的方式。這種「發動群眾」的方式是「從群眾中來，到群眾中去」。〔註91〕其具體意思是：從群眾

〔註88〕 參見陶菊隱：《北洋軍閥統治時期史話》，上冊，北京，三聯書店，1983年版，第210頁。

〔註89〕 《朱執信集》，上冊，中華書局，1979年版，第212頁。

〔註90〕 孫中山：《建國方略》，第273頁。

〔註91〕 《毛澤東選集》，第854頁。

以及實際鬥爭中去總結經驗，上升到理論，然後再返回到群眾與實踐中去，由群眾與實踐來檢驗理論的正確與否。因此，這種「發動群眾」，它首要的是強調「群眾觀點」。它的基本理論有如下幾點。

第一，人民群眾，尤其是工農群眾，是最有革命覺悟的階級，是革命的依靠對象。這是「群眾觀點」以及走「群眾路線」的理論得以建立的基點。在《中國社會各階級的分析》中，毛澤東說：「工業無產階級人數雖然不多，卻是中國新的生產力的代表者，是近代中國最進步的階級，做了革命運動的領導力量。」〔註92〕至於占農村人口絕大多數的貧農，毛澤東說：「鄉村中一向苦戰奮鬥的主要力量是貧農，從秘密時期到公開時期，貧農都在那裏積極奮鬥。他們最聽共產黨的領導，他們和土豪劣紳是死對頭。」〔註93〕又說：「沒有貧農（照紳士的話說，沒有『痞子』），決不能造成現時鄉村的革命狀態，決不能打倒土豪劣紳，完成民主革命。……沒有貧農，便沒有革命。若否認他們，便是否認革命。若打擊他們，便是打擊革命。他們的革命大方向始終沒有錯。」〔註94〕如此等等。所以，共產黨作為革命的先鋒隊，必須全心全意地依靠工農群眾。

第二，人民群眾，尤其是工農群眾，不僅最有革命覺悟，也最有知識。毛澤東將知識分為二門：一門是生產鬥爭的知識，一門是階級鬥爭的知識。就對這兩門知識的掌握來說，他認為知識份子還不如工農群眾。為什麼？因為毛澤東有一個觀點，即認為知識來源於實踐，而真正進行生產鬥爭與階級鬥爭實踐的，不是知識份子而是工人農民。而所謂理論知識也不過是這些實際知識的提煉。所以，他說：「有許多知識份子，他們自以為很有知識，大擺其知識架子，而不知道這種架子是不好的，是有害的，是阻礙他們前進的。他們應該知道一個真理，就是許多所謂知識份子，其實是比較地最無知識的，工農份子的知識有時倒比他們多一些。」〔註95〕在《實踐論》中，他諷刺那些只有理論知識，而沒有實踐知識的知識份子說：「世上最可笑的是那些『知識裏手』，有了道聽途說的一知半解，便自封為『天下第一』，適足見其不自量而已。」〔註96〕既然世界上的真知都來源於實踐，而工農群眾始終都處於

〔註92〕同上書，第 8 頁。
〔註93〕同上書，第 20 頁。
〔註94〕同上書，第 21 頁。
〔註95〕同上書，第 773 頁。
〔註96〕同上書，第 264 頁。

生產鬥爭與階級鬥爭實踐的第一線，所以，知識份子要學習生產鬥爭、階級鬥爭的知識，捨向工農學習之外，別無他途。值得注意的是，毛澤東關於工農最有知識，而知識份子最沒有知識的這一思想，在文化大革命中進一步發展爲這樣一個思想：「卑賤者最聰明，高貴者最愚蠢。」

其三，工農群眾不僅富有革命精神，而且最有革命力量。毛澤東說：「中國民主革命的完成依靠一定的社會勢力。這種社會勢力是：工人階級、農民階級、知識份子和進步資產階級，就是革命的工、農、兵、學、商，而其根本的革命力量是工農，革命的領導階級是工人階級。如果離開了這種根本的革命力量，離開了工人階級的領導，要完成反帝反封建的民主革命是不可能的。」〔註97〕他認爲，中國革命要取得成功，非依靠與喚起工農的力量不可。他總結辛亥革命的經驗說：「孫中山先生在他的遺囑裏說：『余致力國民革命凡四十年，其目的在求中國之自由平等。積四十年之經驗，深知欲達到此目的，必須喚起民眾及聯合世界上以平等待我之民族共同奮鬥。』這位老先生死了十多年了，連同他說的四十年，共有五十多年，這五十多年來的革命的經驗教訓是什麼呢？根本就是『喚起民眾』這一條道理……現在我們要達到戰勝日本建立新中國的目的，不動員全國的工農大眾，是不可能的。」〔註98〕

以上三點：工農群眾的革命覺悟高、最有生產鬥爭和階級鬥爭的經驗和知識，以及是最革命的力量，看來是毛澤東強調要走「群眾路線」的根本理由。值得注意的是，同樣是強調民眾的力量，在孫中山那裏，只是對民眾的力量重視之、利用之。而到了毛澤東那裏，則成爲走「群眾路線」與「從群眾中來，到群眾中去」的理由。之所以發生這種轉變，其中很重要的一點，涉及到對知識份子的態度。我們知道，儘管孫中山提出「知難行易」學說，重視與提倡「行」，但在他那裏，知識份子由於有知識，是屬於「先知先覺者」，而民眾則由於缺乏知識，只能是「後知後覺者」，需要知識份子或先覺先覺者的帶動。但到了毛澤東那裏，由於工農的革命覺悟比知識份子高，革命鬥爭的知識也要比知識份子豐富，這樣一來，知識份子相對於工人農民，倒似乎是「後知後覺者」了。這一知識份子與工農群眾關係的顛倒相當重要，它說明：假如在孫中山那裏，民眾尙是由先覺的知識份子與革命領導者教化的對象，如今，在毛澤東這裡，則倒了過來：是知識份子成了被工農群眾教育的

〔註97〕同上書，第523頁。
〔註98〕同上書，第529頁。

對象，也是革命所應該團結的力量。這一結論是如何形成的？這除了同以上
毛澤東對工農群眾的認識與評價有關之外，還同他對知識份子的看法與評價
有關。

　　在毛澤東看來，知識份子與其說是革命可以依靠的對象，不如說是革命
可以團結的對象。就是說，知識份子在毛澤東的心目中，其分量與意義是不
能與工農相比的。這是因為，在他看來，知識份子天然有許多缺點，妨礙著
他們革命積極性的發揮。但另一方面，中國革命事業的成功，又缺少不了知
識份子。怎麼辦呢？毛澤東想出一個辦法，就是提倡知識份子與工農相結合。
為了強調知識份子與工農結合的重要性，他甚至將這提到「革命」抑或「不
革命」的高度。他說：「革命的或不革命的或反革命戰爭的知識份子的最後的
分界，看其是否願意並且實行和工農民眾相結合。他們的最後分界僅僅在這
一點，而不在乎口講什麼三民主義或馬克思主義。」〔註99〕又說：「他今天把
自己結合於工農群眾，他今天是革命的，但是如果他明天不去結合，或者反
過來壓迫老百姓，那就是不革命的，或者是反革命的了。」〔註100〕一句話：
革命與不革命和反革命，真假馬克思主義者與否，都根據他是否和如何與工
農群眾相結合而定。

　　要注意的是，這裡毛澤東強調知識份子與工農相結合，並不是兩者平等
的相結合，而是有一個誰是教育者，誰是被教育者的問題。從上面毛澤東關
於工農的看法來看，他既然認為工人農民無論在革命覺悟、鬥爭知識乃到革
命意志方面，都比知識份子要高，自然，知識份子就是工農加以教育的對象
了。事實上，無論是在《整頓黨的作風》，還是《反對黨八股》，尤其是在《在
延安文藝座談會上的講話》等一系列關於黨內整風的文件中，毛澤東的許多
批評，都是針對知識份子的弱點而發。在這些整風文件中，他要求知識份子
實行全方位的轉變：從階級立場上、思想感情上、工作作風上，乃至行為舉
止和語言談吐上，都向工農群眾看齊。

　　事實上，這種「向工農群眾學習」的觀念，不僅是中國共產黨在長期的
革命鬥爭中對中國知識份子的一種要求，直到 1949 年以後，中國共產黨人在
進行社會主義改造與社會主義建設過程中，仍然保持與強化這種對知識份子
要求的精神傳統。而中國知識份子在長期的革命鬥爭與經濟建設過程中，經

〔註99〕同上書，第 524 頁。
〔註100〕同上書，第 530 頁。

過艱難的磨練與思想改造，也漸漸地適應了這種要求，它甚至還內化為相當多的知識份子的內心要求。就是說，對於真心擁護中國共產黨領導的中國知識份子來說，接受工農教育已成為革命的同義詞，同時也是馬克思主義意識形態的題中應有之義。

（六）從「救亡文化」到「反帝文化」

無論 20 世紀中國的各派政治思想有多大的歧異，恐怕在一點上是共同的，即所有這些政治思想都有一種深刻的「救亡圖存情結」，並且在意識層面上強調「反帝」。但是，這「救亡圖存」與「反帝」之間究竟有著何種關聯？中國各種政治思潮中，其「反帝」的含義究竟如何？這是我們需要加以分析的。

中國近代社會政治思想的覺醒是在 19 世紀末的維新運動時期，並且由民族危機所引發。但是，在當時，這種民族危機意識只是導致了一種可以稱之為「救亡」的思潮的興起。這種「救亡意識」並未與「反帝」思想結合起來，卻更多地與「自強」意識聯繫在一起。1895 年，當中日甲午戰爭中中國戰敗，面臨割地賠款之辱時，嚴復就發出國家危亡在即的吶喊，認為「今日之事，捨戰固無可言，使上之人尚有所戀，而不早自斷焉，則國亡矣。且三五百年間，中土無復振之一日。」〔註 101〕但是，嚴復除了提出要從軍事上抵抗日本侵略之外，更強調的是，國家要進行全方面的改革，尤其是「鼓民力、開民智、新民德」。他說：「蓋生民之大要三，而強弱存亡莫不視此：一曰血氣體力之強，二曰聰明智慮之強，三曰德行仁義之強。是以西洋觀化言治之家，莫不以民力、民智、民德三者斷民種之高下，未有三者備而民生不優，亦未有三者備而國威不奮也。反是而觀，夫苟其民契需恂愿，各奮其私，則其群將渙。以將渙之群，而與鷙悍多智、愛國保種之民遇，小則虜辱，大則滅亡。此不必干戈用而殺伐行也，磨滅潰敗，出於自然，載籍所傳，已不知凡幾，而未有文字之先，則更不知凡幾者也。是故西人之言教化政法也，以有生之物各保其生為第一大法，保種次之。而至生與種較，則又當舍生以存種，踐是道者，謂之義士，謂之大人。至於發政施令之間，要其所歸，皆以其民之力、智、德三者為準的。凡可以進是三者，皆所力行；凡可以退是三者，皆所宜廢；而又盈虛酌劑，使三者毋或致偏焉。西洋政教，若自其大者觀之，不過如是而已。」〔註 102〕這是嚴復對民族和國家危亡原因的總結。要言之，

〔註 101〕《嚴復集》，第 1 冊，第 39 頁。
〔註 102〕同上書，第 18～19 頁。

嚴復認爲，一個種族或國家的滅亡，與其說是其它種族或國家侵略所至，不如說是其自己的積弱所至，因此，國家的存在之道無他，就在於「自強」、「自立」而已。嚴復之所以要翻譯《天演論》，正如他在這書的「自序」中所說，是要「於自強保種之事，反覆三致意焉」。〔註103〕嚴復這一「自強保種」的思想對 20 世紀初葉的中國知識份子產生了很大影響。梁啓超在《新民說》中寫道：「國也者，積民而成。國之有民，猶身之有四肢、五臟、筋脈、血輪也。未有四肢已斷，五臟已瘵，筋脈已傷，血輪已涸，而身猶能存者；則未有其民愚怯弱，渙散混濁，而國猶能立者。故欲其身之長生久遠視，則攝生之術不可不明，欲其國之一安富尊榮，則新民之道不可不講。」〔註104〕這種從進化論的「生存競爭」意識出發，強調通過「新民」來達到國家富強，以及挽救民族危亡的看法，與嚴復的「救亡」與「自強」思想一脈相承。同樣地，五四新文化運動時期提出「倫理的革命」，以及對個性解放的提倡，都可以看之爲嚴復的這一「自強」與「保種」思想的延續。如陳獨秀在 1915 年寫道：「人身遵新陳代謝之道則隆盛，陳腐朽敗之份子充塞社會則社會亡。準斯之談，吾國之社會，其隆盛耶？抑將亡耶？非予之所忍言者，彼陳腐配敗之份子，一聽其天然之淘汰，雅不願發如流之歲月，與之說短道長，希冀其脫胎換骨也。」〔註105〕他寄希望於青年之「自覺」，提出以「自主的而非奴隸的」、「進步的而非保守的」、「世界的而非鎖國的」……等等作爲「新青年」的標準。總之，在五四一代的啓蒙思想家看來，國家與種族的危亡，關鍵在於「新民」或「新青年」的培養。無論就維新運動的改良派，或者五四時期的啓蒙思想家，其提倡思想啓蒙固然源自於其「救亡圖存」的思想情結，但就其提倡倫理與價值標準而言，與其說是民族主義的，不如說是世界主義的更爲恰當。就是說，中國近現代的思想啓蒙者，從嚴復到五四新文化運動的倡導者們，雖然其提倡「啓蒙」立足於「救亡」，但其思想啓蒙的內容，卻是源自於西方近現代文明的。

　　但是，除了以上從維新運動到五四新文化運動的「救亡圖存」路線之外，還有另一條「救亡圖存」的路線，這就是提倡與強調「反帝」的思想。這種看法的核心思想是：不僅中國近代以來的落後是西方帝國主義的侵略造成

〔註103〕《天演論·自序》，北京，商務印書館，1981 年版。
〔註104〕梁啓超：《新民說》，第 1～2 頁。
〔註105〕《獨秀文存》，第 3 頁。

的，而且西方的一整套思想觀念，從進化論思想到各種價值觀念，包括自由、民主、人權、法治等等，既是西方資產階級用於欺騙本國人民的意識形態，同時亦是西方資本家用之以迷惑與毒害被壓迫民族與殖民地人民的思想武器。因此，從維護民族獨立的要求出發，被壓迫民族與殖民地的人民不僅要從政治上、經濟上擺脫西方帝國主義的壓迫，而且還要從文化上克服與消除西方帝國主義的影響。當然，這種從政治、經濟、文化等各個方面與帝國主義的對抗，在剛開始出現時，也並非那麼地明確的，如同 20 世紀中國許多「烏托邦」那樣，它經歷了一個由西方輸入啓蒙思想觀念，到以這種啓蒙思想觀念對抗西方思想，最後到乾脆拋棄西方啓蒙思想觀念的過程。

眾所周知，以孫中山爲首的辛亥革命革命黨人，其用以進行民眾動員的一套思想觀念，如共和、平等、民主等，都取自於西方，並且服從於中國的「反滿」這一民族主義的根本目標。但孫中山等革命黨人，對於西方國家侵略中國懷有極大的警覺性。儘管其作爲革命綱領的「三民主義」中沒有明確寫上「反帝」的內容，但就其中爲什麼要進行「民族主義革命」的論述來看，顯然是認爲除了滿清政府是少數滿族人的政權，不能代表廣大漢族人的利益之外，同時還認爲滿清政府是一個無能的政權，在列強爭霸的時代，無法應付國與國之間、種與種之間「生存竟爭」的嚴峻局面。因此，從擺脫西方帝國主義的壓迫與避免遭瓜分出發，也必須「排滿」。1907 年，《民報》發表的《革命今勢論》一文，其中談到近代以來中國由於國勢衰敗而屢遭西方國家侵略的情況說：「康干時兵勢方盛，俄猶敗走，降及鴉片戰爭，安南戰爭，弱情漸暴於外，而大局未至動搖，外人固未敢輕唱分割。朝鮮事裂，東爲戎首，黃海交兵，只輪不返，於是清廷之弱，始軒豁呈露，無復餘蘊，政府自懼，則有百日改革之變，而外人亦始亟謀我矣，是故以中國之弱而生覬覦者，必以中國之強而後能自息。」〔註106〕文章最後得出這樣的結論：「吾嘗謂及今之勢，而欲求免瓜分之禍，捨革命末由。良以木必自腐，然後蟲生，外人之所以敢覬覦中國者，以中國政府之敝敗也。顛覆政府，當以兵力，去其敝敗，而瓜分之途塞。」〔註107〕值得注意的是，爲了對抗西方列強的侵略，辛亥革命時期的一些革命黨人一度還大力提倡「國粹」，試圖從「文化」的層面來對抗西方。黃節在《「國粹學報」敘》中說：「立乎地圜而名一國，則必有其立國之精

〔註106〕《辛亥革命前十年時論選集》，第 2 卷，下冊，第 800 頁。
〔註107〕《辛亥革命前十年時論選集》，第 2 卷，下冊，第 798 頁。

神焉，雖震撼攙雜，而不可以滅之也。滅之則必滅其種族而後可；滅其種族，則必滅其國學而後可。昔者英之墟印度也，俄之裂波蘭也，皆先變亂其國學，而後其種族乃淩遲衰微焉。……學亡則亡國，國亡則亡族。」〔註108〕這種從「救亡圖存」的角度出發，提倡「國粹」，以保存「立國之本」的思想，可以說是維新時期改良派的「救亡」觀念的延伸，不同於改良派的是，同樣是重視「文化」對於「救亡圖存」的作用，改良派強調的是全面輸入西方文化，以此來扶正與挽救傳統文化，而「國粹派」則強調以中國文化來對抗西方文化。黃節在同一篇文章中寫道：「海波沸騰，宇內士夫，痛時事之日亟，以爲中國之變，古未有其變，中國之學，誠不足以救中國。於是醉心歐化，舉一事革一弊，至於風俗習慣之各不相侔者，靡不惟東西之學說是依。慨謂吾國固奴隸之國，而學固奴隸之學也是。嗚呼！不自主其國，而奴隸於人之國，謂之國奴；不自主其學，而奴隸於人之學，謂之學奴。奴於外族之專制固奴，奴於東西之學說，亦何得而非奴也。」〔註109〕固而，「昔者日本維新，歸藩復幕，舉國風靡，於時歐化主義，浩浩滔天，三宅雄次郎，志賀重昂等，撰雜誌，倡國粹保全，而日本主義，卒以成立。嗚呼！學界之關繫於國界也如是哉！……夫國學者，明吾國界之定吾學界者也。痛吾國之不國，痛吾學之不學，凡欲舉東西諸國之學，以爲客觀，而吾爲主觀，以研究之，期光復乎吾巴克之族，黃帝堯舜禹湯文武周公孔子之學而已。」〔註110〕然而要指出的是：儘管辛亥革命時期的「國粹派」提倡「國粹」，有以「國粹」或「國學」來對抗西學的一面，卻並不全然認爲不需要吸收西方文化。當時的「國粹派」有人寫道：「國粹者，一國精神之所寄也。其爲學，本之歷史，因乎政俗，齊乎人心之所同，而實爲立國之根本源泉也。」〔註111〕但是，「夫歐化者，固吾人所禱祀以求者也。然返觀吾國，則西法之入中國，將三十年，而卒莫收其效，且更敝焉。毋亦其層累曲折之故，有所未瑩者乎？語有之：橘逾淮南則爲枳。今日之歐化，枳之類也。彼之良法善制。一施諸我國而弊愈滋，無他，雖有嘉種，田野弗治弗長也；雖有佳實，場圃弗修弗植也；雖有良法，民德弗進弗行也。夫群學公例，文明之法制，恒視一群進化之度以爲差。我不進吾民德，修吾民習，而兢兢於則效，是猶蒙馬這技，而畫虎之譏也。所以進吾輩

〔註108〕《辛亥革命前十年時論選集》，第2卷，上冊，第44頁。

〔註109〕同上書，第44～45頁。

〔註110〕同上，第45頁。

〔註111〕同上，第52頁。

民德修吾民智者，其爲術不一途，而總不離乎愛國心者近是，此國粹之所以爲尚也。」〔註112〕可見，提倡「國粹」與實現「歐化」並無矛盾，毋乃說，提倡「國粹」正是爲了實現眞正的「歐化」：「夫今日之言國粹，非謂姝姝守一漢宋之家法以自小也。固將集各學之大成，補儒術之偏蔽，蔚然成一完粹之國學，而與嚮之咕嗶其言，呫唔其藝者，固大異其趣，而謂可盡廢乎？」〔註113〕「國粹者，道德之源泉，功業之歸墟，文章之靈奧也。一言以蔽之，國粹也者，助歐化而愈彰，非敵歐化以自防，實爲愛國者須臾不可離也云爾。」〔註114〕從這裡看來，辛亥革命時期的革命派力圖調和「國粹」與「歐化」的對立，其無論是提倡「國粹」也罷，倡言「歐化」也罷，都從屬於「救亡圖存」這一主題。

　　眞正將「歐化」視爲帝國主義的文化侵略，並且強調中西文化絕對不可調和的，是中國共產黨人。在《新民主主義論》中，毛澤東將五四前後的「中國文化」分作兩個階段，認爲在五四新文化運動以前，中國的「新文化」是舊民主主義性質的文化，是「屬於世界的資本主義的文化革命的一部份」；而五四新文化運動以後，中國的「新文化」卻是新民主主義性質的文化，「屬於世界無產階級的社會主義的文化革命的一部份」。〔註115〕他強調這種新民主主義文化的「反帝」性質說：「這種新民主主義的文化是民族的。它是反對帝國主義壓迫，主張中華民族的尊嚴和獨立的。它是我們這個民族的，帶有我們民族的特性。它同一切別的民族的社會主義文化和新民主主義文化相聯合，建立互相吸收和互相發展的關係，共同開幕成世界的新文化；但是決不能和任何別的民族的帝國主義反動文化相聯合。因爲我們的文化是革命的民族文化。」〔註116〕值得注意的是，與當年「國粹派」心目中的中國民族文化乃指中國傳統文化，尤其是儒家思想文化不同，對於中國共產黨人來說，中國民族文化的眞正代表，只能是中國人民大眾的文化。他說：「這種新民主主義的文化是大眾的，因而是民主的。它應爲全民族中百分之九十以上的工農勞苦民眾服務，並逐漸成爲他們的文化。」〔註117〕這種反帝文化，它具有如下幾個特徵。

〔註112〕同上。
〔註113〕同上書，第 55 頁。
〔註114〕同上書，第 56 頁。
〔註115〕《毛澤東選集》，第 658 頁。
〔註116〕同上書，第 666～667 頁。
〔註117〕同上書，第 668 頁。

首先，極端性。這也就是強調人民大眾的中國文化與西方帝國主義文化的不可調和性與對立性。這種不可調性與對立性，成為中國共產黨人制定「一邊倒」政策的理由與根據。毛澤東為這種「一邊倒」政策辯護說：「『你們一邊倒。』正是這樣。一邊倒，是孫中山的四十年經驗和共產黨的二十八年經驗教給我們的。深知欲達到勝利和鞏固勝利，必須一邊倒。積四十年和二十八年的經驗，中國人不是倒向帝國主義一邊，就是倒向社會主義一邊，絕無例外。騎牆是不行的，第三條道路是沒有的。我們反對向帝國主義一邊倒的蔣介石反動派，我們也反對第三條道路的幻想。」〔註118〕

其次，鬥爭性。與啓蒙文化或救亡文化強調輸入西方思想觀念不同，這種反帝文化強調的是與西方帝國主義文化作鬥爭，因而具有強烈的戰爭性與進攻性。毛澤東談到新民主主義的新文化說：「革命文化，對於人民大眾，是革命的有力武器。革命文化，在革命前，是革命的思想準備；在革命中，是革命總戰線的一條必要和重要的戰線。而革命的文化工作者，就是這個文化戰線上的各級指揮員。」〔註119〕針對當時有的中國知識份子對「帝國主義」抱有幻想的想法，毛澤東還專門寫了《丟掉幻想，準備鬥爭》一文，為「反帝文化」加以論證。其中說：「『準備鬥爭』的口號，是對於在中國和帝國主義國家的關係的問題上，特別是在中國和美國的關係的問題上，還抱有某些幻想的人們說的。他們在這個問題上，還沒有下決心，還沒有和美國帝國主義（以及英國帝國主義）作長期限鬥爭的決心，因為他們對美國還有幻想。在這個問題上，他們和我們還有一個很大的或者相當大的距離。」〔註120〕

再次，民族性。這裡所謂民族性，是與世界主義相對立的。它的特點有兩個：一是強調中國民族文化的特殊性，二是用中國民族文化作為衡量其它文化的標準。毛澤東在談到五四新文化運動時期的「形式主義」（其實是世界主義）傾向時說：「那時的許多領導人物，還沒有馬克思主義的批判精神，他們使用的方法，一般地還是資產階級的方法，即形式主義的方法。他們反對舊八股，舊教條，主張科學和民主，是很對的。但是他們對於現狀，對於歷史，對於針國事物，沒有歷史唯心主義的批判精神，所謂壞就是絕對的壞，

〔註118〕同上書，第1362。
〔註119〕同上書，第668頁。
〔註120〕同上書，第1327頁。

一切皆壞；所謂好就是絕對的好，一切皆好。這種形式主義地看問題的方法，就影響了後來這個運動的發展。」〔註121〕他談到必須以「馬克思主義的中國化」來代替「全盤西化」（其實就是「世界主義」）的文化時說：「所謂『全盤西化』的主張，乃是一種錯誤的觀點。形式主義地吸收外國的東西，在中國過去是吃過大虧的。中國共產主義者對於馬克思主義在中國的應用也是這樣，必須將馬克思主義的普遍真理和中國革命的具體實踐完全地恰當地統一起來。就是說，和民族的特點相結合，經過一定的民族形式，才有用處，決不能主觀地公式地應用它。……中國文化應有自己的形式，這就是民族形式。民族的形式，新民主主義的內容——這就是我們今天的新文化。」〔註122〕

此外，邊緣性。對於中國共產黨人來說，所謂民族文化不是別的，乃是以工農大眾為代表的大眾文化，所以這種文化具有很大的邊緣性。這種邊緣性文化，與其說強調民族文化的共同性，不如說是強調民族文化的分層。因此，反對全民文化，成為這種邊緣性文化的一個特點。我們知道，全民文化或者共同文化往往是用共同的「人性」來維繫的。邊緣性文化既要反對全民文化，對「共同人性」的駁斥自然成為它的一個重點。毛澤東在《延安文藝座談會上的講話》中就這樣寫道：「『人性論。』有沒有人世間性這種東西？當然有的。但是只有具體的人性，沒有抽象的人性。在階級社會時就是只有帶著階級性的人性，而沒有什麼超階級的人性。我們主張無產階級的人性，人民大眾的人性，而地主階級資產階級則主張地主階級資產階級的人性，不過他們口頭上不這樣說，卻說成為唯一的人性。」〔註123〕又說：「世上決沒有無緣無故的愛，也沒有無緣無故的恨。至於所謂『人類之愛』，自從人類分化成為階級以後，就沒有過這種統一的愛。過去的一切統治階級喜歡提倡這個東西，許多所謂聖人賢人也喜歡提倡這個東西，但是無論誰都沒有真正實行過去。」〔註124〕

應該說，對這種「反帝文化」的重視與強調，在剛開始時，也許是中國共產黨人在「反帝」革命鬥爭中的策略性運用，它甚至獲得了參加中國革命鬥爭事業的中國知識份子的普遍贊同；但沿用已久遠，就逐漸成為中國共產

〔註121〕同上書，第739頁。
〔註122〕同上書，第667頁。
〔註123〕同上書，第827頁。
〔註124〕同上。

黨人用以指導社會與政治生活的一種意識形態。20世紀40年代末，當中國共產黨人行將建立全國政權的前夕，毛澤東就將這種「反帝文化」作為基本國策之一作了強調。他說：「自從中國人民學會了馬克思列寧主義以後，中國人在精神上就由被動轉入主動。從這時起，近代世界歷史上那種看不起中國人，看不起中國文化的朝代應當完結了。偉大的勝利的中國人民解放戰爭和人民大革命，已經復興了並正在復興著偉大的中國人民的文化。這種中國人民的文化，就其精神方面來說，已經超過了整個資本主義的世界。比方美國的國務卿艾奇遜之流，他們對於現代中國和現代世界的認識水平，就在中國人民解放軍的一個普通戰士的水平之下。」〔註125〕他談到今後與帝國主義展開長期的鬥爭要有思想準備時說：「帝國主義者的邏輯和人民的邏輯是這樣的不同。搗亂，失敗，再搗亂，再失敗，直至滅亡——這就是帝國主義和世界上一切反動派對待人民事業的邏輯。他們決不會違背這個邏輯的。這是一條馬克思主義的定律。我們說『帝國主義是很兇惡的』，就說它的本性是不能改變的。帝國主義份子決不肯放下屠刀，他們也決不能成佛，直至他們的滅亡。」〔註126〕他談到艾奇遜發表的《白皮書》如何暴露了美國帝國主義對中國的文化侵略時說：「白皮書是一部反革命的書，它公開地表示美帝國主義對於中國的干涉。就這一點來說，表現了帝國主義已經脫出了常軌。偉大的勝利的中國革命，已經迫使美帝國主義集團內部的一個方面，一個派別，要用公開發表自己反對中國人民的若干真實材料，並作出反動的結論，去答覆另一個方面、另一個派別的攻擊，否則他們就混不下去了。公開暴露代替了遮藏，這就是帝國主義脫出常軌的表現。」〔註127〕

　　值得注意的是，這種對於「反帝文化」的鼓勵與提倡，其最後的結果是落實到對中國知識份子的思想改造。因為在毛澤東看來，中國的現代知識份子由於接受的是「資產階級的教育」，天然地與「帝國主義文化」具有聯繫。因此，反對帝國主義的文化侵略，也就必須地與對中國知識份子的思想改造會聯繫在一起。早在中國共產黨人建立全國政權前夕，毛澤東就對中國知識份子作過這樣的分析：「有一部份知識份子還要看一看。他們想，國民黨不好，共產黨也不見得好，看一看再說。其中有些人口頭上說擁護，骨子裏是看。

〔註125〕同上書，第1406頁。
〔註126〕同上書，第1376頁。
〔註127〕同上書，第1388頁。

正是這些人，他們對美國存著幻想。他們不願意將當權的美國帝國主義份子和不當權的美國人民加以區別。他們容易被美國帝國主義份子的某些甜言蜜語所欺騙，似乎不經過嚴重的長期的鬥爭，這些帝國主義份子也會和人民的中國講平等，講互利。他們的頭腦中還殘留著許多反動的即反人民的思想，便他們不是國民黨反動派，他們是人民中的中間派，或右派。他們說是艾思遜所說的『民主個人主義』的擁護者。艾思遜們的欺騙做法在中國還有一層薄薄的社會基礎。」〔註128〕這似乎為全國解放以後，中國共產黨人對於知識份子的思想改造運動，尤其是「批判胡風反革命集團」、「批判胡適反動學術思想」以及「批判電影《武訓傳》」和「批判『紅樓夢研究』反動學術思想」等一系列思想批判運動埋下了伏筆。所有這些以對知識份子的思想改造為目的的運動，都被冠之以「清除帝國主義反動思想」的外衣。例如，1955 年，毛澤東在《〈關於胡風反革命集團的材料〉的序言和按語》中說，胡風「這個反革命派別和地下王國，是以推翻中華人民共和國和恢復帝國主義國民黨的統治為任務的。他們隨時地尋找我們的缺點，作為他們進行破壞活動的藉口。」〔註129〕1954 年，郭沫若在「中國文學藝術界聯合會主席」與「中國作家協會主席團」的擴大聯席會議上發言說：「中國近三十年來，資產階級唯心論的代表人物就是胡適，這是一般所公認的。胡適在解放前曾經被人稱為『聖人』，稱為『當今孔子』。他受著美帝國主義的扶持，成為了買辦資產階級第一號的代言人。」〔註130〕流風所至，甚至在對馬寅初的「人口論」的學術觀點的批判中，也與「帝國主義文化」聯繫了起來，如有文章說：「馬寅初的許多論點同馬爾薩斯一模一樣，許多論調同帝國主義的幻想並無本質上的不同」〔註131〕等等。總之，一切有違於當時意識形態的學術思想觀點，都被與帝國主義文化聯繫起來，並被從反對與警惕「帝國主義的文化侵略」的高度上予以分析和批判。這種對於「帝國主義文化侵略」的恐懼症，到文化大革命中終於發展到極致，它當時的流行口號是「反帝反修防修」。文化大革命中對於一切人類文化的成果予以毀滅與否定，就源於當時主流文化中的這種「反帝文化」意識。

〔註128〕同上書，1374～1375 頁。
〔註129〕王兆勝等編：《回讀百年：20 世紀中國社會人文論爭》，第 3 卷，鄭州，大象出版社，1999 年版，第 83 頁。
〔註130〕同上書，第 318 頁。
〔註131〕同上書，第 446 頁。

第四章　烏托邦、意識形態與中國現代知識份子

　　以上思想史的簡要回顧告訴我們：20 世紀中國幾乎所有重大的社會思想觀念，都經歷了一個從「烏托邦」到「意識形態」的轉變過程。這種轉變有其深刻的學理根據，是其歷史發展辯證法的不得不然。道理很簡單：任何社會思想的「烏托邦」都帶有改造社會與參加社會運作的性質，而一旦它參加到社會運作中去，成為整個歷史過程的一個參與因素，它也就不再是純粹的「烏托邦」，而具有「意識形態」的性質。因此說，社會思想觀念從「烏托邦」到「意識形態」的轉變，是它作為「烏托邦」的內在邏輯環節的展開而已。就任何歷史過程而言，社會思想觀念從「烏托邦」到「意識形態」的轉變具有重大意義，因為只有經歷了這種轉變，它才成為歷史發展的一個重要因素，能夠參與到歷史過程中去，否則只是游離於社會歷史活動之外。問題的嚴重性在於：任何思想觀念一旦變為意識形態，也就成為一種「知識權力」，它具有「思想霸權」的性質。這種思想霸權與其說表現為對於社會歷史行動的指引與導向作用，不如說更多地表現為對於思想的「征服」以及對於異己思想的排擠。而後者，恰恰又與「烏托邦」追求超越現存秩序、不為任何既定社會秩序作辯護的本性相違。既言之，作為社會行動指南的「烏托邦」本來就具有兩種不同的極性：思想觀念的超越性向度與改造現存社會的行動性品格。這兩種不同的向度在烏托邦中常常處於對立。事實上，中國現代知識份子在參與社會變革過程中，其思想的徘徊彷徨與其說是其個人性格上的優柔寡斷所致，不如說是其深刻地感受到「烏托邦」的這種矛盾本性所致。「烏托

邦」的這種矛盾本性，假如套用王國維的話來說，可以說是「可愛者」與「可信者」的衝突。問題在於：這種「可愛」與「可信」的衝突，並非只是學理性的，而直接關涉到中國現代知識份子的行爲操守和價值觀念，並進而影響到他們參與社會政治的方式。我們看到，在 20 世紀中國的知識份子中，就對社會政治的介入方式而言，可以劃分出三種類型的知識份子。它們分別爲：超越型知識份子、組織型知識份子與批判型知識知識份子。這三種知識份子之區分，都同它們心目中的「烏托邦」價值指向有關。

一、矛盾的化解之一：退守「象牙之塔」

　　超越型知識份子大多從傳統的士大夫脫胎而來，或者說，在他們身上，可以更多地看到傳統的「士大夫」的思想品格與行爲價值「原型」。我們知道，中國傳統社會的「士」有一種積極入世的傳統，但這種積極入世是有一個思想前提的，即「行道」。對於「士」來說，積極入世只是「行道」，而非「干祿」。因此，假如由於客觀情勢所迫而無法「行道」的話，眞正的「士」寧可選擇「循世」而不去追求功名的顯赫。所以孔子說：「道不行，乘桴浮於海」。〔註1〕從這裡看來，積極用世與適時高蹈，其實是中國傳統社會中「士」的行爲方式的一體兩面。所以，中國歷代的知識份子，在面對險惡政治時，都十分注意「行藏用捨」這個問題。「達則兼濟天下，窮則獨善其身」，歷來也成爲中國的「士」追求的行爲立身之道。原因無他，能在現實社會中實現其政治抱負固然很好，此所謂古人追求的「立功」；而如果現實社會中實在無法施展其政治抱負，「士」也可以走「立德」之路。退一步說，與其與黑暗政治同流合污，或者在險惡的政治情勢中苟苟營營，不如保持與提倡「士」的氣節，更可以警示後世。明白了這點，就可以理解王國維爲什麼在遺囑中留下「五十之年，義無再辱，只欠一死」的話，然後自沉昆明湖而死；也可以理解爲什麼陳寅恪在挽王國維之死的文章中，認爲王國維是爲「自由」而死。此種「自由」，乃中國傳統的「士」追求的精神自由與獨立人格操守而已。從這種意義上來說，退守「象牙之塔」屬於一種「文化遺民現象」，它是 20 世紀中國知識份子面對險惡之政治情勢，試圖化解「烏托邦」之內在緊張的一種值得注意的文化現象。

　　我們知道，處於 20 世紀中國社會急劇動蕩的歷史情境之中，大凡有血性

〔註 1〕《論語・公冶長》。

的中國知識份子，從天性上都不會自外於社會與政治，而會去關心民生民瘼。因此，積極投身與參與急劇的社會變革，本來是繼承了「士」的傳統的中國現代知識份子的題中應有之義。可是，歷史發展到後來，為什麼又恰恰是這些極其關心社會政治，用世之心極其強烈的知識份子，反過來會轉而提倡返回「象牙之塔」呢？這同這部份知識份子對當時中國社會政治情勢的觀察與判斷有關。1945 年，陳寅恪在《讀吳其昌撰梁啓超傳書後》中寫道：「自戊戌政變後十餘年，而中國始開國會，其紛亂妄謬，為天下指笑，新會所嘗目睹，亦助當政者發令而解散之矣。自新會歿，又十餘年，中日戰起。九縣三精，颺回霧塞，而所謂民主政治之論，復甚囂塵上。余少喜臨川新法之新，而老同涑水迂叟之迂。蓋驗以人心之厚薄，民生之榮悴，則知五十年來，如車輪之逆轉，似有合於所謂退化論之說者。是以論學論治，迥異時流，而迫於事勢，噤不得發。因讀者此傳，略書數語，付雅女美延藏之。美延尚知乃翁此時悲往事，思來者，其憂傷苦痛，不僅如陸務必觀所云，以元祐黨家話貞元朝士之感已也。」〔註2〕這段話對於我們理解陳寅恪等「文化遺民」的心態十分重要。這些「文化遺民」由於深受中國傳統儒家文化影響，且由於家世背景與政治聯繫密切，應該說，較之當時其它中國知識份子，對「政治」更有天然的興趣，是情理之中的事情。但正由於其對傳統儒家思想的瞭解，尤其是其家世背景的原因，使其不僅十分關心政治，而且對「政治」會作出不同於當時潮流的看法。這當中，主要涉及到對「烏托邦」之功能與作用的認識。對於像陳寅恪這樣有家學淵源以及自小受家庭政治薰陶的傳統型知識份子來說，應該說，其對於政治的認識與瞭解，是較之僅僅從書本上，或者具體的個人政治實踐中摸索到對於「政治」的瞭解，無疑會深了一層。這主要是認為：烏托邦歸烏托邦，政治運作歸運作；不能將烏托邦或者說思想觀念視作政治運作之具。明白了這點，就能理解陳寅恪為什麼會說出「余少喜臨川新法之新，而老同涑水迂叟之迂」之語。這裡的「少」與「老」，並不是生理年齡上的少與老，而是指從事政治時具有的心態。邱格爾曾經說過這樣的話：一個人年輕時不是社會主義者，就是沒有良心；一個人到了中年不是保守主義者，就是一個傻子。這裡陳寅恪亦有類似的看法。換言之，在陳寅恪看來，像「社會主義」這樣的激進主義思想觀念，是只可以作為「烏托邦」來看待的；如果要將社會主義的理念付諸實現，需要的不是浪漫的激情，甚至也不

〔註 2〕陳寅恪：《元白詩箋證稿》，第 45 頁。

是社會主義的理念本身，而是具體的、甚至平庸無奇的政治操作，而後者更多是單調乏味的技術性層面的東西，需要的是知識與經驗，它更多地與「保守主義」的策略相聯。應該說，在 20 世紀中國社會政治中，當激進主義思潮成為主潮的時候，陳寅恪的觀察是十分冷靜的。在他看來，20 世紀中國政治之屢屢「失誤」，甚至歷史走上了「退化」之途，原因就在於從事社會政治活動者，不自覺地將烏托邦中的理念錯當為政治行動的原則與策略。而在他看來，烏托邦作為政治的理想與目標是值得追求的，但切莫將這種政治理想當作實現政治的工具與手段本身。而 20 世紀中國政治的最大失誤，就莫過於將政治的目標與手段相混淆。在他看來，這種將政治的目標等同於政治的手段的做法，從維新運動就已開始。在上面同一篇文章中，他追溯戊戌維新以來的歷史說：「戊戌政變已大書深刻於舊朝晚季之史乘，其一時之成敗是非，天下後世，自有公論，茲不必言。惟先生（指梁啓超——引者注）至長沙主講時務學堂之始末，是關係先世之舊聞，不得不補敘於此，並明當時之言變法者，蓋有不同之二源，未可混一論之也。咸豐之世，先祖亦應進士舉，居京師。親見圓明園干霄之火，痛哭南歸。其後治軍治學，益知中國舊法之不可不變。後交湘陰郭筠仙侍郎嵩燾，極相傾服，許為孤忠閎識。先君亦從郭公論文論學，而郭公者，亦頌美酒西法，當時士大夫目為漢奸國賊，群欲得殺之而甘心者也。至南海康先生治今文公羊之學，附會孔子改制以言變法。其與歷驗世務欲借鏡西國以變神州舊法者，本自不同。故先祖先居見義烏朱鼎甫先生一新《無邪堂答問》駁斥南海公羊春秋之說，深以為然。據是可知余家之主變法，其思想源流之所在矣。」〔註3〕這裡，陳寅恪提出在維新運動中，同為主張變法，卻有兩條不同的路線，一條是以其乃祖陳寶箴為代表的主張「歷驗世務欲借鏡西國以變神州舊法」的路線，另一條是以康有為為首的「附會孔子而言變法」的路線。在陳寅恪看來，真正的社會政治改革，只能是採取前一種務實的、穩健的路線，而後一種則是譁眾取寵、高標社會理想以代替具體社會政治行動的路線。不幸的是，後來的中國政治基本上是按照康有為等人開啓的這條路線愈走愈遠，其結果是導致中國後來五十年的政局「如車輪之逆轉」。按說，陳寅恪可以採取「挽狂瀾於既倒」的做法，與此種烏托邦心態作鬥爭，但深諳歷史的他，也許知道這種烏托邦潮流在 20 世紀中國有其不得不然，是誰也阻擋不了的。所以，他只能以一種「前朝遺民」的心態，

〔註 3〕陳寅恪：《寒柳堂集》，第 148～149 頁。

一方面感歎歷史的不得不然；另一方面，亦有待於來者，希望通過著書立說，尤其是學術活動來遺澤後世。陳寅恪少年時談起國事政治來意氣風發，中年以後即傾全力於學問，亦有其不得不然。也正因爲這樣，在他表面上忘情政治的背後，常常也會像隱退的陶淵明那樣不時發出「不平之鳴」。在《楊樹達積微居小學金石論叢續稿序》中，他這樣寫道：「百年以來，洞庭衡嶽之區，其才智之士多以功名著聞於世。先生少日即已肄業於時務學堂，後復遊學外國，其同時輩流，頗有遭際世變，以功名顯者，獨先生講授於南北諸學校，寂寞勤苦，逾三十年，不少間輟。持短筆，照孤燈，先後著書高數尺，傳誦於海內外學術之林，始終未嘗一藉時會毫末之助，自致於立言不朽之域。與彼假手功名，因得表見者，肥瘠榮悴，固不相同，而孰難孰易，孰得孰失，天下後世當有能辨之者。嗚呼！自剖判以來，生民之禍亂，至今而極矣。物極必反，自然之理也。一旦忽易陰森慘酷之世界，而爲清朗和平之宙合，天而不欲遂喪斯文也，則國家必將尊禮先生，以爲國老儒宗，使弘宣我華夏民族之文化於京師太學。其時縱有入夢之青山，寧復容先生高隱耶？」〔註4〕這段話，表面上借楊樹達之遭際抒發感慨，其實是陳寅恪的「夫子自道」之語。他一方面對那些因時際會，善於利用形勢爲個人謀利益的「功名之士」不屑一顧，而爲像楊樹達這樣的飽學之士遭受冷遇鳴不平，另一方面，他也認爲像楊樹達這樣埋首於著書立說，是正確的選擇，因爲中國歷史文化的傳承正需要這樣的一批人。

應該說，像陳寅恪、揚樹達這樣早年激昂慷慨、中年以後穩健沉著，並且最後以學術終其一生的，在20世紀中國知識份子當中，絕不是孤立的現象。這當中著名者，還有熊十力。如果說陳寅恪從事學術研究，在頗大程度上還有以「邊緣的」文化人心態對抗流俗與主流意識形態的用意的話，那麼，熊十力之退守「象牙之塔」，其心態卻是更爲剛毅與進取的。熊十力是辛亥革命時期的元老，年輕時奔走國事，積極投身反滿革命。辛亥革命以後，他看到的是社會政治黑暗有增無減，他說：「今之執政，不學無術，私心獨斷，以逆流爲治，以武力剝削爲能，欲玩天下於掌上，其禍敗可立俟。」〔註5〕他曾寄希望於「護法運動」，並且積極參加反對北洋軍閥的鬥爭。可是，「黨人競權

〔註4〕陳寅恪：《金明館叢稿二編》，上海，上海古籍出版社，1980年版，第230～231頁。

〔註5〕熊十力：《熊子眞心書》，《熊十力論著集之一──新唯識論》，北京，中華書局，1985年版，第17頁。

爭利，革命終無善果」，〔註6〕他恍然意識到政治烏托邦並非萬能，而寄希望於政治烏托邦背後終極關懷的建立。他說：「黨人絕無在身心上做工夫，如何撥亂反正？」〔註7〕他得出的看法是「以爲禍亂起於眾昏無知，欲專力於學術，導人群以正見。」〔註8〕於是他在 35 歲以後，專力於學術。像熊十力這樣以學術作爲職業的行爲取向，其實是一種間接參與政治的做法。

除了像陳寅恪、熊十力這樣的學術型知識份子之外，在 20 世紀中國的歷史上，還有一些知識份子，有感於政治烏托邦之空幻，採取了疏離政治，或者說逃避政治的做法。金岳霖是其中的典型。金岳霖少有大志，決心要學「萬人敵」的政治學，並到美國留學，獲得政治學博士學位。按說，回國以後，他可以用其在國外學到的政治學理論與知識，在中國政治改革的舞臺上有一番作爲。但社會政治的黑暗使他感到無望，他既無法改變現實政治，又不願意被現實政治所改變，只好放棄政治，退守於大學這一象牙之塔。但其實，像金岳霖這樣的知識份子並未有眞正忘情於政治。一旦他感到有可能實現其政治抱負時，他就有可能重新投身於政治，或者說去擁抱政治。50 年代以後，一大批像金岳霖這樣的知識份子積極參與各種思想改造運動，並且投身於各種政治批判運動，一方面說明了關心社會政治是中國現代知識份子的普遍情結，另一方面，也恰恰說明只有樸素的關心社會政治的意識，而未對政治加以反思，其行爲會具有何種的盲目性與危險性。20 世紀 50 年代，正是中國共產黨人的政治烏托邦開始全面走向意識形態化的時期，在這個時刻，眞正的知識份子，也許需要的是對意識形態化了的思想觀念保持一份清醒的認識，並對其加以反省，然而，不少像金岳霖這樣的知識份子，恰恰在這個時期被卷裏進不正常的政治熱浪當中去，這當中，包含著深刻的思想教訓。其中很重要的一點，就是混淆了烏托邦與意識形態，既缺乏對意識形態的批判意識，同時，也未能將前期對政治的警覺性與超越性品格堅持到底。

二、矛盾的化解之二：組織型知識份子的出現

其實，對於 20 世紀中國歷史來說，最值得注意的，還是組織型知識份子的出現。所謂組織型的知識份子，就是以政治爲業的知識份子。大批量的組織

〔註6〕轉引自郭齊勇：《熊十力思想研究》，天津，天津人民出版社，1993 年版，第6 頁。
〔註7〕同上書，第7 頁。
〔註8〕同上。

型知識份子的出現，是 20 中國最奇特的景觀之一。這種組織型知識份子的產生，有其歷史的必然。如前所述，知識份子之投身社會政治運動，其與一般工農出身的人參與革命不同，就在於他們除了是服從上級命令的戰士，還應當用其所長——文化知識來對社會政治運動起組織、宣傳與鼓動的作用。故之，知識份子在任何社會政治運動中的作用，從來是「一身而二任」的：既是社會政治行動的參加者與戰士，又是社會政治行動的組織者與動員者。而 20 世紀中國幾乎所有社會政治運動，都對中國知識份子提出了這樣的「一身而二任」的要求，中國共產黨領導下的革命事業更是如此。1939 年，毛澤東在《大量吸收知識份子》一文中說：「在長期的和殘酷的民族解放戰爭中，在建立新中國的偉大斗爭中，共產黨必須善於吸收知識份子，才能組織偉大的抗戰力量，組織千百萬農民群眾，發展革命的文化運動和發展革命的統一戰線。沒有知識份子的參加，革命的勝利是不可能的。」〔註9〕他還這樣寫道：「今後應該注意：（1）一切戰區的黨和一切黨的軍隊，應該大量吸收知識份子加入我們的軍隊，加入我們的學校，加入政府工作。只要是願意抗日的比較忠實的比較能吃苦耐勞的知識份子，都應該多方面吸收，加以教育，使他們在戰爭中在工作中去磨練，使他們為軍隊、為政府、為群眾服務，並按照具體情況將具備了入黨條件的一部份知識份子吸收入黨。」〔註10〕「全黨同志必須認識，對於知識份子的正確的政策，是革命勝利的重要條件之一。」〔註11〕中國共產黨人對於知識份子「組織作用」之重視，由此可見一斑。

但是，組織型知識份子之形成，其原因似乎更應該從參與社會變革的知識份子的自身特性中去說明。我們知道，通常情況下，知識份子總是為一種美好的社會理想所吸引，然後才去投身社會政治運動的。與其說是出於改變自身生存的處境與命運，不如說是出於改造社會與建立美好社會的願望，才是導致知識份子參與社會運動乃至革命事業的動因。一句話，點燃知識份子革命熱情的，是社會烏托邦而非其它。但是，歷史發展的邏輯表明：任何社會歷史運動，其理想目標與行動的手段之間常常會發生背離。這種背離是知識份子內心衝突的根源：是為著理想的實現而不惜採取一切手段呢？還是因為行動方式與手段有違於其它一些倫理規範與原則，而放棄這種手段與方法？當社會理想與行為

〔註 9〕《毛澤東選集》，第 581 頁。
〔註10〕同上書，第 582 頁。
〔註11〕同上書，第 583 頁。

規範處於嚴重對立的情況下，這種選擇是相當難的：假如採取後者的做法，則意味著社會理想無法實現；假如實行前者，它則會引起行爲者內心嚴重的不安，反過來也影響到其對行爲與手段的抉擇。可以看到，在 20 世紀中國，大多數投身社會政治運動的知識份子，儘管曾經面臨過這種艱難的抉擇，最後還是選擇了前者，這同 20 世紀大多數中國知識份子從「實用理性」的角度來看待烏托邦的心態有關。持這種心態的知識份子認爲：任何社會變革離不開烏托邦，是因爲它「管用」；這裡的所謂「管用」，與其說是它爲社會政治運動提供理想與目標，不如說是它爲社會政治運作提供具體的方案與政策。一句話，他們注重的是社會烏托邦中的策略與方法成分。眾所周知，20 世紀大批原先相信無政府主義的青年知識份子，後來之所以放棄政府主義的信仰，並非認爲它的社會理想不好，而是認爲它未能提出實現這種社會理想的有效方法與途徑；而這部份人之所以轉而皈依馬克思主義，也並非認爲馬克思主義提出的終極社會理想與無政府主義有任何重大的不同，實乃由於他們在馬克思主義這裡才發現了實現美好社會理想的有效方法與途徑——通過階級鬥爭與無產階級專政消滅階級與剝削。1920 年，蔡和森在將俄國十月革命的經驗與無政府主義的綱領比較以後說：「因此我以爲現世界不能行無政府主義，因爲現世界顯然有兩個對抗的階級存在，打倒有產階級的迪克維多，非以無產階級的迪克維多壓不住反動，俄國說是明證。所以我對於中國將來的改造，以爲完全適用社會主義的原理和方法。」〔註 12〕這裡所謂的「社會主義」，實即馬克思列寧主義，所謂「社會主義的原理與方法」，實即俄國十月革命的無產階級專政的方法。可見，馬克思主義，嚴格地說，是馬克思列寧主義，從一開始引進來，就是作爲革命的有效方法來對待，並因此而得以取代無政府主義。值得注意的是，蔡和森這一思想，深得毛澤東贊成。他在給蔡和森等人的信中說：「據和森的意見，以爲應用俄國式的方法去改造中國與世界，是贊成馬克思的方法的。……我對於羅素的主張，有兩句評語：就是『理論上說得通，事實上做不到』，……我看俄國式的革命，是無可如何的山窮水盡諸葛亮路皆走不通了的一個變計。……所以我對於絕對的自由主義，無政府的主義，以及德謨克拉西主義，依我現在的看法，都只認爲於理論上說得好聽，事實上是做不到的。因此我於子升和笙二兄的主張，不表同意。而且於和森的主張，表示深切的贊同。」〔註 13〕以上

〔註 12〕 李振霞等編：《中國現代戲哲學史資料選輯》，（一），第 112 頁。
〔註 13〕 同上書，第 125～126 頁。

蔡和森和毛澤東的看法，在 20 世紀 20 年代初期是有典型意義的。它說明：早期的中國馬克思主義者以及中國共產黨人，從一開始就將馬克思主義視爲革命的行動綱領與革命的方略。而愈到後來，這種從革命方法與策略的角度來對馬克思主義的理解與詮釋，在中國共產黨人那裏，就愈是得到強化。毛澤東反覆強調：學習馬克思主義的目的，全在於「應用」；他一再地告誡全黨，包括信仰馬克思主義的知識份子，要用馬克思主義這個「矢」，去射中國革命這個「的」。這說明對於中國共產黨人來說，馬克思主義確實並非只是提倡社會理想的「烏托邦」，而是指導革命行動的「意識形態」。應當說，關於馬克思主義可以提供革命行動的指導，這一思想不僅是中國共產黨人的提倡，它事實上得到了廣大信奉與追求共產主義的知識份子的首肯。可以說，不少中國知識份子之所以追求馬克思主義，就是認爲它是可以給革命行動提倡正確的指導，借用前面的話說，它與此同時其說是「理論上說得好聽」，不如說是「事實上做得到」。應該說，這種將馬克思主義視爲可以給革命行動提供方策和指南的思維方式，與中國傳統思想重視「知行合一」的思維取向有很大關係。而我們看到，在 20 世紀中國，選擇與接受馬克思主義的，恰恰是十分注重事功，注重行動的這類知識份子。因爲在他們看來，只有這樣，才能克服馬克思主義作爲社會烏托邦思想觀念中，社會價值目標與政治行動之間的對立或緊張。也可以這樣說：在這類知識份子思想當中，他們事實上是用馬克思主義思想中改造現存社會的行動性品格代替了其思想觀念的超越性向度。一句話，用意識形態化的馬克思主義取代了烏托邦式的馬克思主義。也許只有這樣，他們才能克服其潛意識中隱約覺察到的馬克思主義思想觀念中「可愛」與「可信」之間的對立與緊張。或言之，馬克思主義之所以「可愛」和值得信仰，首先是因爲它「可信」。

這一思維導向直接的後果是：是革命事業中大量「組織人」與「行動人」的再現。既然馬克思主義已經爲我們提供了革命的方策與方案，那麼，革命事業剩下來的事情，與其說是討論革命的方案與策略如何制定，不如是討論革命的方案與策略該如何貫徹；與其說是討論革命以後的理想如何美妙，不如說是應注重如何行動的當前。當然，對於馬克思主義爲革命提供方案與策略，也不能生硬地加以理解的。毛澤東在談到馬克思主義應如何與中國革命實際相結合時，就十分強調對於馬克思主義不能生吞活剝地理解，馬克思主義的本質是一種「實事求是」的精神。但是，如何將馬克思主義與中國革命

實際相結合，並且制定出適用中國實際的革命方略，畢竟是革命事業的領導人的事情；對於參加革命事業的廣大群眾，包括知識份子來說，與其說讓他們來運籌制定革命的方略，不如說應該讓他們來組織革命方略的實施更有分工的合理性。當然，這種組織與實施革命的方略，也並非簡單易行之事，其中也包括對於革命方略的理解。這後者也有「理論」如何聯繫「實際」的問題，但這與革命方略家之制定革命方略，其意義不同，不是一個層次上的事情。

也許正因為革命事業需要大量的組織與實施革命方略的人才，才導致革命隊伍中大批組織型知識份子的出現。革命事業中的組織型知識份子仍然是知識份子，但由於其分工承擔的任務是革命工作的組織與實施，其職業角色決定其具有如下幾個特點。

1，服從性。組織型知識份子視馬克思主義為革命行動的方略，而且認為這種革命方略的貫徹就體現在對革命組織中上級指示的服從，因此對組織命令的服從是組織型知識份子的鮮明特點。而這種服從組織也成為革命隊伍對其成員的紀律要求。毛澤東在《關於糾正黨內錯誤思想》中說：「黨的下級機關和黨員群眾對於上級機關報指示，要經過去時詳盡的討論，以求徹底地瞭解指示的意義，並決定對它的執行方法。」〔註14〕為了保證上級指示與命令的權威性，他強調：「黨的各級機關解決問題，不要太隨便，一成決議，就須堅決執行。」〔註15〕而對於下級與執行者來說，他則提出要「從理論上剷除極端民主化的根苗。首先，要指出極端民主化的危險，在於損傷以至完全破壞黨的組織，削弱以至完全毀滅黨的戰鬥力。」〔註16〕應當指出：對組織命令的服從既是革命組織對它的成員的要求，同時亦是真誠擁護與參加革命的知識份子的自覺訴求，而這一自覺訴求，又是建立在對於作為意識形態或者說行動指南的共產主義的自覺信念之上的。韋群宜在回憶她當年如何參加革命，如何要將共產主義的信念與黨組織「掛勾」時說：「我明白了，我要愛國，必須從此全身心跟著共產黨。」「入黨後我從不懷疑黨的光榮偉大。為這一點，一切都可以犧牲。」「我情願做一個常識膚淺的戰鬥者，堅信列寧、斯大林、毛澤東說的一切，因為那是我所宣佈崇拜的主義。我並沒有放棄一向信仰的

〔註14〕《毛澤東選集》，第 86 頁。
〔註15〕同上。
〔註16〕同上書，第 86 頁。

民主思想，仍想走自由的道路。但是共產主義信仰使我認為，世界一切美好的東西都包含在共產主義裏面了，包括自由與民主。我由此成了共產主義眞理的信徒。」〔註17〕

2，依靠性。正是有感於革命事業不是個人單槍匹馬所能幹的，而是有賴於革命團體與革命組織，因此組織型知識份子還十分強調對革命團體和革命組織的依賴。這除了是對上級組織指示的認眞貫徹之外，主要還指凡事都依靠與相信組織；不僅關於革命的工作如此，甚至連個人的私生活方面的事情亦如此。而事實上，中國共產黨也以通過提倡「交心會」、「思想彙報」、「組織生活」等等形式，強化知識份子對革命組織的依靠性。以至組織型的知識份子認為，參加革命就是參加組織，參加組織就是一切都交付給組織，同時一切也都依靠於組織。這種對組織的依靠性，常常是對組織的任何指示不加懷疑，甚至明知其有問題也是加以執行。韋君宜回憶她當年在延安參加「搶救失足者」運動，而運動有「擴大化」的錯誤時說，當時她雖然從常理出發，曾經懷疑革命隊伍中不可能有這麼多的「特務」，但由於對組織的依賴與相信，也只是「埋怨自己政治嗅覺太遲鈍，敵我不分；只有一面趕緊接受階級教育，一面抓報導，天天連夜看材料。」〔註18〕以至到事態發展到「抓特務」的運動出現明顯捏造事實，抓出了連小學生「特務」，11、12歲的小孩子，甚至只有6歲的小特務這麼荒謬的事情時，「但是我還不敢否定這些編造，我還在每天這搜集這些『材料』而奔跑。」〔註19〕組織型知識份子之依賴與相信組織，其心態可見一斑。

3，紀律性。對紀律性的強調，歷來是任何組織和團體都必須堅持的事情，對於革命事業來說，自然亦是如此。問題在於：在革命運動的過程中，由於對紀律性與組織原則的極力強調，組織型知識份子往往走上了為執行紀律而執行紀律的道路。不僅在1949年的戰爭年代如此，就是在1949年以後的和平年代亦如此。韋君宜記載了50年代初「三反五反」運動的這樣一件事實：「反對資本家偷稅漏稅，我本來是雙手贊成；反對貪污我也擁護。可是，不久就規定了每個單位貪污份子的比例，即每單位必須打出百分之五。當時我在中國青年出版社當總編輯，我們那刊物總共只有十四五個人，都是青年。

〔註17〕韋君宜：《思痛錄》，北京，北京十月文藝出版社，1998年版，第3頁。
〔註18〕同上書，第7頁。
〔註19〕同上書，第9頁。

大的二十幾歲，小的才十七八歲。除了管一點微乎其微的和每期稿費（這稿費還是按期由共青團中央總務處造冊具領的），別的什麼錢都沒有，真正是個清水衙門。」〔註20〕怎麼辦呢？上級的命令下來的了，不打個右派也不行，這涉及到黨的紀律性的問題。結果硬是一個一個地查，一個青年編輯由於在交黨費時忘了帶錢，馬馬虎虎將別人的五角錢寫在自己的名下，就成了「老虎」。韋君宜談到她自己當時如何執行上級的指示說：「我就在這幾角錢的問題上窮追，我說錢多錢少不在乎，貪污的罪行是一樣，叫他深挖思想動機。弄得他多日失眠，正在和他戀愛的女孩子秦式也要跟他吹了」〔註21〕韋君宜反思這段時期的經歷說：「這只能算是小小的前奏曲。而我，實在是從這時開始，由被整者變成了整人者，我也繼承了那個專以整人為正確、為『黨的利益』的惡劣做法。這是我應當懺悔的第一件事，所以記在這裡。」〔註22〕其實，像韋君宜這樣曾經當過組織型知識份子，而後來能夠從思想上痛加反省的，並不多見。大多數組織型知識份子是陷於「執行組織紀律」的泥潭而無法自拔，原因在哪裏呢？就在於組織型知識份子思想上有一個誤區：將馬克思主義的基本原理等同於革命的方針與方略，又進而將黨的具體政策視為這些革命方略本身。一句話，黨組織就成了馬克思主義本身。這種將具體的組織等同於馬克思主義的思想，實在是組織型知識份子只甘心執行組織紀律，而不過問革命運動方向與目的的心理根源。

對於組織型知識份子該如何評價呢？應該說，任何大規模，並且富有成效的社會政治運動，總是有綱領，而且有組織地進行的，因此「組織」或「組織人」為任何社會政治運動所必須。而具體到知識份子在社會政治運動中的作用的發揮來說，大多數知識份子一旦介入社會政治運動，其作用與其說是提倡思想觀念，不如說是對既定的思想路線與政策進行宣傳與動員。一句話，知識份子在現代有組織的社會群眾運動中，只能以「組織人」的面目出現。這幾乎是知識份子投身於社會政治運動不可逃脫的命運。而歷史證明，任何革命運動要能夠成功，也離不開這樣一大批組織型知識份子。因此說，組織型知識份子的出現不僅有其歷史的必然，而且對於革命事業的發展有其積極意義。組織型知識份子要警惕的地方在於：由於其對「意識形態」有一種本

〔註20〕同上書，第 23 頁。
〔註21〕同上。
〔註22〕同上。

能的執著與信念，同時又對革命事業具有非凡的熱情，其對「組織原則」的貫徹自然是異常地賣力，他們天眞地相信，革命組織的任何方針與政策，都是正確無誤的，即便他們發現這些方針政策有違「常理」，甚至認爲其是「錯誤」的，也認爲是出於革命的需要而無可指責。這樣，即使意識到上級的方針政策組織存在嚴重問題時，他們的知識份子「理性」告訴他們：這樣做或許是革命事業的「代價」。因此，他們在執行組織的正確路線時固然非常認眞，在推行組織的錯誤方針政策時，同樣也會不遺餘力。

此外，歷史告訴我們：在革命的進行過程中，除了有一般的組織型知識份子之外，還出現了一些極端型的組織型知識份子。這些極端型的組織知識份子將普通組織型知識份子的紀律性、服從性與依靠性發揮到極致，同時又由於其對意識形態的依賴，其行爲方式更具極端性與鬥爭性。他們是一些偏執的理想主義者，可以爲理想抱負而獻身；也可能成爲錯誤路線的狂熱追隨者與執行者。其行爲方式既具有清教徒理想主義的一面，同時亦具清教徒狂熱與反常理的一面。這些極端型的組織型知識份子，常常成爲黨內推行「左」的思想與組織路線的社會根源。

三、烏托邦的否定之否定

蒂里希在談到烏托邦的「積極意義」時指出，烏托邦的第一個積極特徵是它的眞實性，即它表現了人的本質、人生存的深層目的。烏托邦的第二個積極特性是它的有效性，即每一個烏托邦都是對人類實現的預示；沒有這種預示的創造力，人類歷史中無數的可能性也許就得不到實現。烏托邦的第三個積極特性就是它的力量——烏托邦能夠改造已有的事物。〔註23〕20 世紀中國巨大的社會政治運動及社會變遷，似乎是蒂里希關於烏托邦這一說法的印證。但更爲重要的是：蒂里希在談到烏托邦的「消極意義」時指出：烏托邦同時也具有它的不眞實性、無效性以及軟弱性。所謂烏托邦的「不眞實性」，是說它「忘記了人作爲有限是存在與非存在的統一，在生存的條件下人總是與他自己的眞實存在相疏遠。由於這一原因，處在非眞實性中的烏托邦發現自己不可能把握、因而也不可能眞正依賴作爲實在的人的眞實存在。」「烏托邦的不眞實性還在於烏托邦關於人的形象的虛假性。它在這個不眞實的基礎

〔註23〕蒂里希：《政治期望》，成都，四川人民出版社，1989 年版，第 215～216 頁。

上構造築了自己的思想和行動。」〔註24〕關於烏托邦的「無效性」，他認為，「烏托邦的無效性是指它把不可能性描繪成實在的可能性，看不到它的不可能性。」〔註25〕在談到烏托邦的「軟弱性」時，他說：「造成烏托邦軟弱性的原因——正是在於它的不真實性和無效性。這種軟弱性在於烏托邦不可避免地會場導致幻滅。」〔註26〕以上烏托邦的三個消極特性，在 20 世紀中國社會與政治的進程中似乎也得到了印證。這當中，尤其以馬克思主義這一社會政治烏托邦在現代中國的命運為然。在 20 世紀上半葉，馬克思主義是激勵中國廣大民眾，尤其是知識份子參與社會改造與社會革命的最強勁的社會思想。應當說，在當時，馬克思主義之所以能夠激勵廣大民眾與知識份子投身革命，並最終引導中國革命取得成功，是作為一種烏托邦而發揮作用的；但如前所言，這種社會政治烏托邦要在實踐中發揮作用，也就面臨著一個「意識形態化」的過程，而馬克思主義一旦完全意識形態化，它作為烏托邦的壽命實際上也就終結。應該說，作為一種激勵與喚起群眾革命熱情的社會政治思想，馬克思主義的本質就在於它是一種烏托邦而非意識形態。1949 年以前，儘管馬克思主義已經面臨著被意識形態的命運，但它在實際社會政治運動中的影響，主要是作為一種烏托邦發揮作用的；不幸的是，1949 年以後，當群眾性的急風驟雨式的革命風暴已經過去，以經濟建設為重心理應提到新中國的重要議事日程上來的時候，也許由於「革命」的慣性作用，革命鬥爭年代馬克思主義當中的意識形態內容非但沒有得到清除，反倒進一步強化與鞏固。正是在這種背景下，馬克思主義烏托邦當中的「消極意義」愈來愈明顯與突出，人們對馬克思主義信念也開始了深刻的懷疑與反省。可以說，1949 年是一個標誌，它既是馬克思主義作為烏托邦的積極意義發展到最高峰的時刻，同時也是馬克思主義沿著過去的意識形態愈走愈遠，其消極意義也愈來愈突出的起點。而這時候，馬克思主義營壘內部對其意識形態化的批判也從此開始。批判型知識份子的意義在於：當馬克思主義由於意識形態化而逐漸失去其社會導向功能的時候，它力圖復活馬克思主義思想的烏托邦性質以俾使其能發揮社會理想的功能。問題在於：歷史上，這種將馬克思主義烏托邦化而非意識形態化的努力，從一開始就被視為馬克思主義的異端而遭到遺棄，甚至被

〔註24〕同上書，第 217 頁。
〔註25〕同上書，第 218～219 頁。
〔註26〕同上書，第 219 頁。

視爲反對馬克思主義而遭受打壓。而在某種特殊的情勢下，這些批判型知識份子甚至會支付生命的代價。然而應該指出：就整體意義而言，馬克思主義的生命力就在於它的烏托邦本性，但是，在特殊的歷史境遇中，馬克思主義卻又不得不意識形態化。但這種意識形態化的內容並不具有普遍意義，而僅在某個或某些特殊的歷史情景下具歷史的合理性。正是在這種意義上，蒂里希指出：「神學家與馬克思這樣的政治哲學家正確地反對在細節上描繪烏托邦，而讓烏托邦的內容取決於當時已被顯示爲沒有跨越現實的眞正的可能性。另一方面，他們也不同意把烏托邦描繪成虛幻的樂園因爲虛幻的樂園無疑是那些反對一切活動的懶漢。」〔註27〕從這裡可以看出，在馬克思主義「被意識形態化」並試圖與它原先反對過的舊觀念結盟的時候，最終挽救馬克思主義、恢復馬克思主義生命力的，就在於這樣一種批判型知識份子的出現。他們的歷史使命就在於：當馬克思主義中舊有的意識形態愈來愈僵硬的時候，對這種過去的意識形態進行解構，而促使馬克思主義從舊有的意識形態到烏托邦的回歸。

這種努力早在革命鬥爭年代就已開始。其著名的例子，莫過於 1942 年，在延安的革命知識份子王實味等人對當時革命陣營中「陰暗面」的暴露與抨擊。其中王實味在《野百合花》這篇雜文中寫道，說延安沒有等級制度，「這不合事實，因爲它實際上存在著。」他這樣揭露延安的情況說：「衣分三色，食分五等，卻實在不見得必要與合理。」「一方面害病的同志喝不到一口麵湯，青年學生一天只得到兩頓稀粥，另一方面有些頗爲健康的『大人物』作非常不發要不合理的『享受』，以致下對上感覺他們是異類。」〔註28〕他還這樣區分黨的官員與藝術家的工作，認爲黨的官員是「團結、組織、推動和領導者，他底任務偏重於改造社會制度」，而藝術家則是「『靈魂底工程師』，他底任務偏重於改造人底靈魂。」藝術家應「大膽地但適當地揭破一切骯髒和黑暗，清洗它們，這與歌頌光明同樣重要，甚至更重要。揭破和清洗工作不止是消極的，因爲黑暗消滅，光明自然增長。」〔註29〕這裡，王實味不僅指出揭露革命隊伍中黑暗面與陰暗面的必要，而且認爲這種揭露是藝術家的使命，這實際上是對於共產黨賦予革命知識份子的社會角色與社會功能的嚴重挑戰。

〔註27〕同上書，第 219 頁。
〔註28〕轉引自費正清主編：《劍橋中華人民共和國史》，上海，上海人民出版社，1990
　　　　年版，第 241 頁。
〔註29〕轉引自同上書，2 第 40 頁。

按照中國共產黨的要求，參與革命的知識份子只有服從革命組織的要求，去動員群眾與宣傳群眾參加革命的任務，而要做到這點，對於革命運動以及延安的事情，都應當是歌頌而不是揭露和批評。王實味的觀點事實上有知識份子可以脫離黨的要求而獨立思考的要求，其思想觀點理所當然地受到了當時中國共產黨領導人的批評。毛澤東的《在延安文藝座談會上的講話》以及「延安整風運動」，就是針對王實味等人的觀點而發。中國共產黨的另一位重要領導人陳雲，在整風運動中提出對知識份子的要求說：「具體地遵守紀律，就一定要服從支部，服從直接的上級，即使上級的人比你弱，你也一定要服從。」〔註30〕在當時，王實味提出的問題被視為對黨的領導權威的挑戰以及破壞革命事業而無法容忍，他因此而被逮捕，最後還被槍決。王實味是共產黨營壘中為爭取知識份子喊出獨立聲音的殉道者。王實味事件的象徵意義在於：在革命戰爭年代，出現了像王實味這樣的批判性知識份子，認為知識份子的天職與其說是執行黨的紀律與命令，不如說是提倡與宣傳馬克思主義中的烏托邦理念，並以馬克思主義的烏托邦理念來要求與評價現實。

但其實，王實味只是樹立了一種批判型知識份子的人格與精神，他還不算是真正意義上的批判型知識份子，因為他據以觀察與批評延安現象的，還是某種馬克思主義原則，這仍然有將馬克思主義作為一種意識形態來剪裁現實的取向。真正從學理上對中國的馬克思主義理論進行學理上的分析與批判的，還是20世紀60年代以後的事情。這是因為，在1949年以後，原先蘊含在中國馬克思主義理論中的烏托邦與意識形態之間的對立與緊張更為嚴重，這就將從學理上，而不是現象層面上分析中國革命及其理論的問題，提到議事日程上來。可以這樣認為：整個20世紀後半葉，中國知識份子運動與社會思潮，都圍繞著如何看待馬克思主義以及中國革命運動而展開。這其中，60～70年代的顧準成為時代的海燕與先知式人物。

顧準是30年代就投身於中國革命事業的知識份子，50年代後，歷經新中國「以階級鬥爭為綱」開展的一系列運動，以及大躍進，人民公社，直至文化大革命爆發，真正觸及他的思想深處，引發起他對馬克思主義與中國革命進行反省的，與其說首先是學理的，不如說首先是社會現象。例如，50年代末60年代初，當大躍進以及成立人民公社，緊接著來了一場「天災人禍」，他在日記中記載下這樣的人間慘象說：「一個典型的死人數字。徐雲周說，

〔註30〕轉引自同上書，第245頁。

沈家畈附近一個生產隊，七十餘人死了三十餘人，這是一個典型的數字了。」〔註31〕日記中還記載：「公共食堂，把農村糧食消耗徹底控制起來，使『糧食出荷』不足以造成駭人聽聞的個別人餓死事件，飢餓限於慢性，死亡起於腫病，醫生若說是餓死的，醫生就是右派或右傾機會主義者。」〔註32〕「人相食。除民間大批腫死掉而外，商城發生人相食的事二起，十九日城內公審，據說二十日要公判。一是丈夫殺妻子，一是姑母吃侄女。」〔註33〕為什麼中國共產黨領導中國人民幹了革命幾十年，結果卻會出現這樣的景象呢？與王實味僅只從馬克思主義的原則出發來要求與評判現實不同，顧準認為，某種社會異常現象的產生，應該是指導這種社會的價值規範或價值標準出了問題。社會的異化，無乃是指引社會行為的烏托邦發生了異化。因此，他開始了對作為意識形態的中國革命理論，包括馬克思主義進行深刻的反省。這種反省的結果，使他發現馬克思主義基本理論中包含著目標與手段、工具理性與價值理性之間的深刻對立。他發現，馬克思主義本來是作為一種烏托邦來對社會群眾起到革命的動員與鼓舞作用的，但革命實際運動的結果，卻是將馬克思主義的理想與社會藍圖直接作為社會方案與策略簡單地應用，而不是根據具體的社會情況研究革命與建設的策略和方案。為此，他提出要從「理想主義」返回到「經驗主義」。在他那裏，「理想主義」其實就是把馬克思主義庸俗化了的教條主義，也即意識形態化的馬克思主義，而「經驗主義」則是恢復馬克思主義作為烏托邦的導向作用，同時根據新的歷史與社會情況隨時提出新的革命與建設策略與方案。他寫道：「我轉到這樣冷靜的分析的時候，曾經十分痛苦，曾經像托爾斯泰所寫的列文那樣，為我的無信仰而無所憑依。」〔註34〕他還說：「我還發現，當我愈來愈走和經驗主義的時候，我面對的是把理想主義庸俗化了的教條主義。我面對它所需的勇氣，說得再少，也不亞於我年輕時候走上革命道路所需的勇氣。這樣，我曾經有過的失卻信仰的思想危機也就過去了。」〔註35〕是的，當一個為信仰而活，而信仰而奮鬥的理想主義者，最後發現他一直信奉並為之奮鬥的理想觀念已經蛻變為教條與教義，而這種教條與教義反過來成為禁錮人們思想，甚至危害到革命的

〔註31〕《顧準文集》，長春，吉林人民出版社，2001年版，第129頁。
〔註32〕同上書，第126頁。
〔註33〕同上。
〔註34〕同上書，第133頁。
〔註35〕同上書，第133～134頁。

理想與成果的時候，他不得不放棄這種理想，而去尋找一種新的信仰。而顧準的深刻焦慮在於：他發現，以往的馬克思主義思想觀念曾經導致革命取得了成功，但卻沒有解決革命以後，如何搞好社會經驗建設的問題。這就是他所說的「娜拉出走以後怎樣」的問題。

應當說，在 20 世紀 60～70 年代，顧準提出的問題具有超前性與異常的深刻性。但在當時思想禁錮的年代，顧準式的問題並未在思想界引起重大的反響。直到 80 年代以後，隨著思想解放運動的進展，尤其是知識份子主體意識的重新覺醒與樹立，一股反思馬克思主義與中國革命意識形態的思想洪流終於噴薄而發，並且一直延續至 20 世紀 90 年代末。這當中，以王元化、李澤厚與徐友漁等人對馬克思主義與中國革命意識形態的反思最為得力，他們三人分別是 20 世紀下半葉中國批判型知識份子中的老中青三代典型。

我們知道，1949 年以前，馬克思主義被中國共產黨人用作為一種推翻舊社會、奪取政權的社會總動員的意識形態，50 年代以後，當中國共產黨建立新政權之後，它旋即被欽定為指導新中國的國家建設與社會政治生活的意識形態。按說，馬克思主義作為一種社會與政治思想，其內容本包含有烏托邦與意識形態的成分。其中的烏托邦內容屬於其社會理想與政治理念的成分，它具有目標性與理想性；而其中的意識形態則屬於社會改造的具體方案與策略成分，它具有歷史性與特殊性，必須根據變化了的社會歷史條件隨時更變或修正它的內容。不幸的是，中國共產黨在建立新政權之後，其用以指導具體社會政治生活，乃至於指導經濟建設的馬克思主義意識形態，卻仍然承襲著過去戰爭時代的意識形態內容，甚至根據戰爭時代發展出來的馬克思主義意識形態（中國共產黨人通常將它稱為「毛澤東思想」）。這樣，已經變更了的歷史條件與過時的意識形態之間發生了緊張的對立。而強行將戰時意識形態移置於和平建設時代，它給實際的社會與政治生活帶來許多惡果。大躍進、人民公社、社會主義建設總路線這「三面紅旗」，就是在和平建設時期具體貫徹戰時意識形態的產物。這種戰時意識形態的極度與惡性膨脹，終於導致在 60 年代中期「文化大革命」的爆發。長達十年的文化大革命中出現了許多駭人聽聞的人間慘劇，它給中國人民帶來深重的災難，其道德淪喪的負面後果，迄今難以根除；而經過文化大革命的破壞，國民經濟更到了崩潰的邊緣。因此，文化大革命終於結束以後，很自然出現了對文化大革命的反思。由於文化大革命的政治路線不過是以往政治路線的延伸，因此，從對文化大革命的

反思，又追根溯源到整個指導中國革命的馬克思主義意識形態的反思。在這場思想反思中，王元化繼續推進並深化了顧準式的「娜拉出走以後怎樣」的問題，指出這個問題背後還蘊藏著一個更深層次的問題，這就是革命年代的意識形態能否運用於和平時代的社會主義建設的問題。他的回答是否定的。

在對革命戰爭年代意識形態的批判中，王元化指出：「鬥爭必須選擇它的形式。被選擇的最佳形式是：一切通過群眾來進行。這種以群眾運動方式來貫徹鬥爭哲學的理論和實踐是屬於他自己的，馬恩等均無此說。如果一定要探其淵源，我認為他是汲取並總結了過去我國農民造反的經驗。這一點在列於卷首的考察報告中已見端倪。這篇文章的要旨以及一些具體論斷，成了三十多年以後的『文革』藍圖。明白了這一點就可以理解，為什麼一九四九年以來運動一個接著一個不斷？甚至連『五講四美』、遵守交通規則、教育兒童講公德，以至打麻雀、發動全民寫詩……都要通過運動來進行，更不必說『鎮反』、『肅反』、『三反』、『五反』、歷次思想批判、社會主義改造、『反右』、『大躍進』、『反右傾』、『四清』……這些本身就被當作政治問題從而理所當然地要發動群眾通過運動方式來進行了。在這種情況下，一切專門機構的特定職被政治運動所取代或主宰。作為這一觀念的依據是，鬥爭無所不在。在這一觀念的形成過程中，可能也是出於當時的政治需要去批判已捲入布哈林案件的德波林的差異說有一些聯繫。鬥爭哲學針鋒相對地提出差異就是矛盾，甚至綜合就是『不是我吃掉你，就是你吃掉我』。……」〔註36〕這裡指出，「群眾運動」的思想基礎是「鬥爭哲學」。他還進一步追根溯源，指出中國式的馬克思主義之喜歡搞群眾運動，其背後的價值支撐是「道德理想主義」。他說：「政治運動在發動群眾、調動群眾的積極性上，力量大、效力快，因而是最便捷的手段。同時從『一大、二公、三純』的道德理想主義出發，政治運動又可被視為使人淨化，達到建立集體大我消滅個人小我的唯一途徑。群眾也只有在政治運動中，才能『提高認識，受到鍛鍊』。因為實踐出真知，而群眾運動甚至是比科學試驗更重要的實踐。道德理想主義所要求的『純』不同於斯多噶派的禁欲主義，而是從傳統的大公無私演化來的一種政治意識。這種政治意識可以用『鬥私批修』這一口號來作最簡明的闡釋。『文革』中盛行的『狠鬥私字一閃念』就是這種道德理想主義的實現。」〔註37〕

〔註36〕王元化：《九十年代反思錄》，上海，上海古籍出版社，2000年版，第89頁。
〔註37〕同上書，第89～90頁。

　　除了批判以群眾運動與階級鬥爭爲綱的戰時意識形態之外，王元化還進一步深入揭示了這種意識形態之所以可以貫徹和頗具迷惑性，還由於它借助了盧梭式的「公意說」。王元化說：「在盧梭的契約論中，由外在的行爲的服從，轉移到了內在的道德服從。外在服從是服從世俗的功利配調，內在服從是服從先驗的個人良心。盧梭的社會契約建立在道德基礎上。他以道德與集體的共同體，來代替具有自由意志的個人。……他在公意的名義下，也抽空了『眾意的聚合空間──民間社團』。公意作爲道德象徵是神聖不可侵犯的，而每個社會個人絕對不能成爲公意的代表，只有從眾人中產生出來作爲道德化身的人物，才能體現公意，爲公意執勤。」〔註38〕

　　值得注意的是，在追溯馬克思主義如何由烏托邦演變爲意識形態的過程時，王元化還將這種變化過程與中國知識份子的心態聯繫起來。他稱五四以來的中國知識份子就養成了一種「啓蒙心態」。這種啓蒙心態是指對於人的力量和理性的能力的過份依賴。他說：「人的覺醒，人的尊嚴，人的力量，使人類走出了黑暗的中世紀。但是一旦人把自己的力量和理性的能力視爲萬能，以爲可以無堅不摧，不會受到任何局限，而將它絕對化起來，那就會產生意識形態化的啓蒙心態。」〔註39〕可見，所謂啓蒙心態實際上就是對烏托邦的誤置：烏托邦本來是人類對於美好未來的想像和願望，這種想像與願望雖然包含著指向行爲的意向，但它用以指導人類的社會歷史行動並非萬能。而啓蒙心態恰恰誇大了人類的這種烏托邦的作用與功能，以爲只要具備了某種烏托邦，人類就可以無所不能，甚至任意設計社會與政治本身。王元化還提出，從烏托邦轉化爲意識形態的關鍵一步，就是以意圖倫理指導社會與政治行動。他說：「意識形態化往往基於一種意圖倫理。意圖倫理在我國有悠久的歷史，許多觀念改變了，但這一傳統未變。『五四』時期反傳統鬧得很厲害，但意圖倫理的傳統卻一脈相承下來。」〔註40〕按照意圖倫理行事的典型方式，就是以爲「立場」問題解決了，其它一切問題就可迎刃而解。他說，《延安文藝座談會上的講話》提到的知識份子思想改造的問題，其實就是要向知識份子灌輸意圖倫理的總是，以達到「凡是敵人贊成的我們必須反對，凡是敵人反對的我們必須贊成。」〔註41〕這裡，王元化不僅從理論上總結了中國革命

〔註38〕同上書，第91頁。
〔註39〕同上書，第143頁。
〔註40〕同上書，第142頁。
〔註41〕同上書，第142頁。

理論意識形態化的原因，而且將它同中國知識份子特有的心態聯繫了起來。這提示我們：要解決馬克思主義烏托邦的異化或意識形態化問題，還必須從對中國知識份子自身傳統的反思做起。

在對中國革命理論的反思中，如果說王元化的批判矛頭集中在「群眾運動」與「公意說」，那麼，李澤厚則以對「革命」烏托邦的總體清算而在思想界引起軒然大波。在《告別革命──回望二十世紀中國》這本書中，他寫道：「我們過去一直籠統地歌頌法國革命和雅各賓。總是把革命當作一種聖物，好像一切和這個聖物有聯繫的東西至少也是半聖物或碰不得的東西，其實，革命的殘忍、黑暗、骯髒的一面，我們注意得很不夠。」〔註42〕其實，革命豈只是「骯髒」和「殘忍」而已，在於它不能從要根本上解決想要解決的問題。李澤厚說：「革命，常常是一股情感激流，缺少各種理性準備。過去我們太迷信革命，以為革命可以解決一切，可以帶來太平天國，現在看來，革命固然可以破壞一切，但不能創造一切，革命代替不了建設，建設比革命難得多。『太平天國』的革命帶來的並不是『太平』。」〔註43〕

他談到 20 世紀中國「革命」烏托邦的成因與形成過程時說：「毛澤東說的『一萬年太久，只爭朝夕』，孫中山當年也說過類似的話。包括康有為，當時也急得很，所以許多變化措施太急促太匆忙了，當時倒還情有可原，因為列強虎視眈眈，瓜分之說甚囂塵上，中國人怕亡國，所以要求快改革，快革命，以保種救國，這也無可厚非。所以我說要具體分析不可。但是，康、梁、嚴沒有『飛躍』的觀念，所以還比較保守，不贊成革命。我們後來批判進化的自然演化即和平進化的觀念，強調殘酷鬥爭，你死我活，強調進化中的所謂『飛躍』，也就是革命。從理論到實踐形成了一整套，久而久之一，變成了思維定勢，積習難除了。」〔註44〕

值得注意者，在對革命烏托邦轉化為革命意識形態的經驗教訓總結中，李澤厚指出這是一個迷信戰爭經驗」的問題。他說：「戰爭中的敵對和仇恨情緒本來應當在和平時期加以消解，以更好地療治戰爭創傷。但中共不是療治而是加劇創傷。這仍然是迷信戰爭經驗結果。」〔註45〕又說：「毛澤東雖然聰

〔註42〕李澤厚、劉再復：《告別革命──回望二十世紀中國》，香港，天地圖書有限公司，1995 年版，第 69 頁。
〔註43〕同上書，第 70`71 頁。
〔註44〕同上書，第 74～75 頁。
〔註45〕同上書，第 126 頁。

明，但他還是忘記了在人類社會中，和平時期是常態，戰爭時期是非常態，即變態。……因此，不能把非常時期和軍隊的辦法應用和推廣到正常時期和整個社會。太平天國革命也曾犯過這個錯誤。」〔註46〕作為「革命」烏托邦的取代方案，他提出「改良」的觀念。他說：「革命可說是一種能量消耗，而改良則是一種能量積纍，積極少成多，積極小成大，看來似慢，其實更快。一個問題一個問題的解決，就是積纍。我們現在只能做一點建設性的、積纍性的工作，這其實才是最有意義的工作。」〔註47〕

　　如果說，李澤厚將革命戰爭年代烏托邦的出現歸之於有其歷史的不得不然，甚至有其歷史的合理性的話，那麼，從1949年以後的中國險惡的政治情勢，尤其是文化大革命的慘痛經驗出發，力陳革命烏托邦以及階級鬥爭意識形態之危害的，則是90年代批判知識份子中的先鋒人物徐友漁。60年代中葉，徐友漁曾以中學生特有的激情參加文化大革命，一度狂熱地信仰與迷信革命烏托邦，是「林彪事件」徹底打破了他的迷夢，使他從革命狂熱中警醒。他自述「林彪事件」給他們這一代人帶來的精神震憾與精神再生說：「我充分瞭解林彪事件在破除我們這一代人的政治迷信方面起了多大作用。當然，『冰凍三尺，非一日之寒』。人們疏離『文革』中官方政治教義的過程早在運動中期就已開始。懷疑不斷地增加，否定不斷地產生，林彪事件使許多人完成了這一離經叛道的過程。」〔註48〕徐友漁談到「文革」如何粉碎了他對革命烏托邦的幻想時說：「『文革』不僅改變了我的政治信念，而且改變了我的思維習慣。在『文革』前，研究政治理論和哲學的人無例外地接受了馬克思主義主義教科書關於手段與目的、現象與本質的辯證法哲學。這種哲學使人頑固地堅持一種教義而排斥生活中的經驗事實，使人堅信歷史上有某種終極性的、必然的東西。為這個東西而犧牲其餘的一切是應該、值得的。『文革』中的許多經驗教訓使我拋棄了這種辯證哲學，現在，我相信不能以歷史的必然性為口實剝奪人的基本權利。」〔註49〕他進一步剖析說：「在『文革』中，我和其它不少人早已看到政治鬥爭中充滿了欺騙和殘忍，早已看到所謂文化大革命實際上在摧毀文化，除了整人沒有干別的事情。但我們一而再、再而三聯單過樣安慰和說服自己：『文革』的根本意圖是要建立一個嶄新的社會，為了建

〔註46〕同上書，第118～119頁。
〔註47〕同上書，第71～72頁。
〔註48〕徐友漁：《自由的言說》，長春，長春出版社，1999年版，第112頁。
〔註49〕同上書，第120頁。

立新的，就必須摧毀舊的，哪怕舊東西里面包含著人類文化的結晶。我們還相信，最終建立的社會將完全是自由、平等的社會，其中每個人都可以充分發展自己的個性，而要建立全新的東西就必須根除一切舊東西，這時殘忍和無情是難免的，甚至是必要的。」〔註 50〕「文革」中許多駭人聽聞的事情的發生，看來就是按照這種「意圖倫理」行事的結果。從「文革」出發，徐友漁追溯到「革命的暴力」。他說：「革命暴力論者都以革命的名義爲鎮壓和迫害辯護，都許諾說，目前的不公正和殘忍只是歷史上的最後一次，爲了一勞永逸地消除不公正和殘忍，這一次是必要的。結果，『這一次』變成了『每一次』，在長期的畫餅充饑之後，那個最終目的也給忘得一乾二淨。」〔註 51〕他宣稱：「我現在堅信，以最終的善爲當前的惡辯護是行不通的。不能設想，一個過程中的每一步都是惡，積纍起來會變成最終目標的善，人們應該要求善在每一步驟中體現出來。」〔註 52〕這裡已經涉及到「革命烏托邦」的最核心問題，即手段的殘忍以目的善來進行辯護是否應當？而徐友漁通過對革命內容的剖析，得出的結論是否定的。

　　歷史上的「革命」之所以具有號召力，廣大群眾，包括深有正義感的知識份子之醉心「革命」，常常是因爲「革命」具有對「終極善」的承諾。但徐友漁指出，這種對「終極善」的嚮往，其實是一種幼稚的「革命理想主義」。因爲通過「革命」非但不能實現終極善，而且由於其手段的殘忍，其結果會離「終極善」更遠。他分析說，在中國的政治實踐中，「革命」這個概念包含四個要素：1，它確立了奮鬥目標、共同的理想；2，它強調政治是最重要的活動；3，它把整體利益置於最高地位，把絕對服從視爲最必要的素質；4，它頌揚暴力，敵視溫和與妥協。在他看來，這四個要素都爲「文化大革命」所具備。但「文革」的後果顯然是眾所周知的。他說：「『文革』之後，前紅衛兵幾乎是眾口一詞地宣稱他們當年的行爲出於理想主義，出於革命熱情，這對許多人而言也許是眞的。但是，這種革命理想到底是什麼呢？它提倡的絕對忠誠，是對人民和民族，還是對最高元首個人？它鼓勵的無情鬥爭，是對社會和民族和敵人，還是對本應受到敬重和愛護的人？當初充滿革命激情的人中，多數對此並不清楚。」〔註53〕

〔註 50〕同上書，第 120～121 頁。
〔註 51〕同上書，第 121 頁。
〔註 52〕同上。
〔註 53〕同上書，第 148 頁。

　　其實，無論是對終極性的嚮往也好，或者由於革命的需要而必須服從元首和領導，以及執行鐵的紀律，包括使用殘忍的手段也好，都同這個要害問題密切相關：即社會理想烏托邦實現過程中，手段與目的的關係問題。對於「革命烏托邦」來說，則要求為了最終善與目的，可以不擇手段。對「革命烏托邦」持嚴厲批判態度的徐友漁，認為問題就出在這裡。以「階級鬥爭」為例，它之所以盛行，是因為它被視為容易達到革命目的的最有效手段。可是，「文革」中出現的慘劇，正是以「階級鬥爭」的名義進行的。他說：「在『文革』中，紅衛兵的一切殘忍行為，都是在階級鬥爭的名義下進行的。他們之所以對受害者毫無惻隱之心，之所以敢於鞭打自己的老師，敢於向自己的同學開槍，就在於把他們當成階級敵人。」〔註54〕

　　問題在於：這種「階級鬥爭」之所以能夠推進，甚至為社會群眾自覺執行，是由於它已經成為一種「意識形態」，並且從馬克思主義經典理論中有它的理論支持。徐友漁說：「提倡鬥爭、批判、分裂，反對調和、反對妥協，這是馬克思主義者及馬列主義政黨的傳統。馬克思、恩格斯對哥達綱領的批判，對拉薩爾的批判，對杜林哲學體系的批判，列寧對經驗主義的批判，布爾什維克與孟什維克的分裂，這一切都作為國際共產主義運動史上的經典事例，為許多青年學生知曉和津津樂道。中共內部的鬥爭更為人們熟悉，毛澤東與陳獨秀、李立三、王明、瞿秋白等人的『路線鬥爭』早已載入教科書，成為輝煌史績。這一切使得紅衛兵深信，鬥爭是必不可免的，鬥爭是事物發展和歷史進步的動力，鬥爭是革命者的本性。而且，最重要的鬥爭往往發生在革命隊伍內部。」〔註55〕這段話的重要性在於：它已經接觸到問題的實質，即馬克思主義烏托邦本來就包含著社會平等理想與階級鬥爭的社會行動策略兩個方面，如何說在過去的革命戰爭年代，這種階級鬥爭的策略儘管造成很多的「誤傷」與不幸，畢竟還曾成為它克敵致勝的法寶的話，那麼，在和平年代，這種階級鬥爭策略的運用，簡直是有百害而無一利。但徐友漁要說的還不止於此，他要強調的是：馬克思主義本身中包含的這種階級鬥爭策略原則，到底是否有其歷史的合法性以及有違於更高的人道主義原則、是否符合人權要求的問題。這就又回到了前述的問題：馬克思主義烏托邦中的目標與手段之間的緊張甚至對立的問題。

〔註54〕同上書，第 157 頁。
〔註55〕同上書，第 154 頁。

　　除了對馬克思主義烏托邦進行深刻的反思之外，80～90年代中國批判型知識份子的政治批判的另一主題，是對具有中國特色的革命理論加以反思與批判。這其中，最重要的是關於「農民革命」以及知識份子在革命中的社會定位問題。我們知道，中國革命本質上是農民革命，中國的馬克思主義理論或者說毛澤東思想的一個重要思想，就是提出「以農村包圍城市」，因此，如何發動農民群眾，尤其是其中的赤貧戶參加革命，成爲中國革命的關鍵。可以說，中國革命的問題其實就是就是調動農民革命的積極性，以及如何動員和組織農民參加革命的問題。農民革命到底給中國社會帶來何種後果？它甚至是否眞正意義上的「社會主義革命」？能否眞正解決20世紀中國的社會與政治問題？這些異常敏感與尖銳的問題，在80～90年代都有凸現出來，成爲批判型知識份子思考的對象。如王元化在談到以群眾運動方式來貫徹鬥爭哲學的理論時，就指出：毛澤東的這一理論是汲取並總結了過去中國農民造成反的經驗。李澤厚更進一步剖析了中國共產黨領導的革命，其思想與歷史上的農民戰爭傳統的傳承關係，認爲太平天國也有「三大紀律八項注意」，這並非毛澤東首創，甚至太平天國對知識份子的歧視政策，也爲中國革命所繼承。李澤東總結1949年以後以農民革命的經驗來指導經驗建設的經驗教訓說：「農村一九五八年建立的『人民公社』，集經濟、政治、軍事、文化大權於一身，原來是想打破舊官僚體制，結果更加官僚化，這架國家機器便更加可怕了，封建土地皇帝更肆無忌憚了，這是政治上、經濟上的一次大倒退。毛想大前進，卻實際是大倒退。」〔註56〕徐友漁甚至提出：從1966年開始的中國城市中的「紅衛兵運動」中，也可以看到當年農民運動的影子。他說，當年毛澤東將被共產黨內外不少人稱爲痞子的農民讚譽爲「革命先鋒」，竭力爲「痞子運動」辯護，並將亂殺、亂打、亂搶稱爲「矯枉必須過正」。「文革」中的紅衛兵反覆引用毛澤東的《湖南農民運動考察報告》中的一些話，並以當痞子和暴民爲榮。中國革命理論中盲目歌頌與提倡「痞子運動」，其流毒之深遠，由此可見一斑。

　　通過以上回顧，可以看到，自80～90年代以後，中國思想界出現了一個反思馬克思主義烏托邦以及中國革命烏托邦的思想運動。這種反思，在頗大程度上都是以五四啓蒙思想爲導向的，其基本思想是人道主義與人權原則，要求任何時候都不能以「革命」的名義抹殺個性。即便有一些思想家對五四

〔註56〕李澤厚、劉再復：《告別革命——回望20世紀中國》，第120頁。

的思想取向提出了一些批評，也不是要從根本上否定五四的基本取向，而是為了繼承五四，超越五四。而且在看待中國社會與政治的走向上，他們提出要「告別革命」，而提倡「改良」。這樣我們看到：在 20 世紀行將過去的時候，中國社會思潮的發展方向似乎又回到了它的原點：啓蒙與改良。也許，在踏入 21 世紀門檻的時候，啓蒙與改良終將成為時代的主旋律，為中國之成功地實現現代化鋪平道路。然而，想當初，中國人卻是以「告別改良」走進 20 世紀的；20 世紀中國社會思想的主旋律，是以啓蒙始，而以革命終。問題在於：這一切是如何出現和變化的？其間的思想軌跡如何？對這些思想觀念該如何評說？這是我們下面要進一步討論的。